U0599214

無盡藏

◎ 庞贝 著

作家出版社

图书在版编目（CIP）数据

无尽藏/庞贝著. -- 北京：作家出版社，2014.2（2020.9重印）
ISBN 978-7-5063-7227-5

Ⅰ.①无… Ⅱ.①庞… Ⅲ.①长篇小说－中国－当代 Ⅳ.
①I247.5

中国版本图书馆CIP数据核字（2013）第294910号

无尽藏

作　　者：庞　贝
责任编辑：兴　安
封面题字：欧阳江河
装帧设计：意匠文化·丁奔亮
出版发行：作家出版社有限公司
社　　址：北京农展馆南里10号　　邮　　编：100125
电话传真：86-10-65067186（发行中心及邮购部）
　　　　　86-10-65004079（总编室）
E-mail:zuojia@zuojia.net.cn
http://www.zuojiachubanshe.com
印　　刷：玉田县嘉德印刷有限公司
成品尺寸：145×210
字　　数：225千
印　　张：10
版　　次：2014年2月第1版
印　　次：2020年9月第5次印刷
ISBN　978-7-5063-7227-5
定　　价：48.00元

NAME
OF
THE NUN

无尽藏

【目录】

NAME
OF
THE NUN

无尽藏

今版卮言

我们知道一些事情正在发生，但却不知究竟发生了什么。他们说世界末日纯属无稽之谈，太阳照样升起，地球运转如常，该让那些玛雅人见鬼去。我们深知这个世界不再有奇迹，我们都厌恶那些末日的预言。我们不再年轻，对于事不关己的事情，我们不再上心，即便是一个老同学的死。这一刻酒色上脸，我们在虚浮的背景音乐中碰杯，也在暧昧的言辞中调笑。我们在这场时间游戏中一路打拼，而今都算有了社会精英的感觉。

"风情渐老见春羞，到处芳魂感旧游。多谢长条似相识，强垂烟穗拂人头。"我在酒意微醺中望着这些衣饰体面的男女，忽然想到一千年前的这诗句。这原是那位末世君主送给一位宫女的扇诗，此刻这诗句忽然冒出来，其实是与我那位死去的老同学有关。

最后一瓶雪利已开启，服务生静静地为我们斟酒。这包房立时便陷入一种微妙的静默。老同学聚会往往是这样，在种种关于昔日好时光的老套回忆之后，在种种明里暗里的显摆之后，这最后的一刻总是别有一种滋味。我们默默地品尝着这滋味，这静默中便需要有一位收场者。我们当中有司局长，有房地产老总，也有博导和名流（在此我不得不按照这官商学的惯例排序），总的来说，我们都算是这个时代的成功者。匆匆而来，又将匆匆作别，各怀心事而又互相探询，我们在这场欢聚中巧妙地回避了那个死亡的话题，我们自然也会将其回避到最后一刻。这是成功者的聚会，我们只是轻描淡写地说起自己的脂肪肝和高血糖，我们理应回避所有扫兴的事儿。

此刻的确轮不到我说话，但我毕竟也是一个正处级的副社长。多年前我成功地改行做了一个文化人，我们天体物理班的人当然也各有各的改变，此时此刻，虽有酒劲上头，我却也没糊涂到跟他们谈论出书之类的活计，是因前边有位高人已断言，现今百分之九十九的书都是垃圾。

我们是在这名为"盛世皇庭"的豪华酒店聚会，我们理应回避与垃圾相关的不雅话题，其实我也基本认可她的论断。此刻我已感到闷得慌，我必须站起来说话了。

"诸位！不好意思！本人专业荒废已久，但对天体物理也还是有点老感情。方才大家说到陨石坠落俄罗斯逾千人受伤，这当然不是世界末日，我们大可一笑了之，也不必理会霍金先生那些逃离地球的危言。霍金说地球人类难以再活一千年，而我想说的却是一千年前的事件。不知大家是否还记得景德三年的'景星高照'，就是那颗'周伯星'，那是人类记录最早的一颗超新星。今天我们依然能找到它爆发时弥散的硝烟，那是来自一千年前的光波和电波……在下真正想说的是，这颗星其实与在座各位有关联。这不仅是因我们过去的专业——对不起，也是在座教授们目前的专业，也是因为这颗星与我们的那位老同学有关。请大家记住小林，我们刚刚失去的兄弟。我要说的是，他的家族有一册流传千年的古书，那书上竟也有这颗周伯星的记载！我要说的其实不是这颗星，而是这位消失多年的小兄弟……"

他们都笑吟吟地睖着怪眼看我。他们蹙眉摇头，继而便是木然和沉默。我并非是要为已故同学的遗属募捐，我只是要让他们记住这样一个昔日同窗的存在。即便不提及这千年不灭的星光，即便只为追念一位老同学，他们难道就不该有所表示吗？

我望着这些气色滋润的嘴脸，又望着那盘中的蒸鱼，那鱼的眼睛白而且硬，张着嘴，像是要吃人。我从头皮直冷到脚跟，又扭头望着落地长窗上的雨点，我在那玻璃上看见一些奇怪的嘴脸：冷血者的嘴脸，失忆者的嘴脸，自闭症患者的嘴脸。

"好！千年古书，没准能卖一个亿！"那最有身份的同学起身举杯，却是面向众人，"景星高照！部里还有个会，先走一步，各位明年再见了！"

"我们也该走了，北京的同学随时见啊！"

"撤！多联系哈！吉星高照！"

一千年的光阴足以使江河改道，足以使物种灭绝，至于万物之灵长的人类，虽有科技之昌明，却是未必有多少长进。当我对他们说出那番话的时候，我就意识到自己已是自绝于那个群体了。

我也在其中混了好多年。我在那碰杯的瞬间听到一种破碎声，那是一种决绝和破裂。

就在那个时刻，在那个世界破碎的瞬间，我看到了生活的另一面。

我再也不会将未熄的烟头扔进花盆，我不愿烫伤一只活着的蚂蚁，我也不愿烫伤那花土上的小草。那些蚂蚁和小草是我们命运的一部分。

命运的偶然，我的怠慢和冷血导致了那位老同学的死。我要向这个世界证实他的存在。我确信这是一种真实的存在，而我的余生也将因此而获得些许意义。

那条暗夜中的河流，那顺流而下的肉身，流血的尸身，那些漂散在水上的纸页……

七七四十九天过去了，我依然不敢想象那个雨夜的真实情景。

那真实的声音是半年前传来的。那是一个照例要出席的饭局，那无聊的饭局中忽然有电话响起。那是老同学小林的来电。小林是北京同学圈中绝少提起的人。二十四年前他离京去外地谋生，自此之后便少有音讯。有人说是时间和空间拉开了人的距离，我说其实是处境。我们这个层面的人早已有共识，那些混得不好的同学迟早会自动消失。小林十五岁入大学，他曾是我们天体班最小的同学。毕业没几年，他就丢了铁饭碗。早年间也还有些他的消息，最初他是在南方老家的小城中学代课，后来又辞职收养了一群流浪狗。至于辞职后的生活来源，倒也远比我们想象的简单。那时的城郊尚有大片的树林，树林中有废弃的小木屋。那小木屋就成了他的栖身处。小林为孩子们辅导物理和英语，做家教的收入倒也不比在学校代课少，据说有时他也接些翻译技术资料的活儿。那木屋和树林就是孩子们的教室，据说那木屋周边也有他自己开辟的菜园，据说他还亲手栽了一棵苹果树。

凶讯传来之后，我也曾试图拼出一幅有关这位老同学的生活图景，而我凭借的只是这有限的传闻。那是一种梭罗式的隐居吗？那是一个柏拉图式的学园吗？那木屋上会有一架天文望远镜吗？

一幅模糊的拼图，这图景中大部分是空白。这图景中的人物仿佛只是一个幻影。

八十年代最后那个深秋见面后，我们就几乎不再有联络。电话中的声音陌生而熟悉，不再是那个二十三岁的年轻的声音，但确是小林的声音。

电话这端的我自然也不是过去的我了。我早已习惯了势利的交游，就在听出他声音的那一瞬间，我就确定了自己说话的语气，这倒不是因为我们之间有二十多年的时间距离，说实话，那时我感到的是庙堂与江湖的距离。我正在与京城一班有头脸的人物喝酒，而电话那端却传来一阵阵狗吠声。

小林说他本家的族长离世前留给他一本书，那原本是族谱中秘藏的一册。小林是福建建阳人，那部《建阳林氏宗谱》显示，小林家族的始祖是南唐名将林仁肇，而他正是林仁肇的第三十三代传人。小林说，他已请国家图书馆古籍部的权威专家作过鉴定，专家们一致确认那册古书是明刻版的"麻沙本"。小林说那册名为《无尽藏》的奇书有数万字的古文，他用半年时间将其直译成了现代白话文。他特别强调是"直译"，说是作为后人他不敢妄加增饰，因为那可以说是一部"信史"。

现在追记半年前的这第一次通话，其实是基于我这一个多月来的研究。而在与他通话时，我甚至都没听懂"麻沙本"这个词。其实与他通话时我已隐隐有些不快了。我们出版社是国家一级出版社，我早已习惯了那些求我出书者的孙子样，而小林却是一副坦然自信的语气，通话中省略了必要的谦恭，甚至还为我的无知开了一句玩笑。好在这些年我已修炼得很有些涵养，即便我不想再听他啰嗦，也还是客气地说不妨寄来稿子看看。可怜的小兄弟，他竟然没听出我的怠慢和冷漠！我也懒得问他，既然请国图的专家鉴定过，想必他是带着原书来过北京，那他为何不来拜见我这位老大哥？

稿件特快专递寄来。一份译本打印稿，一份原书的全文翻拍，还有几份专家鉴定复印件。我只粗粗看一眼，就将它们装回了邮袋。那正是我为升副社长发力的时候，读者诸君，你们可以想见，我会为看稿而费神耗时吗？

这样过了三个月，小林又有快件寄来，那是南京大学历史系教授们的一份长长的考证报告。大意是说，这册《无尽藏》写的是五代十国时期南唐末年的史实，大到时事兵事朝章奏疏，小到街巷方位民风土物，其描述无不与开宝六年（公元973年）那个特殊时日的实情相契合。即如书中出现的弥勒佛像，那也是佛教汉化之前的弥勒本相。总之，权威专家们已完全确认这部古书的真实性。

那天晚上小林又打来电话，那时我正在看着电视傻乐。小林先是确认快件已送达，接着就说起他对这部书的感慨。我忽然就有一种莫名的烦躁，我说我正忙着。他说何时忙完他再来电，我便随口说再过俩小时。

俩小时后小林再次来电。电话里传来户外的嘈杂声，他说因我推迟了通话时间，他便先进城买些东西，天气预报说明后几天有大雨。这次他的语气明显地多了些恭敬。他说确是难以想象啊，早在一千多年前，就有人架起了横跨长江的浮桥，这该是怎样的壮举！他说书中写到徐铉的棋书，那其实是围棋史上第一部棋战著作，而女道耿先生事迹也有台北故宫博物院的《耿先生炼雪图》为佐证。他也说到南唐周文矩的名作《重屏会棋图》，而此书给人的启示是，北京故宫博物院那幅很可能只是仿作，美国弗利尔美术馆那幅才是真品。……

从收到稿件到他再次来电，这三个月间我压根就没看他的书稿，事实上，我已找不到他的稿件了。我也懒得找，也忙得顾不上。他忽然急着要收线，说是改天再来电聊，他说"前边像是有情况"。

就这样懒着忙着，命运之手却在暗中拨快了表针。一个多月之后的某一日，我突然接到上海一家出版社的来电，那位同仁并不给我以应有的客套，他的声音甚至带有明显的火气。他说小林已在去上海送稿途中遇害。

小林显然是不再对我有所期待。他应约带着原书和译稿去上海，也带着南北两京的专家鉴定。他在一条涨水的河边遇袭。他身中数刀跳到河里。那些书稿的纸页也散落在水中。河流湍急，警方最终未能寻获他的尸身，水草中却有几片古书的纸页……

若是那天我没推迟与他的通话，小林就不会碰巧撞见那强拆碾人的现场（那是别人家祖传的老宅），也就不会成为那起命案的证人，也就不会招致杀身之祸；若是我能主动地与他有些沟通，第二次通话就不会发生在那样一个子夜时分；若是我能及时看稿，他就大可不必再去上海送稿，也就不会死在那河里……

愧疚，自责，痛心，我用三个钟头在那些书稿堆中找出小林的邮件。我通宵一气读完这译稿，又比照那几十页原文图片看了半天。——我无以表述那种震撼和惊喜，我这麻木已久的心分明是又有了神秘的悸动。这译稿的扉页上居然是以西格夫里·萨松的诗句为题记，这是小林大学时代最喜爱的诗句："在我的内心深处，有猛虎在细嗅着玫瑰。"

这些照片上的纸页，这些纸页上的古文，这便是得以幸存的原著文本。这文本就其体例而言，似是与太史公的纪传体一脉相承，而就其题材而言，又颇具唐传奇的色彩。中国最早的"话本"产生于北宋，在此之前，唐传奇均是以文言文写成。古代文言与现代汉语之间原本并非泾渭分明，小林只是对原文作了最低限度的译转，也可以说是一种复述。原著虽无标点，译本却也并未妄增一句。

我望着古籍版本学家们的鉴定报告发呆，这其中有我原先未曾留意的一页鉴定，哈佛大学燕京图书馆善本室原主任沈津先生的鉴定。沈先生跟随版本目录学家顾廷龙先生三十多年，堪称是当今古籍版本学界国宝级的人物。小林在那页鉴定报告上特别注明，依据纸质、刻工和字体，沈先生看见原书的第一眼，一秒钟即断定其为明末版竹纸"麻沙本"。所谓"麻沙本"，主要是指历史上由福建建阳麻沙镇刻印的书籍。宋明时期全国有三大刻书中心：杭州刻印的为"浙本"，四川刻印的为"蜀本"，建阳刻印的为"建本"，又称"麻沙本"。"麻沙本"萌芽于五代十国，兴于宋，盛于明，亡于清，其中以宋明本成就最高，影响最大，历史上建阳刻印书籍数量居全国之冠，因而享有"图书之府"的美誉。建阳也是宋代大儒朱熹的故里。史载当年建阳有条五六百米的长街，那里家家都卖书，天下书商贩者如织。朱熹也曾在那"图书一条街"上开门面卖书，其著作中也留下了这样的"广告语"："麻沙版书，行四方者，无远而不至。"

沈津先生也在评语中指出，宋版"麻沙本"如今已是罕见的古董，而大量的明版"麻沙本"虽在那场"文化革命"中被焚毁，民间却依然有不少留存的珍本，有"官刻"，也有"坊刻"和"家刻"。"坊刻"是为行销，"家刻"是为私藏，这部《无尽藏》当属"家刻"。

《无尽藏》确是"家刻"，此乃《建阳林氏宗谱》中的一册。

这册麻沙版《无尽藏》卷目有九卷，卷九有目无辞，而明版刻印者仍保留其卷号。这个明刻版目录也显示有序言，但序页已不复存在。

在原著翻拍本中，跋语的作者是明末士林领袖钱谦益。钱谦益（公元1582-1664年）字受之，号牧斋，晚号牧翁、蒙叟、聋馘道人、没口居士、绛云老人、东涧遗老、虞山老民，天下学者知与不知，皆称其为"虞山先生"。这位"文坛大宗伯"以诗文名扬天下，也是慧眼独具的史家和藏家，晚年他从无语堂偶得此书格外珍视，不惜重刻并亲笔题跋，且于文末联署二号，或许是因藏者谓其"原本为宋活字刷印"！小林信中特别指出，个中隐情抑或与"南京情结"有关。

我在古纸堆里寻找那座"石头城"，那是这部《无尽藏》事件和人物的背景。长江天堑，虎踞龙蟠。自东吴至民国，这座城市屡屡成为逐鹿者定鼎或偏安的首选地。秦淮西流，大江东去。千年之后的今日，栖霞山上的七级舍利塔依然是林仁肇改建后的状貌。那也是当今中国最高的一座舍利塔。那舍利塔上依然刻有《金刚经》中的那名偈：一切有为法，如梦幻泡影，如露亦如电，应作如是观。

一切如泡影，历史亦如是。唐宋之间的五代十国，那是怎样的一个大乱局！五代最后一个朝代是后周，十国最强盛的一个是南唐（公元937-975年）。自烈祖称帝到后主降宋，南唐历先主、中主、后主三代，享国不足四十年。这与中国最早的帝国倒是有一比：始皇帝的帝国只有十五年！而真正可比之处更在于，秦朝和南唐都是仅传三世即覆亡。"前缘竟何似，谁与问空王？"

陆放翁在其《南唐书》中也曾发出这样的感慨："唐有江淮，比同时割据诸国地大力强，人材众多，且据长江之险，隐然大邦也。若用得其人，乘闽、楚昏乱，一举而平之，然后东取吴越，南下五岭，成南北之势，中原虽欲睥睨，岂易动哉！"

"昔贤多使气，忧国不谋身。目览千载事，心交上古人。"在诸多有可能改变南唐命运的因素中，一个至关重要的人物是林仁肇。林仁肇之于南唐犹如袁崇焕之于大明王朝。他们都是"国之长城"，而末代帝王们总是惯于"自毁长城"。

南唐名将林仁肇（公元？-973年）是建阳人，《建阳林氏宗谱》是以林仁肇为始祖，而这部《无尽藏》叙写的是开宝六年那个中秋的旦夕祸变。原著叙事者名号不详，但其身份明确无疑就是林仁肇之子，就辈分而论，他应是这部林氏宗谱中的第二代。宗谱中本该有他的名号，可惜这部分文字已是漫漶不清，纸页上满布指痕和黯淡的血印。

历史是胜者的清单，而真相存乎于谎言的罅隙中，存乎于个体的记忆中。借用瓦尔特·本雅明的话说，这部著作呈现的是"来自远方的亲身经历"，一种"命运的场景"。这场景笼罩在阴冷和虚浮的雾霾里，我在这雾霾和屐景中看到了它的重现。科学家说福岛大地震缩短了地球的自转时间，而在古人这部《无尽藏》的跋语中，分明也有"日促月短"的慨叹。冥冥之中的印证，真使人不寒而栗！

　　一部尘封千年的书稿，一部私藏的"信史"。这是南唐一国的宿命和写真，也是所有朝代的预言和缩影。人去书留。这是书的命运，也是人的命运。小林说，他在先人的幻影中看见了自己的身影，这其实是一个大轮回，他说先人的志业就是自己的志业，先人的著作就是自己的著作。他说他要为历史作证，也是为自己作证。

　　有人说所有的河流都是同一条河流，我要说所有的死亡都是同一种死亡。一本书并不比一个人的生命更重要，而今生命已逝，这书稿便是他曾经活过的证据。我为小林作证，其实也是为自己作证。造化弄人，也在捉弄我这般蠢人。在我愚钝的想象中，那位林公子的形象俨然就是小林的形象。一个家族的千年基因究竟会有怎样的遗传？我在无限时空的幻觉中看见这重合的影像，这是我所见到的真实形象。如此确切的真实感，一如我案头的这部书。

　　有关可怜的小林的事迹，我所拥有的也只是这些传闻和感想，还有这些破碎的记忆。我本应去那个南方小城寻访一番，可对于大病初愈的我来说，当务之急是要让更多人见识这部书。有心的读者想必能够体谅我，甚至也会因此感激我。我与你们分享这个故事，其实是为拯救一种记忆，这其实是我们对抗遗忘的唯一方式。至于我这位小兄弟，对于他的人品和遭际，你们不可能吝惜自己的同情，而待读完他的这部书，你们不可能不有所感悟。

　　作为这部书稿的编者，我自是诚惶诚恐，战战兢兢。小林译书，绝不妄添一句，鄙人编稿，更是不敢擅改一字。我深知好书比人的生命更长久，我是想在这部有望流传久远的作品上投下自己的身影，而题跋批注原本就是古人留名的一种便宜，我便试着为这文本添加了编注。生命无法自证，唯有活在别人的记忆中。读者诸君，请宽谅我这点可笑的虚荣心吧！记忆的碎片定格在老照片上，记忆中的小林俨然就是过去的我，俨然就是我二十多年前本真的样子，而今他却成了一个远逝的幻影，而我们谁又不是一个幻影！

满纸荒唐言，一把辛酸泪。请原谅我这番必要的啰嗦。作为搞过天文的人，我深知仰望星空的意义。今晚的月光很好，我的精神也分外爽快。我知道自己此前的二十多年全是发昏，也知道自己如今有了得救的希望，而在这样一个做错事不再被人原谅的年纪，凡事须得十分小心。我深知自己业障深重，所以虽已尽力做了这桩好事，却也不愿在此留下自己的名字。

NAME
OF
THE NUN

无尽藏

【卷一】

史虚白

天雨粟。鬼夜哭。仓颉造字成,天地遂不能藏其秘,故天雨粟;神怪遂不能遁其形,故鬼夜哭。太古之初无文字,及至伏羲画卦,天地间始有人文。河出图,洛出书。先有河洛出图书,后有伏羲画八卦。先有伏羲画卦,再有仓颉造字。

这本是千古不易的定论,东汉年间的《春秋纬》却是另有一番记述:"仓颉生而能书,及受河图录字,于是穷天地之变,仰观奎星圜曲之势,俯察龟文鸟羽山川指掌而创文字。天为雨粟,鬼为夜哭,龙乃潜藏。"

仓颉生而能书,后受河图录字,此一说似是指造字与画卦无涉,而比此书更早的《易·系辞传》分明是以伏羲仰观俯察为先:"古者庖羲氏之王天下也,仰则观象于天,俯则观法于地,视鸟兽之文与天地之宜,近取诸身,远取诸物,于是始作八卦,以通神明之德,以类万物之情。"仓颉乃传说中人,亦为轩辕黄帝内史。仓颉造字乃夺天地造化之功,遂为天地所不容,天地不能藏其秘,故天雨粟。

天雨粟。风雷动。吉气发。此番异象后世不曾再现。自周召共和以降,虽有确切纪年,史籍中亦无此类记述。

沧海桑田,轮回无尽。后人确也无福,纵是仰观俯察者不计其数,却也无人能再见那神迹。

光阴荏苒,转眼又是一朝。昇元元年十月,一群渔夫声称目睹了这奇景。正是南唐开国皇帝李昇的登基之日,金陵帝都紫气缭绕,万民欢庆。昇元殿前群象拜舞,百官嵩呼。渔夫们自江边来到皇宫,他们以斗笠托举着天降的粟米。太常寺卿将献粟者引至御前,烈祖皇帝龙颜大悦,喜不自胜。钟乐齐作,鸾凤和鸣。烈祖皇帝升座登坛,仰天祝赞："吾朝初肇，天赐祥瑞。华夷咸若，骏奔结轨。皇哉唐哉，文德信威。仓颉四目，吾孙重辉。天雨粟兮——"

烈祖皇帝遽然色变，阖朝文武联翩俯伏。天雨粟，鬼夜哭。前者是祥瑞，后者莫非是凶谶？

阅尽南唐残存的官史遗书，这普天同庆的瑞兆也只有零星的记载。雕栏玉砌在，往事何堪哀。国灭君降，南唐灰飞烟灭。这个短命的江南大国历先主、中主和后主三代，仅享三十八年国祚。国灭史亦灭，在降臣们奉旨编修的史书中，天命和祥瑞尽皆剔除，凶谶亦付诸阙如。作为南唐一代的异象，后主李煜的重瞳似是仅有的记录。

史载目有重瞳者仅三人，仓颉、虞舜、项羽。仓颉乃文圣，虞舜为圣王，项羽则是霸王。南唐烈祖得国不正，虞舜禅让之德乃是其大忌。篡位者偃武修文，也不愿儿孙学项羽。而在这开国之年有皇孙降生，他情愿将此视为仓颉显灵的朕兆。广额丰颊，一目重瞳，这皇孙生有奇表，及其成年加冠，乃取字为"重光"。龙章凤质，盛世重光，他在这重瞳中看到的是文采。

这婉娈小儿长成之后，秦淮佳丽们在那重瞳中看到的是柔情。多愁善感的皇子，风雅灵秀的文士，他以玉树临风之姿登大位，而朝官们在那重瞳中看到的是温顺。也有人从中看到了懦弱与昏庸，但却无人看到那杀机。

天发杀机，移星易宿；地发杀机，龙蛇起陆；人发杀机，天地反覆。

谢天谢地！身为南唐遗民，我隐姓埋名苟活到了今日。我活到今日，只为那被埋没的真相作见证。

　　闽人林仁肇，南唐一代名将，南唐残存史籍中不曾提及其后嗣。身为他的不肖之子，如今我亦已是风烛残年。虽曰侥幸苟活，我的德行却不曾辱没自己的先人。人说如今依然是太平盛世，人们说当今圣上也是有德明君。这大宋朝的史官也都说，圣上的祖先也都是有德之人，他们皆为圣明天子。太祖传太宗，太宗传真宗，真宗传今上。这大朝的圣主也曾赐我以恩荫，我却无意领受这一切。我也不愿为今朝的历史作见证。我不想为此虚耗这点残存的心力。如今我气衰手颤，目力昏眊，而在这有生残年，我的未了夙愿就是写下那个大难之日的见闻。这非惟是因我乃林将军后人，亦因我可藉此揭示那个短命王朝的另一般真相。简言之，我亲眼目睹了那"鬼夜哭"的一幕。（神怪茫茫，若真若幻。仲尼不语，我犹欲言。）

　　魍魉啸舞于离明，狐鼠纵横于城社。逆气足以召逆，妖气足以成妖。人多人食兽，兽多兽吃人。愿圣明的仓颉赐予我笔力！愿这执笔的枯手不再抖颤！我在汴郊荒寺里启笔书写这悲忻。

　　秋风萧瑟，寒雁南飞。江南的残山剩水早已纳入大宋的版图，江南的金陵也早已不再是帝京和国都。曾几何时，那是一个文采灿然的国度，我也曾在那如画的山水间漫游。民丰物阜，文恬武嬉，而北方的狼群正在窥伺。那也是一个礼佛的国度。国主佞佛，万民迷狂。大江滚滚东去，诵经者声如江涛。群鸦乱舞，它们将礼佛的供品作血食。我在北国的深秋遥想那一场场夜宴，鬓影霓裳，曼舞清歌，酒阑人散，一帘风月闲。而在皇宫深处，一盏命灯预示着一位护国名将的生死。

　　君使臣以礼，臣事君以忠。这圣训写满卷帙浩繁的儒典，这本是我在太学读书所必修的课业，而我不聪不敏，既是才思不济，亦非苦学能文之人，我总难熟记那些诗赋与经文。生逢衰世，我实已早就厌倦了那仕途经济之学。人说君子之泽，五世而斩，我却看到有多少豪门世家富贵不出三代。年寿有时而尽，荣乐止乎常期。起朱楼，宴宾客，多少盛景不过是昙花一现。或为子孙长久计，而子孙能守者又有几人？那些个瓜瓞绵绵的家谱，分明也透着虚幻。那后世不贤不肖之辈，想也是些千人一面的俗物，纵有万般宠爱，也定难有可堪称道的阅历。

　　缘起缘灭，忽焉一世。而今我如此皓首孑身，阒寥独处，想当年孤舟远遁，风雨飘蓬，终来惟遗旧梦一场。"长路漫浩浩，忧伤以终老。"晨昏朦胧间遥忆那尘烟往事，依稀中也总有那些个女子的形容。料那月色三分，定有一分归才艳，一分归慕恋，还有一分，终随那流水。

　　爱别离。怨憎会。求不得。在这人生衰飒之季，我已然出离那有情之苦，我已心无挂碍。梦幻泡影，消灭只在瞬间。且让这支秃笔回到那绮丽靡幻的江南，回到开宝六年的那个秋日。

　　开宝六年，南唐立国第三十六年，南唐亡国前二年。那本是一个寻常无奇的年份。那一年虽有人相食的例常记录，却也并无天崩地裂的灾变。那也是一个寻常无奇的日子。那一日虽是我的冠礼日，其实也是人世间众多男儿的冠礼日。那一日正是中秋节。那原本也是一个寻常无奇的中秋节。

正午时分，太学生们涌到宫前，他们伏阙请愿，击鼓上书。国主废朝，言路塞闭。奸宄不禁，生民涂炭。北师压境，国家危如累卵。文臣怯恶贪财，武官怯阵惜命，阖朝朱紫能统兵御敌者惟林将军一人。（编者注：马令《南唐书》亦有记载，后主朝枢密使陈乔曾有如此感叹，"令仁肇将外，吾掌机务，国虽迫遽，亦未易图！"）

狂飙疾作，黑云四垂，顷刻间天沉地暗，昼晦如夜。学生们长跪不起。有人搏胸顿足，有人奔走呼号。天狗吞日，沙霾弥空，六合之内一片昏惨。有人看见宫前的铜驼在流泪，那宫前横街却并无金鸡旗杆竖起，亦无开赦的诏书降下。九重深邃，请愿者无以上达天听。

国势岌岌，国主却拒不省躬罪己。天听悬邈，国主不在禁宫。

午正三刻，龙卫军大开杀戒。请愿者狼奔豕突，有三人立时被砍杀。

我在栖霞山上遥望宫城，视线却为那层峦叠嶂所遮挡。我极目远眺，那一刻我恍若看见一簇微弱的火光。那时我不知是有人在自焚。父亲命在旦夕，太学生号泣呼冤，国人流血焚身，而我只能躲在这山上眺望。

母亲说，父亲被拘凶多吉少，然林家不能绝嗣。身为父母独子，我理应为延续香火而活命。我沐浴斋戒迎来这个冠礼日，这冠礼日却成了我的罹难日。加冠，学礼，为人子，为人臣，礼成而为人，为人而治人。我的生路将因这厄运而改变。在这成人之始的冠礼日，这厄运使我成了落难者。那些请愿的学生还能回到太学读书么？我是自此再也回不去了。行囊取代了书囊，我的身上只有这伴我逃命的行囊了。我将再难回到那锦衣玉食的侯爵府，那座宅院不再是我的家。母亲依然在家留守，她在等待国主的裁夺。倘若父亲难脱一死，母亲必将随他而去。

这柔懦的国主是要灭门夷族么？父亲的罪名是谋逆反乱，密通中原大朝。问天质地，父亲绝非阴怀异志之人，绝非潜图逆叛之人。曾几何时，父亲于御前密语国主，欲乘中原戍守虚弱之机率军北渡，一举收复淮南十四州失地。父亲献秘计说，国主可于兵起之日宣称林将军据兵外叛，以示臣事中原无贰心。"事成则疆土复得，国家获益；事败则戮臣全家，以明陛下无预谋。"父亲情愿背负叛逆污名，也不惜以自己家人为质押，诚可谓是披肝沥胆，忠义皎然，而国主却忧惧中朝降罪，只求偷安苟且。想当年契丹南入，中原大乱，韩熙载也曾力主乘衅北略，无奈元宗皇帝不思进取，终致割地划江之祸。父亲献此诈反之计，国主反斥其为诞妄之言，南唐再度坐失良机。（万幸那国主昏懦不纳，不然若是真有那灭族之祸，我自是活不到今日，父亲的英名也将因此而受损。不为身谋，毁家纾难，那固然是凛然大义之举，但其实也是一种夺情！人伦天壤之间，这样的功德不要也罢！我也曾因此而对父亲暗生怨恨，那恨意多年不曾消解。）

人说中原未敢轻举妄动，只因南唐尚有林虎子。林虎子即是我父林将军。自我记事时起，每当想到父亲，我就总会先想到他那猛虎的文身。人都说，林虎子是江南惟一的虎将了，朝野皆视其为国家存亡之所系。父亲功冠诸将，然名将不逢明主，国主只求于填词念佛中忍辱自安。时危政乱，人心恟惧，南唐虽以金帛求和，其实也只是在苟延偷生。那些个巧言令色的中枢大员，其实也尽是颟顸充位之徒，而谁能料想，那国主忽又起了诛杀良臣的恶念。

享国者自去股肱，这本是昏君的恶作。那个多情庸柔的昏君，其实是刚愎随意之人。就在这个开宝六年，内史舍人潘佑因上疏直谏被逼自尽，司农寺卿李平也缢死狱中。当政朝臣中，我与同辈学子尤爱潘佑。潘佑气宇孤峻，狷介高洁，他曾连上七疏，愤切直言时弊，那警世之言足堪谓人世间有数文字："人主代天理物，首重民生；朝廷为民求牧，必先吏治。陛下御极以来力袒奸邪，曲容谄伪，聚天下之小人立于朝，遂至天下相顾为寒蝉结舌之状，遂使家国愔愔，如日将暮。今日边腹败坏，盗贼蜂起，庙社悲怨，黎庶无聊，而群官依旧嘿嘿愦愦。国事至此，真可为痛哭流涕者矣。古有桀、纣、孙皓者破国亡家，孽自己作，尚为千古所笑，今陛下取则奸回，败乱国家，不及桀、纣、孙皓远矣。臣草茅贱儒，世受国恩，然终不能与奸臣杂处，事亡国之主。陛下必以臣为罪，则请赐诛戮以谢中外！"

那群龙卫军缇骑持刀执矟，他们簇拥着内侍监直奔林府。那时父亲正在球场边的廊庑下刷马。那青骢马忽然间四足腾踔，振鬣长鸣。我听见院墙外传来急促的马蹄声，我看见门卒慌忙打开门楼的中门。

"有旨收林仁肇归案——"

父亲依礼跪地。

天使尖声宣诏。

"迩来彗星贯月，荧惑犯斗，是谓有臣谋主，必致兵灾之祸。天象示警，朕甚忧惧。命既在天，人不足畏。疏奏林仁肇新镇洪州，有自王江西之图；久典重兵，有通敌叛国之谋。谍报汴梁已预为置豪宅，且以写真绘像为质，有使者亲见为证。逆乱斯极，殊难姑贷！可罢神武军统军、本军都指挥使、宁国军节度使、检校太尉兼侍中、南都留守、食邑千户侯。钦哉！"（编者注：南唐先主篡吴后定都金

陵，先以吴国国都扬州为东都，彼时长江入海口已不在扬州。及至中
主朝割让江北十四州，扬州亦归中原后周，南唐遂又有南都之设。南
都即洪州，即今江西南昌。）

父亲惊愕地缓缓抬起头。那是武将中少有的魁梧身躯，我看见那
身躯在震颤。父亲掠过人丛直望着我，那神态中只有疲惫和绝望。父
亲神色凝重地望着我。

"速入内与夫人诀——"

我看见父亲缓缓起身，我见他正欲向那内院走，又见母亲自那花
厅匆匆奔出。母亲神色凄惶，似在无声地喊叫。我看见父亲的眼里有
泪光闪动。父亲定定地望着我，他先是对我微微颔首，又默默地取下
那佩剑。那甲兵正欲去接，父亲却忽然拔剑出鞘。甲兵们登时一愣，
就见父亲飞步奔向左厢的佛堂。甲兵们持械追赶。

佛堂里传出一片砍杀声。家门守卒也都取了刀剑，哭叫着奔去那
佛堂。甲兵抃住脖颈将我压在地上，使我动弹不得。他们将我狠压在
地，又在我后背踏上一只脚。额头紧贴在地，嘴巴磕着沙土，我无法
呼吸，也难以叫喊出声。我扭转流血的额头，瞥见家卒们正冲向那佛
堂。那佛堂却不再有砍杀声传出。

父亲已被绑缚，甲兵们将他推拥而出。父亲身上的伤口在流血。
母亲号哭一声扑上去，父亲只是轻轻向她摇头。我看见母亲一阵晕
厥，侍女慌忙搀住她。父亲神色沉静，他的左手攥着一尊金佛。我迎
视父亲投向我的目光，我看见他左手执佛，右手握拳，我看见他右手
的拳头猛然砸下。父亲再次向我微微颔首。就在我懵懂点头时，父亲
又向那佛堂回望一眼。

母亲再度昏厥倒地。甲兵们高声大嗓推架着父亲往外走。父亲不再挣扎，他拖着被砍伤的腿走过那游廊，走过那些马鞍和箭壶。

青骢马在悲切中嘶鸣。父亲就这样走出家门，不再挣扎，也不再回首。

我在家人的悲泣声中奔向那佛堂。父亲在临难的最后一刻冲向佛堂，难道只为取走一尊金佛么？

那是一尊弥勒佛小像，佛堂正中也有一尊玉石大弥勒佛。大小弥勒像都是佛装螺髻，敛目低眉，妙相庄严而不失慈悲。弥勒佛本是来世佛，父亲却说弥勒佛分身在人间，时时示人而人不识。我想世人不识其化身，或是因那些化身的相貌不似这雕像。这佛堂正中的弥勒佛垂足倚坐，神态迥异于新近时兴的大肚和尚。弥勒佛像本来就是这般端肃沉静，嘴角微扬，而今所见却多是嬉皮涎脸的造型。今人这般喜好已是蔚成风气，而父亲却甚为憎厌这等恶趣，父亲尤其看不惯那大肚和尚的布袋。（编者注：唐代开凿的乐山大佛也是弥勒佛，且为世界上最大的摩崖佛像，其神态亦是端肃沉静，敛目低眉，与今人所见的大肚弥勒佛迥别。）

父亲是要将这金佛献与国主么？父亲是要以此保命么？国主占尽天下珍宝，我看不出这金佛对他有何稀奇之处。或许父亲此举只为淆惑那些禁军，而其本意是将我引向这佛堂。那姿势和眼神已给了我足多的暗示。

绣幡斜坠，香炉滚地，佛堂里一片狼藉，供桌上也有几道血迹。这是那场厮杀的残留。父亲骁勇善射，膂力绝人，也曾空手入白刃。那些个禁兵即令身手了得，也绝非父亲的对手。父亲本是性情刚烈之

人，可他何以不杀死那些禁军却反致自身被执？或许父亲坚信自己无
愧于国主，或许他以为自己有机会向国主辩白，或许他是冀望于国主
的良心发现。他依礼接旨，且不杀死国主的禁兵，但他分明也是有大
难临头的预感，因此才要将我引向这佛堂。

除去这番搏斗的残迹，佛堂里似乎并无异样。我仔细检视每一
处角落，遽见那幅壁悬《栖霞无尽图》已坠落在地。这是董北苑的名
作。我平日很少进过这佛堂，这里惟有这画轴是我最为熟悉的物件，
父亲曾说要将其挂到我的书房里。这画轴或许是在厮杀时被砍落，那
挂绦已被砍断。我忽然看出这画轴有异样，这立轴的天杆上分明有三
处剑痕！

这三处剑痕等距分布，像是刻意而作的记号。

这是父亲的剑痕么？这是父亲有意为之么？鬃漆的斑竹轴杆，新
砍出的剑痕。

我沿着剑痕掰动这轴杆。轴杆未及全断，竹管中便微露出一卷
粗绢。

这轴杆的竹节已被打通，竹管里隐藏着一卷绢画。这是一卷高约
尺许的画卷。画卷粗可盈握，似是一幅长卷。

这长卷并无轴头和扎带，火漆封印处却有父亲的手书：吾儿于大
难之日启。

大难之日我开启了父亲留下的这手卷。这粗绢长卷色泽鲜焕，物
景优雅，但却并无题署和钤印。自右向左看去，这长长的画心由屏风
和床榻分隔成五段，而这画面正中是一个高挑的烛台，那烛火照亮画
中的夜景。

　　这是一卷夜宴图。从卷首至卷尾，五段场景次第展开，五段画面中尽是歌舞欢饮的人物。我能辨认出其中的某些人，因我也曾在那欢宴的现场，我曾手执烛剪为那烛台剔火，那烛剪足有三尺长。我却不在这画上。这是韩熙载生前的最后一场夜宴。韩中书已于三年前辞世，而今理应尊称他为韩宰相了，国主早已追赠其为"平章事"。

　　韩熙载的形象出现在每一段画面中，他在这画卷中屡次更衣，而其最显著标志便是那美髯和高帽。即便在那脱衣露体的画面中，他也头戴这顶古怪的桶状垂缨帽。这是他自创的一种轻纱高顶帽，这款名为"韩君轻格"的纱帽一度成为朝臣和文士们的雅尚。韩熙载以俊迈之气，负不羁之才，既为文高学深的真名士，就自有一种孤标傲世的风度，而那些追步者总是难掩俗态，他们充其量不过是附庸风雅。画师逼真写实，以形传神，我却从中读出了另一种意蕴。这画卷散发着一种淡淡的哀愁。画中的韩熙载神色清寂，目光迟滞，似有难与人言的忧思，眉宇间也似有某种愤懑。他时而袒胸露腹，时而肃然凝立，时而心不在焉，时而却又有固执的注视。这是与欢宴场景极不谐和的神情。这夜宴的主人审音能舞，本是谈辩风生的一流人物，而在这画中却是如此的沉郁落寞。

　　那场夜宴的氛围确是既热闹又冷清，既缠绵又郁悒。这郁悒中似有某种苦闷和茫然。那位现场偷窥的画师，他在落笔作画时该是有着怎样的隐衷？这些画中人物除了父亲和韩大人，我最为熟悉的便是德明和尚了。画中的德明和尚身着僧袍，低首而立，他神色尴尬，双手似在鼓掌，但更像是在合掌，众人观舞，他却不看舞女。这显然不是出家人该光顾的场合。德明和尚曾为国主讲《楞严经》，他也是韩熙载的沙门好友。只因他曾在这妙因寺挂单，我一路骑马来到这里。我期盼德明和尚能予我以开解，或许他能告知我，父亲为何给我留下这画卷，这画卷又何以能保我家人免于大难。（编者注：妙因寺即今栖霞寺。）

万没想到，母亲大人对这画卷竟也一无所知！如此看来，父亲也对母亲保守了这秘密。我忽然对父亲生出几分陌生感。凛然可畏的父亲，沉默寡言的父亲，这沉默中究竟有着怎样的隐秘？父亲也会对国主隐藏自己的心事吗？

树树秋声，山山寒色。钟鼓低沉，黄叶翻旋。国主的銮舆正在下山，这是每年中秋例行的进香。国主造寺度僧无数，今年这个中秋他来的是这妙因寺。这妙因寺有父亲重建的舍利塔。国主下山之后即会回宫，他将在那深宫御花园与小周后赏月。而在皇宫近处的刑部大狱里，父亲正在等待国主定谳。

我在松篁苍苔间望着那辇道。那辇道上结驷连骑，烟尘漫卷。金瓜银钺护驾，龙凤旌旗飞扬。国主的辇驾正迤逦远去。我沿着栈道向下奔突数步，又爬上一棵老樟树。假若我有父亲那样的箭术，我会追上去射杀那个昏君么？我自忖并无这胆气，也无父亲那般力气。我骑马上山，这匹马也只是充作脚力而已。我恨自己手中没有猎弩。（编者注：猎弩亦弓属，其发矢用机括而不仗人力，瞄准、射远且力强。）父亲以一介武夫起家，虽有赫赫威名，他却不愿我走他的老路。在我出生时，他们也曾举办过桑弧蓬矢的射礼，他们也曾冀望我志在四方，可自从我初学骑马跌落马背，父亲就严禁我踏入那马球场。我记得那是我十二岁那年的秋天。金陵帝都豪门林立，林府独以球场闻名。那球场却是我不能涉足的禁地。父亲为我指定的去处是书房。我谨遵父命打消那些驰马逐猎的念想。父亲要我学做致君泽民的文臣，或是做一个食禄保生的循吏。我在太学里饱读那些修齐治平的古书，却至今仍是一个未经秋场的书生。我总难应付那些诗云子曰的考题，也惧怕那榜上无名的下场。不善骑射，不谙世事，不图上进，一个废物也似的文弱书生，而父亲却留我一卷大难时开启的图画。

藉此一卷图画救父亲脱难，我一时难以想出有何神机妙策。父亲是要我找人劫狱么？这画中惟一的武人即是父亲本人。父亲本可杀死那些禁兵逃走，既然他不曾反抗以致束手被擒，也就勿需等待别人劫狱。父亲是要我将这画卷献给国主么？我却知道国主早已见过这画卷。当年国主派顾闳中周文矩二位翰林待诏潜入韩府，他们窃窥默记那夜宴所见，而待他们将绘画进呈御览时，国主却只是付诸一笑，也并未将其作为珍品收藏。这手卷如何又成了父亲的藏品？

南朝四百八十寺，多少楼台烟雨中。我俯瞰山下那滚滚东去的江水，又想到那些千百年间沉没其中的船舰和铁索。我遥望远方那座醉生梦死的都城，那城池之下又有多少湮灭已久的楼台和传说。我望着古诗人笔下这片迷蒙的烟雨，恍若看到那些古刹中有着无以计数的秘藏。父亲将画卷秘藏于这栖霞无尽的图轴里，而那位高僧就在这画卷中。

德明和尚淹通经藏，亦是有名的画僧。当年他初举进士，却因直言被黜，于是志绝仕进，一心学为浮屠。而今他却已不在这妙因寺，老住持说他回了青原山。我站在德明和尚曾经寄宿的僧寮前，又走到那井台前汲水。我畅饮半瓢清洌甘甜的井水，又在井底看见自己的身影。传说当年侯景败逃来到栖霞山，曾将劫得的天子御玺扔进了这井里，后来寺僧打捞出那宝玺，又将其献与陈武帝。这古寺有着太多的传说，这些传说与我无关。我只想尽早找到能予我以救助的人。德明和尚不在这寺里，我茫然地望着方丈门额的字匾，那是一块黑底白字的"虚白匾"：度一切苦厄。

这额题是吏部尚书徐铉的书迹。古朴端厚，沉稳典雅，藏机变于谐和，有体方笔圆之妙。这寺院山门的额题亦是徐铉所书。徐铉的别业就在这栖霞山，就在这古木蓊郁的寺院西边，那是国主特赐的庄田。

徐尚书性情简淡，他是与韩熙载齐名的硕德鸿儒。江左文坛素有"韩徐"之并誉，即是指韩徐二人以文章书法名重于世。徐铉素与韩熙载交契深厚，他本人出仕较韩熙载略晚些，早年曾蒙韩熙载提携和赏识，而其女婿吴淑文章出众，亦深得韩熙载器重。韩熙载辞世后，这"韩徐"只剩一个徐铉，四方士人更视其为文坛泰斗。徐尚书也曾是韩府夜宴的常客，而他本人却不在这画卷中。那一夜我确也未曾看见他。此刻既已逃奔到这山上，我便决意要拜访他。徐尚书贵为翰林学士，也是国主的近侍，他或许能予我以支助。博学广识的徐尚书，他是本朝官员中少有的智者。当年他任御史大夫时，皇家北苑有大象暴毙，厨人寻胆不获，国主使问徐铉，徐铉说象胆当在前左足。厨人剖象前左足，果然就见胆在。徐铉说象胆随四时在足，今其毙在春季，故知在前左足。

太平有象。象为太平之象。人君南面而坐，以左为东，而东方为四时之春季。以徐铉之博识智慧，这画卷的隐秘弹指间当可破解。

徐尚书的别业宏丽而轩敞。我在那飞檐挑角的轿厅投上名帖，那门人却是面有难色，他说徐尚书不见生客。我掏出两块碎银，在那名帖上放一块，门人便说既然我是林公子，想必就不是生客，可他又说徐尚书偶感伤风，恐是难以见客。见他盯着我手中另一块碎银，我便说徐尚书若能接见，我身上还有更多。我将手中那块碎银也放在名帖上，门人便夸我"识事体"。

门人快步进去禀报，我在轿厅静待传唤。说来我确也不是生客。我与徐尚书有过一面之缘，那匆匆一面却给我以难忘的印象。何为儒雅，何为君子，徐尚书的仪态堪为天下第一楷模，但凡见过他的人都会与我有同感。

我正在回想着那次见面，就见门人哭丧着脸跑出来，他的胸前是湿漉漉的一片。徐尚书将茶汤泼在了他身上。

同为当世宿儒，韩熙载更为旷达，徐尚书却更为沉稳。彬彬儒雅的徐尚书怎会有如此粗鲁之举？门人说，是因他扰了徐尚书的棋局。

徐尚书是独步棋坛的国手，昔年某日他与国主对弈，宫人忽报大理寺卿萧俨求见。萧俨不耐久候，便直闯宫掖，而见国主正沉迷棋局，他便挥手将那棋案掀翻在地。国主问他是想学魏征直谏么？萧俨说臣不及魏征，陛下亦非唐太宗！萧俨发怒是恐国主因弈棋而荒政，国主默然罢弈，不因萧俨犯颜而降罪，国主也因此而得美名。国主临御之初，也还有这从谏如流的说道。而今国将不国，国主便可随意将忠臣良将打入死狱。

那门人微笑着向我伸出一只手。

我又掏出一块碎银放在那手上。

朱栏回转，曲径通幽。徐尚书正独坐在山亭中，那山亭周围巧石玲珑，花木交映。徐尚书默坐不动，望去也似一块奇石。

我向徐尚书拜了四拜。即便是在太学拜孔，我也从未有过如此的虔敬。我对他以"大宗伯"相称。"大宗伯"本是对礼部尚书的敬称，徐铉昔日曾任礼部侍郎，此刻我以"大宗伯"相称，愈显出我对他的尊崇。我为扰了他的棋局而致歉。

徐尚书指间正拈着一枚黑子，他只是敷衍地回了半礼，却并不抬眼正视我，他只是盯着那棋枰发呆。亭中的石台即是棋枰，那些黑白棋子正摆布出一个残局。我并不为他的怠慢而介意，毕竟是我扰了他，而他正在为那残局入神。

我望着亭山上的题诗，那显然是徐尚书的篆书自题：跂石仍临水，披襟复挂冠。机心忘未得，棋局与鱼竿。

徐尚书以篆隶而闻名，尤好秦相李斯的小篆。这诗句的书法便是李斯体小篆。

"打劫！"徐尚书忽向棋枰落下黑子，就欢快地拍了几下手。我几乎就是棋盲，因此就不敢看那棋局，生怕他与我谈论。

"青山不厌千杯酒，白日惟消一局棋。棋有不走之走，不下之下。林公子也看出有何异样么？"

"学生无知，却不知这些文字有何奥妙……"

我望着棋枰上的那些文字，那纵横十九道线路各标有一字，我确是从未见过这样的棋盘。

"从来十九路，迷悟几多人。古谱失传，弈棋者每每不得要领。今有徐氏记谱，道术兼备，易识易记。顾我万年之后，或可以此而不朽。你瞧这棋谱，十九路各用一字标记，一天、二地、三才、四时、五行、六宫、七斗、八方、九州、十日……"

　　我已记不起自己是如何摆脱这话题，那或是因徐尚书觉察到我的心不在焉。徐尚书带我走过一片药圃，又穿过一道石拱门，又走过一条紫藤长廊。长廊的尽头是书斋。

　　这书斋明窗净几，古意盎然。间壁的博古架上玉轴牙签，典册琳琅，徐尚书奉诏编拓的四卷《昇元法帖》就摆置在那明显处。徐尚书是驰名天下的书家。他的秦篆玉筋圆劲，气质高古，人说自大唐李阳冰之后篆法中绝，而今惟有徐铉能存其法，虽骨力稍欠，然已精熟奇绝。我囊中的"唐国通宝"上即有他的秦篆币文，而这书斋里也壁悬一轴仿李斯小篆：受命于天，既寿永昌。徐铉的小篆确是上乘妙品，其最妙绝之处在于，笔画中心总有一缕浓墨，至曲折处亦正当其中，无有偏侧。我无心观赏这些书画、钟鼎和碑帖，我只想说出父亲的不测祸事。

　　徐尚书不动声色地听我说完，我满心期待他予我以指点，而他却是缄口不语。我说他尝与韩熙载过从，不料他却对我说，那几年他已不再是韩府夜宴的常客。

　　韩熙载晚年为国主所猜忌，徐尚书与他疏远是为避嫌自保么？徐尚书把玩着手中的诗筒，他说自己与韩熙载并无宿嫌和私隙，然君子绝交不出恶言，他明里私下都不曾说过韩公的坏话。我不知他为何要对我这样说。

　　我拿出父亲留给我的《夜宴图》，徐尚书忽然眼睛一亮。我将画卷展现在这阔大的书案上。徐尚书俯身察看。当我说起父亲为我留画的情状时，他的眼中又闪过一丝亮光，但却紧接着就皱起眉头，他说自己也是爱莫能助。他说国事日非，残局已现。他说我毕竟青春年少，理应放眼长远。一番叹息之后，他又转回到那正在撰写的棋书上。那书案上亦有几册古人的棋书，一册是《围棋铭》，一册是《博弈论》。

"古人著书，不自谓是，未死之前，不自谓成。许慎著《说文解字》，到老不以为成，直到病死前才由其子奉上。我也学古人，这《棋图义例》也是迟迟不定稿，不死不休，方可期不朽。"

徐尚书的书案上摆着一叠《说文解字》校订稿。他是精研《说文解字》的名家，据说他已将多个俗字增补入那部字书中。而此时此刻，我来这里却并非是要讨学问，我也无心听他掉书袋。（编者注：汉代许慎的《说文解字》是中国第一部系统分析汉字字形和考究字源的字典，该书原著久已失传，现存版本以徐铉徐锴兄弟二人校定的刊本为最早，世称"大徐本"和"小徐本"。）

"逢危须弃，势孤取和。"我不知他是说棋还是说我，因他只是对着那围棋书稿说话。

"这《夜宴图》大宗伯有何见教？……家父遭此无妄之毁，大人竟无一言可说么？"

"不好说，可不好说，神妙自是神妙，却又好似一个谜……谜！妙哉！这个俗字可补进字典里！'谜'——隐语也，从言迷。秦客廋词于朝，古之所谓廋词，即今之隐语也，而俗谓之'谜'。"

"大宗伯见教的是，这画卷也是一个谜，晚生正是为此而来。"

徐尚书却并不理会我，他望着书案上的稿纸出神。这书案上既有叠山砚，也有龙尾砚，还有半锭名贵的廷珪墨。徐尚书从龙尾砚上拈起毛笔，便在那竹纸上缓缓写下一个"谜"字。

他拿镇尺压住那字纸。他无疑会将此字补入字典里。

我已渐生绝望。此时此刻，我已是怒气冲涌，我不再谦恭循礼。

我跨步进前，我要逼他说话。

"诏狱既设，人主自可以意杀人。难得你想到我身上，巴巴地跑来这里，奈何我也是仰人鼻息。"徐尚书拿起一张朝报晃晃，那朝报上有中书省编纂的最新诏敕。"尽人事，听天命。这句话你也听得过么？然则我再送你一句老话：不失人，不失言。行乎当行，止乎当止。"

"晚生已是无依无靠，举目无一人可与言，大人既为智者，总求给些开示。"

"不好说，说不好。言出而不能悟主，身废而无足救时。以道事君，不可则止。我也只是不愧本心，不违所学，如此而已！你也好——"

徐大人猛地弯腰打个喷嚏，便气恼地冲我挥挥手，似是将这失态归罪于我。我能想到他被喷嚏打断的话，那是长者送给晚辈的例行套话，那其实也是一道逐客令：好自为之吧！

"好自为之吧！"徐大人直起身子说出这句话。

好自为之。此时此刻，这虚文套语由徐尚书如此说出，我却难解其言外之意。我在这急难中向他求救，论人情物理，他确是不该袖手旁观。这登门拜访者毕竟是林公子。你沐浴斋戒等待自己的加冠礼，你在这冠礼日成了落难者，你走投无路向这位当世大儒求救，而他给你的只是这样一句话。

我感觉到周身的血液在凝固，像是在寒流中骤然冻结，骤然干涸。

我最后望一眼壁上那幅《竹禽图》。那画轴的落款有"钟隐笔"的字样，国主自称"钟峰隐者"，"钟隐笔"乃是其书画中常用的题署。国主书画兼精，那幅《竹禽图》书画一体，实为别创新格。那是国主自创的一种"颤笔"，那画中的竹禽和书法都有一种颤掣之状，那气韵和骨力仿佛为某种外力所牵扯，笔墨间仿佛隐藏有某种牵机。

"老朽不信佛！"徐尚书忽发一声慨叹，"这佛山不见佛光，倒是很有几分妖气了！"

山风骤紧，香客的舆骑渐已稀少。徐尚书"爱莫能助"，他似是在跟我打哑谜。我难以确定他是否知晓这谜底。这是我未曾料想到的冷遇。我已无人可求，无处托庇。

我再次转回到这寺院，再次经过这钟鼓楼和放生池。这《夜宴图》藏在《栖霞无尽图》的立轴中，而这幅山水的画师早已弃世多年，我便只能来这栖霞山上。董北苑多以江南真山水入画，既然那幅立轴题为"栖霞无尽图"，我便冀能在这山上解开这谜团。

作为本朝最有名望的山水画大师，董北苑擅画峰峦烟云和洲渚林木，人说他的水墨用笔草草，近视几不类物象，远观则景物粲然。而在那幅《栖霞无尽图》中，山水依然是他那平淡天真的画风，依然有云雾缭绕的峰峦，画面却更突显山中的寺院，而画境的主体并非妙因寺的毗卢宝殿，而是这座雕工精美的石塔。正是我眼前的这座七级舍利塔。此时此刻，正有几位香客在绕塔，而我只是站在远处观望。（编者注：舍利子对于佛教在中国早期的传播意义非比寻常。有舍利子才有塔，礼佛的方式就是绕塔，而塔才是寺庙的中心，这与今日前殿后塔的寺庙规制迥别。）

一只白鹿自千佛岭那边奔来，一路蹦跳着朝那宝塔跑去。我跟着那轻捷的身影走向那座白塔，又见那白鹿纵身跃过塔基的围栏。

　　我来到塔基的浮雕前，那白鹿却倏忽不见了踪影。

　　宝相精严，塔光朗照。这是天底下最高的舍利塔。隋文帝杨坚当年偶遇神尼智仙，智仙赠其数百颗舍利子。杨坚登基后深信自己是得佛祖保佑，便诏令天下八十三州各自建塔，供智仙像，藏舍利子。他将舍利子分赠八十三州舍利塔，而最先得舍利子者就是这栖霞山。

　　这是父亲与谏议大夫高越出资重建的宝塔。昔年的木塔毁于唐会昌年间法难，重建后的这座石塔自是更为坚固。明天的这个时辰，父亲或许就不在人世了，而这石塔或将屹立千年而不倒。这舍利塔是父亲心爱的造物。明年的此刻，父亲或将化作一堆枯骨。没有谁会为他修建这样一座宝塔，我也不知何处将是他的葬身之地。赐御酒。赐自尽。赐全尸。我佛慈悲！彼时他见路边有枯骨，便伏地礼拜。佛说此一堆枯骨或是我前世祖先，多生父母，以是因缘，我今礼拜。

　　一切如来，护念加持。佛说宝塔所在之处有大神验。

　　塔铎泠然，经幡轻扬。我仰望塔身上那尊披坚执锐的武士像（编者注：栖霞山舍利塔塔身第一层有二天王二力士像，披坚执锐者应为天王像，原著者将天王像写成武士像，或是有意为之。）那武士英姿凛凛，扬眉怒目，一手攥拳向上，一手前伸紧握，那身形酷似一个执凿挥锤的石匠。我恍若看见父亲的身影。凛然可畏的身影。风尘仆仆的身影。跃马麾兵的身影。那个身影正在远去。刹那间，我忽觉自己竟记不起父亲的模样了。

　　父亲此刻还活在这人世间。我不使自己有疑惧。我为驱除这疑惧而默祷。我默念塔室倚柱上的六喻般若偈——

一切有为法，如梦幻泡影，如露亦如电，应作如是观。

秋烟漠漠，松涛隐隐。云雾中传来几声猿啼。

正欲转身离去，便有一个声音将我唤住。那时我正站在舍利塔前的梅树下。

"林公子哪里去？"

一阵凉风袭过，那人于一片薄雾中现身。来者是一披发仗剑的女道人。那女道风神散朗，步履轻疾，鹤衣玉貌，宛然仙人。她手拿一株断肠草。我不曾见识此人，她却知我是林公子。

"公子有厄难！官兵画影图形海捕，你当尽快藏身。"

脚踏云尖凤头履，腰系攒丝双穗绦。这女道碧目深邃，灼然如秋水之波。我默然呆立，只是瞥一眼她手中那株断肠草，又眼巴巴地望着梅树上那只鸟。适才我原本正望着她来的那方向，舍利塔后就是千佛岭，那方向却并无人影。我正欲转身下山，她就在那边唤我，我却不知她是何以出现在我背后。这些年我在太学里学到了君子慎言的训条，我不语非为讲求所谓君子风度，我不语是因我深知在生人面前尤当谨慎，更何况正处于这危困之时。我默然不语，只是呆呆地望着树上那只八哥。（那种鸟本名是"鸲鹆"，盖因"鹆"、"煜"同音，为避国主李煜名讳，彼时南唐人将鸲鹆改叫作"八哥"。而今我早已不再有何避讳，其实我更是不屑于提及他那名字。而今李煜早已归阴，我也垂垂老矣。）

"林统军遭此荼毒，可也未必就有大难。"

我再也无法掩饰自己的诧异。此人显然知晓我父亲的险情，她也晓得我是林公子。

她那道袍上黏着一片蛇藤叶。我忽然感到一种迫近的凶险。我理应打探一下她的来路。

"为救父亲脱难，我当万死不辞。"

"只恐你也是徒然送死，这山上更是留不得。"

我循着她的视线远望，望着那条尘土飞扬的山道，就见有大队的禁军已开到了山脚下。

"国主或是别有所图……"

"你我素昧平生，如何便知我家里事？"

"相遇何尝不是重逢，这里头是有个大因缘。"

"敢问……道长尊姓？"

"道不言姓，亦不言寿。说来自个竟也忘了许久，人却还呼我为耿先生。"

蓦然间我想到先朝那位耿先生。那位耿先生时常出入宫中，也曾有那炼雪成金的奇闻。那该是十几年前的旧事了。那位耿先生也是一位女道人。我想那位耿先生或许应是更年长些。我不知她们是否为同一人。

"听说有那炼雪成金的耿先生，却不知先生是也不是。"

"有时候也是。"这女道只是浅浅一笑。

我虽是困惑不解，却也感觉此人大有来历。

"先生说国主别有所图，只不知所要是何物？"

"贫道也是不得而知，可你总归要找到才是。"

"若有此物，必能救家父脱难么？"

"或许……可也未必……"

"晚生愚昧，得求……道长指示。"

"看你颇有些根器，我就多言几句罢。宫里有香室，佛前有命灯，而你当在灯灭前寻获那宝物。"

"宝物？"

"既是秘藏，就定归是宝物了。要找这宝物，或许林统军留有线索……"

"没……家父没留下甚么……"

"这么说真是有线索？或许也是某种秘藏？"

"这只是你说……"

"你这身上可不就有么？"

我尚未有所反应，她便猛一把抓住我的背囊。我甚至都没看清她是如何快步走近。她那出手的瞬间好似袖底藏风，那袖口微露出暗红色的指爪。我惊慌退后几步，而她随即又闪身退开，只是眯眼望着我。

我惊恐莫名，慌忙将背囊紧拽到身前，双臂紧紧抱住。

"可这并非国主所要，这画他早就已看过。"她的唇边又掠过一丝浅笑，我正担心她抢走这背囊，就见她摆手冷笑道，"韩熙载开夜宴，其酒量也只是涓滴而已！这画既是林统军留与你，你就当尽力破解它，只是不必求助他人。"

"我倒也没……"

"适才你不是去过徐府么？"她那目光凌厉如电，我不由得打了个寒噤。"事机不密，自个儿遭殃，你当刻刻在意。至若那宝物，或与史虚白有关也未可知。"

"史虚白？……"

那位息影林泉的隐士。独行高蹈的隐士。于我而言，那只是传说中的人物。此时此刻，只因我身上这卷韩府夜宴图，那个早已故去的人物竟也与我有了关联。我知史虚白是韩熙载故交，他们都是山东北海人。当年他们一同南奔，史虚白意气用事献北伐之策，先主不纳，史虚白遂南游匡庐，以诗酒自娱。中主即位后，因有韩熙载力荐，史虚白又蒙国主召见。这位隐君子却说自己是草野之人，邦国大计不敢预知。史虚白醉溺于殿陛，国主遂视其为真处士，乃赐田遣还。及至国主割让淮南十四州，与北国划长江为界，史虚白又写《割江赋》讥诮："舟车有限，沿汀岛以俱闲；鱼鳖无知，尚浮游而不止。"

北方的宋国早已在江北置署，商旅一概禁绝过江。山嶂屏蔽，林木荫翳，此时此刻，我望不见那被阻隔的江水，也看不见那些浮游不止的鱼鳖。那江上的水汽却是蒸腾于山树之上，形成一片凝滞的云烟，那片云烟正呈现出一种异样的惨白，恍若一片低垂的降幡。

"先前我在匡庐白鹿洞游学，就听说史先生早已作古……"

传闻史先生醉卧数日而卒，临终令人置一竹杖于棺中，下葬时人觉有异，开棺却惟见那竹杖。人说那时他屋顶落有两只白鹤，史先生甫一咽气，就见三只白鹤振翅而去。

"雁过无痕，人去名在。史虚白的事竟也还没完……"

望着那飞过天空的雁阵，这女道幽幽轻叹一声。我一时疑惑无语。雁声嘹唳，雁阵悠悠远去。那位遗世绝俗的史虚白，似是总难从人们的传说中隐去。

待她再次转向我，我又试探地询问："听说先主……烈祖皇帝晏驾时，史先生也在御榻前。"

"烈祖晚年服丹药，晏驾也是在紫极宫，史虚白确是在榻前。史虚白给他看过一卷画。"

我兀自瞥一眼身上的背囊，正欲再问，就见她扬起一根纤指打住我。

"时辰不早了，今儿难得采到这茅苍。"

她手拿的分明是一株断肠草，这种药草根叶都有剧毒，她却说是茅苍。这栖霞山上草木繁盛，茅苍并非难得之物。我再次感觉这女道很可疑。既然她说这毒草是茅苍，那她方才所言又有几多可信之处？我不想戳破她这谎话。

"侯门似海深，客路如天远。老姑也该下山了，你且快去罢，自去寻个藏身处。"

"可你说我要找到那宝物。"我直视她的眼睛，我要看她如何自圆其说。

"我也只是说说罢了……若是命中该有此难，只恐躲也无济，倒也不如去历劫一番。"

她的眼中隐约闪过一道阴影。似是为回避我的质疑，她那游移的目光转向自己的袖口。那袖口微露着暗红色的爪甲，我忽觉她身上似有一股妖气。

"上天护佑，助你一个好签！"

那袍袖飘然一展，我惶惶然退后一步，就见她手握一个象牙签筒，那签筒里有一匝细长的字签。

我惊疑地望着那签筒。既然她已知我的身份，我就不能露怯。倘若这字签确能预示我的命运，我就不惮以最坏的揣测正视这命运，即便这命运是藉她的妖术而显现。

我微闭双目，耳闻风铃清亮之声。这风铃声使我有刹那间的豁然，使我感到自己果真是在为命运而求签，我是为父亲的性命而默祷。我将冥冥之中的运气凝聚于五指。我从签筒里掣出一枚字签，又将字签举到眼前。

字签上并非通常的吉凶语，而是数行手书的诗句，似曾相识的诗句——

终日寻春不见春，
芒鞋踏遍岭头云。
归来笑拈梅花嗅，
春在枝头已十分。

NAME
OF
THE NUN

无尽藏

【卷二】 朱紫薇

民人有宝器，函匣以藏之。民人以垣墙为藏闭，天子以四海为匣匮。普天之下，莫非王土。这些古语也皆为千年不易之理。我实难想象国主所要是何等宝物，更难想象父亲竟是命系于此。

我沿栖霞山一侧的樵径溜到坡下，又钻进山坳的一片枫林中。那女道早已飘然离去。我的后背仍在一阵阵发凉。我本该更多地探究她的来路，可她留下那诗签后就匆匆下山，而我惶乱中也急于逃离她。那时我只想找个静处仔细想一想。

父亲身陷囹圄，母亲在家苦候，他们势必再番加害。我恍若看见那槛车就停在林府院墙外，我看见家人披枷戴锁鱼贯而出。他们正在画影图形捉拿我，此刻我若回家，必定是自投罗网。徐铉不愿出面相救，我便无人可求。父亲那位结义兄弟远在江西之地，即便得获信息，恐也难在明晨驱驰杀回。若按那女道的说法，那盏命灯也许会在天明前熄灭。我并非真信她的话，也不愿理会她那国主索要宝物的说法，可她对我的行藏竟是如此了然！她的出现显然是很可疑，她或许只为将我诱入一片迷雾中。

我在这阴霾笼罩的山林中茫然独坐。父亲既然特意留下这卷《夜宴图》，其中或许就有救难的计策。

我再次打开这画卷。大师的手笔摹态传神，绘声绘色，我仿佛再次回到三年前那场朱紫盈庭的夜宴中。那些影影绰绰的人物，那些觥筹交错时的低语，那些鬓影霓裳间的神色，那夜宴的氛围委实有些诡谲。那时我只是一个无心的看客。我就在那夜宴的现场，而我并不在这画中。

那两位画师也不在这画中，我也未在那夜宴的现场见其影踪。他们是那夜宴现场的偷窥者，可他们究竟躲藏在何处？

这长卷敷色绚丽，笔致工细，墨彩相映，格调清雅，画中人物情态各异，无不神采如生。画卷开处是一张卧床，深色的帷帐下有一团红被，床头斜放着一把曲颈琵琶。那红被凌乱坟起，似是有人躲藏在其中。那会是一个偷情者么？会是一个醉客么？会是一位画师么？这卧床的帷帐并未落下，床侧的衣桁上也未挂衣物，而这卧床就在主人所坐的围榻后边，主人却似乎并不介意。

这画卷总共有五段，因屏风和围榻的间隔，这些片段便如云断山连，既独立成画，又浑然一体。五段画面顺序描绘出那场夜宴的全程，第一段是赏音：韩熙载与一袭红袍的郎粲坐在围榻上，众客或坐或立，无不凝神倾听，那位高髻凤翘的弹琵琶者是李家妹；第二段是观舞：韩熙载击鼓，舒雅拍板，那位身材娇小的王屋山在跳绿腰舞；第三段是间歇：长夜未央，歌舞待续，韩熙载与家伎聚坐围榻，一女端铜盆侍主人盥手；第四段是合奏：韩熙载袒胸露腹，五位乐伎在吹奏筚篥和横笛；第五段是散宴：酒阑曲终，手握鼓槌的韩熙载似是在留客。

这长卷竟是以一团乱被起始，那红被之下定然是有人。这画卷正中也有一团隆起的花被，就在分隔画面的烛台处，这花被下是否也躲藏着某个人？这夜宴的氛围确是很怪异，画中男女宾客众多，但却无一人面带笑容，画师的手笔可谓是纤毫毕现，画中人物的眼神却似乎都有些清冷和僵滞，甚或可以说他们是面无表情。即便是在拍板或鼓掌，他们的神情也不见有舒展……

这些怪异的神色。这些怪异的屏风。在李家妹弹琵琶的画面最后，一位侍女正从那屏风后探头窥视，而在这长卷最后两段场景中，一男一女正在隔屏私语。

　　他们并非是在相顾私语。他们一个在低语，一个在谛听。父亲便是这听者。

　　父亲的形象出现在第四段场景中，就是这位体格魁梧的络腮汉，他是这段画面的最后一人。隔着一道松石屏风，韩府女管家正在对父亲低语。这女人的右手指向后方，似是对父亲有所暗示。

　　那时父亲匆匆赶来，我与父亲擦肩而过，而我正欲去围廊边赏月。就在我闪身而出的一瞬间，我瞥见父亲那异样的神色。父亲身着便服，似未注意到我从他身边溜过。

　　这画卷显然是翰林待诏顾闳中的画风。周文矩的人物画行笔战掣，据说那是得自国主颤笔书的启发，这些人物的衣饰间却无那样的颤笔。那一夜他们潜入韩府，仅凭目识心记，数日后便各自画成一卷《夜宴图》。他们本是奉命而来，国主是欲借此窥察韩熙载的动静。韩熙载身兼兵部尚书，虽为朝中重臣，却早已失去国主信任。韩熙载本是襟怀高旷之人，国主却恐其暗中有异图。国主最怕那些昔日南投的北方人有交结。韩熙载仕南唐三主，官途三起三落，至此晚景，虽也有"不如骑驴归去"的狂言，但却依然难辞爵禄之縻。既是迟迟不肯向国主"乞骸骨"，却又时常托疾不朝，他说人生无多，乐得这般闲废，乐得这般自在。韩熙载虽以官身赋闲，韩府却并不清静。隔三岔五，城南这韩府便张灯开宴，而夜宴中占尽风光的自是韩府女流的美色。

　　有人说，韩熙载夜宴男女糅杂，家伎与宾客调戏厮混，姬妾中甚至有与外人私合者，而主人概不检束，亦不介怀。有人说，韩熙载如此放旷不羁，不惮物议，实为一种佯狂，一种自保之计，他欲以此令国主释嫌，惟有如此，国主才会确信他不会有贰心，因这看来无非是追逐声色而已。有人说，韩熙载如此自污名声是因不愿出相，不愿做亡国之相而为千古笑。也有人说，韩熙载的官俸本已撑持不住这场面，是以秩满恋栈不敢求休致，而四十多名家伎多已散去。那一夜是我初来韩府，逛遍偌大一座迷宫样的庄园，虽也遇到些个娇姿丽质的女子，但也未见有传闻中的数十之众。

那日我早父亲两个时辰先到韩府，父亲原本是欲让韩公指点我的书法，不料他自己却因戎务缠身而迟到。父亲匆匆而至，夜宴已近尾声。父亲的身影就这样被画师记住并画下，就在这卷《夜宴图》第四段画面中。

这第四段画面是乐伎合奏的场景，五位纤手细腰的乐女在奏曲，两位吹横笛，三位吹筚篥。这段画面中仅有三位男子，一位是盘坐在木椅上摇扇的韩熙载，一位是坐在屏风前执拍板的教坊副使李家明，而李家明身边的那人就是我父亲。

隔着这道松石屏风，父亲正在侧身回望。那隔屏悄语的人是秦蒻兰。这道屏风似乎是画师的有意安排，这便使前后两个画面有了某种过渡。我刚想到这一层，就忽觉画中父亲的神情有些异常，那夜我与他擦身而过时也感觉到了这异常。

秦蒻兰隔屏低语，父亲的眼神中分明有一种会意，那双手交握的姿势也非同寻常，而秦蒻兰的右手在悄悄指向身后。

假若这不只是画师的高妙技法，假若这是画师有意的暗示……

我立时心跳加速，又匆忙回看这整卷画幅。这无疑是整个长卷中父亲惟一的影像，而他就出现在这显见的异常之处。

秦蒻兰对父亲说了些什么话？她那指向身后的手势又意味着

什么？

　　这末后一段画面是送客，其实也更像是留客。那位被留住的客人是一位戴唐巾的清雅男子。那男子端坐在靠椅上，他的身前身后各有一位韩府侍女。在他身前的那侍女一手按压住他肩部，而他的一只手正在抚摩那侍女的另一只手，但他似乎并未正眼看那侍女，他正若有所思地望着前方。前方就是立在屏风前的秦蒻兰，秦蒻兰的手正在指向他。

　　而在这男子身后的更远处，韩熙载神色凝重，肃然而立。他一手拿着鼓槌，一手作留客状。早年我也曾学过几日绘画，因而略知这种长卷的图式，这种长卷的末后往往是以一个面朝前边画面的人物作结。然而，韩熙载虽是站在这长卷的卷尾，且也是面朝前边的画面，他的这个姿势却是非同寻常。这似乎并非通常的挽留状，那表情、身姿和手势分明是在说：客人且留下！

　　这位靠椅上的贵客究竟是何人？那晚我被父亲的侍卫早早接回家，没能看到这宴散的一幕，而画中的此人只有这样一个侧影。

　　我要找到这个侧面人。

　　城守戒严，似是在捉拿要犯。我本欲从上水门进城，可远远就望见城门边聚拢的人丛。上水门是这都城的东门，那些人在抻着脖子看榜。城墙上是画影图形的悬贴，悬贴上有个朱笔圈划的"榜"字，也有一个白衣书生的画像。榜文写明海捕通缉的人是我，可那画像未必就是我。画像者想必并未见过我，那样貌也就大为失真。那人圈外也有几个东张西觑的探子。

　　我朝城濠中的浮尸瞥几眼，便见白下亭边一个乞丐的窝棚。两个衙役正牵出一个老乞丐，那老乞丐直呼冤枉，衙役便棍击他的腿。老乞丐身背褡裢，夹着破烂的铺盖卷。窝棚口有个小乞丐在抹眼泪，一待衙役他们走远，我便走近那窝棚。

这乞儿说，师父今番被拿，只因他褡裢里有把剪刀，县牢里大刑一过，免不了就得屈打成招了。我便想到城里正在闹恐慌，入秋以来已有多起蛊术案，不时有人家小儿的衣角被剪，据说他们是被偷了魂，随后便或病或死，几无例外。已有不少的乞丐和盲流被拘拿，官府也搜缴了一些字形难辨的妖书，官家诏谕说此等造作异言，煽惑民听，恐为乱党逆谋，有司务必实力查禁，并将妖人一网捕尽。

这乞儿其实是个机灵鬼，他立时就明白了我的来意。我匆匆与他交换了衣鞋，他那鹑衣烂屦实在难说是衣鞋。我在自己脸上抹一把草灰，又将背囊装进那讨饭的破布袋。这乞儿露齿一笑，又将他的破簦笠塞给我。我忽觉他其实长相很俊俏，倘若生在富贵人家，那定然也是个翩翩公子。我望着水中的两个人影，忽觉自己不再是林公子。

人群闹嚷着穿过城门拱道，我举着簦笠遮挡脸面，被这人流裹挟着往前走。那些守卒并未多加阻拦，他们定然以为林公子早已逃出了城外。

我跳上一辆油壁车，车上已有四位乘客，他们为我的垢面蓬头而诧异。如此垢面蓬头显然不该乘坐这油壁车，而我确也从未坐过这样的街车。身为金陵城侯门公子，我出行一向有自己的马车。我也从未穿过这样的鹑衣，先前我只是透过马车的车窗瞥见过乞丐，而今我却走进了乞丐的窝棚，我还在自己脸上抹上了草灰。

　　他们焦虑不安地盯着我，他们的神色透着明显的惊惧。城里正在
闹恐慌，人们说是丐帮和流民带来了这恐慌，他们冀望官府将这些外
来人赶出城。我小心地回避着这些死鱼眼。他们正在互使眼色。他们
定是已对我起疑，他们或是要将我扭送官府。我蜷缩着身子，默默地
瞟着车窗的一角。我望见近处那些葱郁的林木，也望见远处那青龙状
的山脉。那是一片云水迷蒙的风景，我不知那云水中是否会有神龙显
灵，也不知那神龙是吉是凶。

　　青龙在东。此乃宇宙之象，亦是人身之象，在四方属东，在四时
属春，在五行属木，在五脏属肝。徐铉说象胆随四时在足，那头大象
毙在春季，是以胆在前左足。我不知人胆是否也随四时而游动，我不
知自己的胆脏在何处。我不由得低头内视胸腹，又朝左臂瞥一眼，那
破布之下就有"青龙"二字，而此刻我已来到这城东。

　　眼见就到九曲坊，我急忙下车开溜。我立马又雇一辆遮篷奚车，
我叫车夫沿九曲坊胡乱绕个弯。我想甩开那些可能的盯梢者。

　　秦淮河自东而西穿城而过，上水门是十里秦淮的"龙头"。翰林
待诏顾闳中就住在这上水门。待诏虽是有月料薪水的官职，但却并非
朝堂正官。待诏们随时等待诏命，随时进宫侍奉国主，但他们并无固
定的待诏之所，宫廷并未设置画院，作为画师的待诏们平日大都待在
家里。我从这奚车车篷里一路窥探，所幸城中不见那海捕悬贴。车夫
一路加鞭，车又回到上水门，那马骡已是汗流气促。我付给车夫双倍
的车资，但也打消他让我包车的念头。我不想包车，倘若被那车夫认
出，他定会为讨赏银而告发。

　　淡烟微雨笼罩着上水门，岸边是一带稠密的河房。那些河房栉比

相竞，却又错落有致，绮窗珠帘间烟雾迷离，透着一派温润。

顾宅是一处位于南岸的河房，临街的山脊青砖小瓦，有古藤掩映，这河房却并不阔大。门楼卑小，院门虚掩，不见门僮和家仆。

小廊回合，曲阑空寂，这静寂中却有一股呛人的纸糊味。

黑烟从东厢飘出。东厢是一栋带雨廊的花榭。我跳过药栏冲进那起火的花榭，又从楼内的窄梯蹿上二楼。这楼上是画师的琴房、卧房和画室，东首的画室是望河的大开间。我望着画室中央的火堆。那火堆定是烧毁了画师所有的画稿，那冒烟的灰烬中仅有一些画布和画纸的残片。

画室里已是一片凌乱，满地都是被踢翻的颜料和画笔，纵火者似已翻遍每一个角落，惟有那些未用的绢纸躲过了这一劫。室内空无一人，火舌仍在舔噬着那些残余的画片。

浓烟呛人，我几欲窒息，便推开几扇临水的窗格，又站到画室门边透风。

从这画室门口望着那河景，这画室门框俨然是一个大画框，这画框将那风景框成了一幅画景，那画景中有石桥，有烟柳，有雨丝风片，也有棹影和莺声。我望着那片天然而成的画景，就遽然看见脚下有一片血迹。这片血迹为石青和藤黄色颜料所覆盖，但我仍能看出这人血的暗红。我骇然四顾，就见楼内的窄梯上也有血滴。这血迹自画室延伸到楼下，又从这花榭延伸向风亭。那风亭下有一棵紫薇树。那棵紫薇树下倒卧着一个人。

那正是翰林画师顾闳中。顾画师俯卧在地，身旁散落了一只木屐。他的胸口仍在汩汩冒血，但人已是气息全无。很显然，顾画师是在遇刺之后自画室爬下楼梯，又从花榭爬到了这棵紫薇树下。

临河的水门已被打开，那凶手或是乘船从河上来。

画师的血手紧攥着一朵紫薇花，淡紫色的花朵已被染成了朱红色。

我俯身细察这朵朱红色的紫薇花。血水浸透了花瓣，血水和着雨水。我轻轻掰动他的手指，他的指甲已呈青紫色，手指的关节已有些僵硬，这手也不再有握力，手腕也没了脉动的迹象。

就在我这样扳弄他的手指时，这细微的动作扯动了他的袍袖。袖中的暗兜微露出一块纸片。

纸片上是一个人的侧面图，这是一位头戴唐巾的官样人。虽只是素描勾勒，却也样貌分明。这位官人风仪峻整，静肃中亦有一种温谨。似曾相识的相貌。一位官人的侧影。

我慌忙打开身带的这卷《夜宴图》，我自右向左匆匆掠过这些场景和人物，又仔细看这画卷的末段。

那位坐在靠椅上的客人，那位被挽留的客人正是他！

在这画卷的末段，韩熙载的立姿和手势确是很怪异。我在紫薇树下再次研览这画卷，这长卷就展现在画师的遗体旁。

依着有限的赏画知见，我能看出这幅《夜宴图》布局的匠心。在另一位顾姓古代画师的传世名作《女史箴图》中，长长的画卷也是以一位女史立像作结。那位女史一手握纸，一手执笔，仿佛是在记录前边发生的事件，而前边的事件就是这长卷的主体。（编者注：这位古代大师显然就是东晋画家顾恺之。顾恺之是中国人物画史上的一代宗主，他也曾为金陵瓦官寺大殿作《维摩诘像》壁画，其《女史箴图》现藏于英国伦敦的大英博物馆。）这卷《夜宴图》的结局画式也与《女史箴图》相仿佛。韩熙载在卷尾肃然默立，那手势分明是有一种推力，似要将观者的视线推回到过去的画面。

此时此刻，我就是这观画者。

我循着韩熙载的目光向右看这长卷。在这画卷的末段画面中，中心人物就是这位侧坐在靠椅上的官人。我的视线再向右移，就在画卷的第二段又看到一个侧面人。这两个侧面人分明是同一人！这是王屋山献舞的画面，韩熙载在击鼓，而此人抄手在旁，呈现给观画者的也只是一个侧影。再往右看便是这长卷画心的首段，这是李家妹在弹琵琶，而这个侧面人再度出现了！在这摆置着果碟的长几两端，此人与太常博士陈致雍相向而坐，陈博士面向观者，而此人仍是只有一个背影和侧面。

这长卷描绘的是那场夜宴的全程，五段画面中此人居然出现过三次！每次出现都只是一个侧影，而三个侧影的相貌、神态和衣巾都是分毫不差。这三个侧影显然是同一人。

顾画师是有意为之么？

我忽然忆起，三年前的那场夜宴中，我也曾靠近过此人。那天开宴前，此人曾向韩熙载求字。那时我研墨拂纸，韩公为我写一幅"长江风送客，空馆雨留人"的行书，跟着又长叹一声道，屈指平生别离之苦，惟少时江上别一女郎，去年湖上别一老僧。我正在琢磨这诗意，那人便开口向韩公求字。韩公也甚是爽快，就见他揎袖援笔，运气挥毫，顷刻便草草写就白香山四句七言诗——

丝纶阁下文章静，
钟鼓楼中刻漏长。
独坐黄昏谁是伴？

紫薇花对紫微郎。

诡奇疾速，如骤雨旋风；纵情恣意，似怒气奔涌。笔势遒劲而不失妍美，狂肆淋漓中神韵飘逸。

韩熙载擅以汉隶体为人写碑铭。我也曾临摹过他的行书，不想他的狂草也自有一番气象。

那题款中有"朱紫薇"三个字。

——紫微郎朱铣!

画中的侧面人正是他!

紫薇花。紫微郎。中书省。

为政以德，譬如北辰，居其所而众星拱之，而北辰即在紫微宫，那帝王之居即是紫微宫。紫微省即是中书省。紫微省后院栽满了紫薇树。人说花无百日红，而紫薇花却有长达半年的花期，紫薇花因此被视为"官样花"。中书令遂被称作"紫微令"，而年少些的中书舍人也被称作"紫微郎"。前代诗人杜牧曾任中书舍人，人爱称其为"杜紫薇"。

紫微宫。紫薇花。朱衣紫绶，以帝王之居为舍。那么，这个侧面人就是朱紫薇了。

我望着顾大师手里这朵朱红色的紫薇花，这血染的花朵仿佛是在向我透露某种秘息。莫非暗害画师的就是这个朱紫薇?

我为自己的这番推想而惊悸，因我对此人也是略有所知。朱紫

薇也曾是韩熙载的门生。此人勤恪廉直，官声显著，人说他是朝班中
少有的良臣。"为人臣者，身非我有，死君之难而已；职非我有，
任君之事而已；富贵非我有，享君之禄爵而已。"这是太学弟子中广
为流传的名言，而其作者正是朱紫薇。紫微郎朱铣主掌机要舆情，国
中每有妖言谶语，他即督率缉事衙门捕风捉影，实力侦寻，严禁其传
播流布，以免煽惑人心，紊乱朝纲。此人不仅忠谨自守，清名远扬，
其职事亦为当今国主所嘉赞。国主尝叹曰："群臣勤其官，皆如朱
铣在紫微，吾何忧哉！"人说朱紫薇终有一日会位极人臣，成一朝
宰相。（编者注：此处与陆游《南唐书》所记有异，陆书载后主此语
是为褒奖集贤殿学士徐锴，"群臣勤其官，皆如徐锴在集贤，吾何忧
哉！"陆游比林公子晚生一百多年，林公子所述当是较为可信。然后
主口出此语，林公子也未必亲闻。官掖秘奥，实难考证。未知孰是。
存疑。）

那一夜赴宴的男宾一总有十数位，出现在画卷中的人自然是有
限，而在这有限的画面和人物中，这个朱紫薇竟然被描画了三次！

我从未如此切近地面对一个人的尸身。顾画师俯卧在地，我从侧
面看去，就见他面肤青灰，嘴唇黑紫，那唇角也黏着黑色的汁液。我
又望一眼他那青紫色的手指甲，就蓦然打了一个寒噤。
落叶飘飞，秋雨飒飒。我望着那道苔积如绣的水门。凶手或已乘
舟逃走，地上却并无脚印。
我不忍顾画师的遗体暴露在这雨水中。我轻轻抚平他的衣袍，又
折下几条紫薇树枝。我用这些树枝遮盖住他的头。

身为翰林待诏，他们绘画的题材通常是仕女、花鸟和山水，是国主的闲居、宴乐和雅集，他们的画笔下不会有死者。

顾画师是为我而死么？画师看来似是被刺杀，而这嘴唇和指甲却是这般紫色，这显然是中毒的迹象。刺杀在后，中毒在先。

顾画师的家人哪里去了？

那一夜与顾画师一道潜入韩府的还有周文矩，周文矩亦有翰林待诏职衔。我并未见过周文矩所绘的《夜宴图》，不知他是否也曾将其呈献与国主。周文矩丹青妙笔，尤工写照，其人物画如镜取影，在金陵画坛独树一帜，而其名声也迥出顾画师之上，他的画作曾被充当向中原大朝进贡的珍品。周大师的人物画承袭前代周昉画风，笔触却是更为秀润纤丽，我曾见过他的一幅簪花仕女图，那些个高髻巍然的美人，据说是以国主的宫女为原型。周大师曾为本朝三代国主写真，也曾为我父亲画像。那也是父亲惟一一次让人给画像。

父亲被拘时，那宦官宣读圣旨说，父亲私通敌国，北方的大宋已预置豪宅以待其至，而唐使者窥见了那豪宅内悬的画像。他们说那是父亲叛国投敌的信物。

这些年来，父亲戎马倥偬，或在淮南统兵御敌，或在南方洪州驻守，北方宋国的画师绝无可能为他画像，除非是伺机潜入他帐下，而父亲的军辕有亲兵拱卫，外人绝难混入。

我要找到为父亲画像的周文矩。

秦淮河岸柳阴垂碧，水面上有画鹢游荡。我乘艋艓驰往下水门。

下水门是十里秦淮的"龙尾",亦是秦淮河与长江交汇处。那里有周文矩的私宅。

舟过乌衣巷口时,我朝左岸瞥一眼。我想到那"旧时王谢堂前燕"的古诗句,想到谢氏那般一门四公的望族,其后人也终不免有飘零的一日。"冠盖散为烟雾尽,金舆玉座成寒灰。"那小巷也出了个"书圣"王羲之,王氏父子却是以书艺而不朽。此刻我望着那小巷,不知如今谁是这风水宝地的主人。我没看见那边有燕子低飞,却见有人在那巷口宰鹅。那巷口正驶进一辆驷马高车,又有几个簪花乌衣人在逡巡。他们牵着高大威猛的狼犬,一只狼犬正冲着路人咆哮。

雨打篷窗,艋舻疾驰。这双橹两桨的小舟轻快如飞,舟行水上,人有跨鹤腾空之神爽,我的心绪却如有铅坠。甫抵下水门,我便弃舟登岸。我穿过湿滑的下水门石街,直奔周文矩宅院所在。我时而回首探望,身后确乎无人跟踪。

周文矩宅院虽处僻巷,那门楼却是重檐高拱,山墙也如五岳朝天,周宅显然是比顾宅更为气派些。门房无人当值,这宅院敞豁而静寂,此刻却似为某种不祥之气所笼罩。有人在惶急地跑进跑出,又有女人的哀哭声飘来。

我穿过门楼进入前院,此刻并未有人注意我。家仆们都在惊慌地朝那后院跑,那边传来女人和孩子的哭声。

我转过屏门往里走,又经过朱栏穿堂到后院,这后院实是一个大花园。清溪穿园而过,流水处有几座小桥,其中一座拱桥上架着一座小楼阁。我随他们奔向那座桥上的小楼阁,那凌空高阁题为"濠濮间"。

我早就听说周宅这座闻名遐迩的濠濮间，这是周大师的画楼。昔日庄周濠梁观鱼，濮水垂钓，而今周大师是在自家的画楼上观鱼垂钓。这画楼的阳台即是钓台，这钓台上依然垂着鱼竿。一株垂柳傍依画楼，树冠披靡，且与钓台齐高，便恰好构成钓台的遮蔽。那树干上也系着一只小舟。柳丝拂动水面，我看见水中的游鱼，也在涟漪中看见自己的倒影。

画楼那边哭声响亮，有人在高声叫嚷。我快步奔向门口，便一眼望见画师的身形。

画师身体委地，头部却倚靠着画案，仿佛正在酣睡中。画室的门闩已被锯断，仆人们在四处搜索。那男仆依然手拎着锯子。我向佣人询问，那书僮说送茶时见房门反关，千呼万唤不应，便喊人赶来锯断门闩，这才发觉画师已没了气息。

画师的身上并无血迹，而脖颈上却有明显的勒痕。那拎着锯子的仆人说，画室里也不见有勒人的绳索。画师若是被人勒毙，而这画室的门又是反关，那凶手又是如何走脱？

家眷们在围着遗体哭泣。这一刻尚未有仵作到来，我便是惟一的外人。我问那书僮能否确认无人进出这画室，那书僮头摇得像个拨浪鼓，又指天画地发誓说，没人能逃过他这千里眼，活人没见着一个，活物也没见着一个。当他说到这"活物"时，那千里眼忽然眨巴几下，人就登时有些发愣。

"燕子……"

"燕子？"

"有燕子破窗而出，嘴里好似还衔着……"

　　书僮朝窗口走近几步，呆呆地望着那纱窗的高处。那窗纱上确是有一个破洞。那纱窗却是从内侧紧关着。这些纱窗都是从内侧紧关着。

　　"没错，是纸条！那燕子衔着纸条！我正在这儿呼叫，就见那燕子破窗而出……"

　　我的眼前闪过燕子的身影。那细腰长翅的身影一闪而过，那尾羽像是张开的剪刀。这是燕子归来的时节，那些北方飞来的燕子，它们也曾飞入深宫，也曾衔走国主的词笺……

　　仆人们在屏风后搜索，似乎凶手仍躲藏在这室内。透过人丛的空隙，我望着画师那紫青色的脸。画师口唇微张，双目暴突，我不忍正视他的眼睛。周大师的人物画逼真传神，而自己终来却是这样的一副表情。这一日他原本受邀作我行冠礼的正宾，他也允诺为我绘一张加冠图。金陵膏粱子弟众多，惟我有望获此殊礼。这自然是凭藉父亲的名望。

　　他的遗体依然保持着死前最后的姿势。他倒在那张阔大的画案前。那死状却甚为怪异：身体斜倒在画案边，头部就倚靠在案腿上，一只手却停在那台面，似乎倒下之前正在握笔写字。

　　画案上铺着一张宣纸，这是一张加厚的双宣纸。纸上有一个笔墨浓重的大字，一个写完最后一笔的"王"字。这似乎是匆促写下的一个字，似是因听到杀手接近而仓促写就。

　　那只伸到画案上的手就停在双宣纸的一角，纸角的表层已被微微揭起。这该是画师死前最后的动作。他是要揭起这层画纸么？

　　周文矩的家人说，大师遇害尚不到半个时辰。由此推断，他在遇害时我早已离开城东顾闳中家，那时我正在乘艋舲来城西的水路上。

画室并无劫掠和破坏的迹象，凶手似是只为来杀人。那幅《重屏会棋图》仍旧嵌在琉璃屏风上。我默默地端详着周大师这幅名作。这是嵌在屏风上的《重屏会棋图》：画中前景是四位男子在弈棋，这是一个简朴而精致的竹木棋案，为首的男子身后是一平台，平台后立有一架单面横幅大屏风，屏风上画的是家居的场景。那画中老翁倚床而卧，一妇立于其后，三婢手捧褥毡。那床后又立有一面三折屏风，那屏风画的是山水。

那是可供卧游的山水，而卧游者就是那床榻上的老翁，山水屏风与家居屏风重屏，而这重屏图本身又装置在这琉璃屏风上，这三重屏风便构成一个可游可居的意境。（编者注：画中大屏风上的家居场景呈现的是白居易《偶眠》诗意，"放杯书案上，枕臂火炉前。老爱寻思事，慵多取次眠。妻教卸乌帽，婢与展青毡。便是屏风样，何劳画古贤？"）

我从自己站立的方位望去，那画屏上的棋案、平台和床榻便有一种微微的倾斜感，是因最后那道山水屏风的旁边两折并非等宽，而自前至后望去，画中的人物和景致便都在渐次变小。我的视线被引向画面的纵深处，如此这般凝视这画屏，恍惚中便有一种错觉，仿佛我能穿过这些人物，最终抵达那景深处的山水。我仿佛身临其境，而画中屏风内外的那些个人物，也似共处于一座宅院中。

这是周大师的神品之作，屏中之屏的构图独出机杼，此乃其最为人称道者。（编者注：读者请留意这观画者的视角和多重屏风的透视效果。由此看来，美国华盛顿弗利尔美术馆所藏的《重屏会棋图》更有可能是原作，或为周文矩本人的摹作，而中国北京故宫博物院所藏的《重屏会棋图》或为后人的一个不够忠实的仿本。故宫博物院那幅在细节上有一明显不合理处：后景那道三折屏风两翼等宽，如此处理遂使原作的"重屏幻象"效果大打了折扣，这或许是因故宫本的摹者不解原作视觉构图之妙。）尽人皆知这幅画是国主的宫中珍藏，盖因画中前景是先帝兄弟四人在会棋。这原本就是这位翰林待诏为皇室所做的应制画。那一年国主赐宴，我随父亲进宫，也曾有幸一睹其真容，此画与那些闲居、宴乐和雅集的绘画归置在一处。然而既为宫中珍藏，画师本人家中怎会留有同样的一幅？或许这是一个摹本，但同样众人皆知的是，周大师从不临摹自己的画作。

或可有这样一种推想，此乃周大师以揭层手法为自己留下的摹本。以双层宣纸作画，墨色极易晕渗到底层，若是仔细揭起表层，一张画即可变作两张画，底层的一张只需作些添墨补色即可，只是这层宣纸不复有双层的厚度。

我凑近琉璃屏风察看这画纸，果然就看出了揭层的痕迹。这画纸的厚度和边角都有明显的异样。刹那间，我打了一个激灵，就猛然回身扑到那画案前。我不顾画师家人的阻拦，揑住他曾扯起的画纸一角轻轻揭动。

画纸的表层被轻轻揭起，这宣纸绵软而柔韧。表层与底层渐渐剥离，一张立时分作两张，底层的这张也有一样的"王"字。笔墨浓重，真可谓力透纸背。

琉璃屏风上的《重屏会棋图》。画案上的"王"字。前者是周文矩的名作，后者是他的绝笔。两件作品都是揭层而成，都是双宣纸的底层，对于这样一位饮誉画坛的大师来说，这绝然是一种例外。

周文矩的家人无从解释，他们也拒不让我带走这幅字。而我隐约感到，周大师这最后的例外定是别有深意。这一日不再有我的授冠礼。周大人再也不能履约为我画像了。父亲被拘，周大师遇害，这二者有着怎样的关联？周大人若是有意留下这揭层的暗示，那他显然是期待有一位解读者，而他期待的这人会是我吗？莫非他已断定我会来此找他？

仆人们已搜索完毕，这画楼内并无凶手躲藏。我望着壁上那轴《子牙垂钓图》，那蓑笠老翁显然就是传说中的姜子牙。那老翁身边的鱼篓却是很奇怪，那鱼篓望去更像是一个花瓶，那瓶口竟是斜插着一卷图轴！眼前的这幅垂钓图是由三张画纸接合而成的长卷，而长卷的题诗就隐在远景的烟岚间，那诗句也透着一股瘆人的寒意——

残山入长卷，隐者眠画楼。倒影写真容，秋水钓人头。

拐过下水门石街，便是那人声嘈闹的鱼市，有人在大声叫卖河蟹河豚，有买主和卖主在争吵。这嘈杂的市声给我片刻的消受，这是活人发出的闹嚷声，这些河蟹河豚将会变作餐桌上的美味。这嘈杂的市声使我摆脱那些死亡的景象，但这只是片刻的放松。

那家临河的装裱铺就在鱼市的一侧。那装裱铺靠近周宅，周文矩曾是其常客。

远远便可望见那满壁的书画，那裱匠正在为一幅水墨图修边。伙计将半桶熬坏的糨糊拎到铺外，乞丐们便一拥而上。那糨糊自然是上好的面糊。

当我出现在这裱铺门口时，乞丐们误以为来了抢食的同类。他们呼嚷着欲将我轰走，而我只是径直闯进这裱铺里。我难以想象这样的乞丐会与妖党有干系。官府正在清剿妖党，而谁也不知妖首是何面目。

那裱匠满脸狐疑地望着我，上上下下打量着我这鹑衣客。

裱案上堆放着宣纸和轴头，也有用作补色的朱砂和藤黄。我向裱匠说起周文矩最后的情状，不料他却是攒眉蹙额，噤若寒蝉。他攥紧手里的燕形裁纸刀，我自知难以逼他开口。（入宋之后我才得知，这个"王"字指的是宋国画师王霭。国有良将，为敌之忌。那宋朝的皇帝也曾屡次与我父亲交兵，但却未有多少斩获。只为除去江南国主这位爱将，宋帝便使出了离间计。那位名叫王霭的画师曾出使南唐，而其使命便是暗中为我父亲画像。恰巧那时周文矩将我父亲的画像送到这家裱铺，王霭遂买通裱匠，取走了画纸的底层。这底层的画像出现在汴京的那所豪宅里，遂成为林将军暗通中原的物证。百口莫辩的罪证。父亲可曾向国主自诉么？国主可曾给过他辩白的机会么？那王霭窃画有功，一跃而从国画院祗候升为翰林待诏。天意弄人，周文矩为我父亲画像恰巧用的是这种双宣纸！多年之后，我渐渐领悟了周画师的好意，他是要画出林将军的威猛雄风，因此才特意选用这更为厚实的双宣纸。）

那时我何曾想到如此蹊跷的祸因！我茫然站在秦淮河边，不知下一步该往何处去。

父亲留给我一卷《夜宴图》。我找到《夜宴图》的作者顾闳中。顾闳中手中的紫薇花让我想到朱紫薇，而这位紫微郎确是与《夜宴图》有关联。也许这第一步我并未走错，也许这第二步我也没走错。周文矩也曾画过《夜宴图》，周文矩也与顾闳中一样被暗害。

两位画师都是在我抵达前突然遇害，他们的死或许是与我有关。

周文矩遇害时我正在寻访他的路上，或许是有人知晓我的行踪，或许是要抢在我赶到之前灭口。

他们杀死两位画师，莫非是冲我而来么？

谁是我的知情者？

惟有一人洞悉我的隐秘。

那个于云雾中现身的女道人。

她要我尽早找到那秘藏。

误入迷障而不自觉知，我甚至还曾感觉到那瞬间的魅惑！这一闪念令我好后怕。攒丝双穗绦，云尖凤头鞋，那凤头鞋云尖高翘，内中定是有利刃之类的暗器。那碧眼，那鸟爪，那仙风道骨中分明是有些妖氛，而她竟说那断肠草是茅苍！

云游道人多是踪迹不定，我不知自己该如何躲避她。

顾闳中最后的暗示指向朱紫薇，而周文矩最后的暗示若是关涉我父亲，会是与宋都豪宅的那幅画像有关么？"倒影写真容，秋水钓人头。"假若这是画师的自况隐喻，那么，周文矩或许是对这杀身之祸早有预感。或许这是他的预感，或许这只是我的曲解。我无力判断。我所能断定的只有这一点：两位画师都给了我暗示，而顾画师的暗示是指向朱紫薇。

那位秦蒻兰的手势指向朱紫薇。秦蒻兰或许仍住在城外的韩府，但此刻我不想出城。更近的目标是朱紫薇，朱紫薇此刻或许就在这城内。我不知朱府在哪里，也许此刻他正在那开满紫薇花的中书省值守，而我必须尽快找到他。我深知此行必会有危险，我也深知自己定能设法接近他。至少至少我要查清他此时在何处，我要知道他此刻是否在磨刀。

主意已定，我到河边渡口雇车。那些马车和骡车停在河边，本是为那些下船上岸的人换乘。马车自是比骡车跑得更快些，我匆匆选好一辆马车。我正欲登车，忽见一伙乌衣人冲出那香蜡店。他们似是朝我冲将过来。

他们挥舞着腰刀。他们确是冲我而来。

我慌忙上车，那车夫却猛一把将我推下。车夫驾车向别处逃命。我掉头转往河边跑。那伙杀手正飞快地窜近。

无路可退。栈桥上空无一人，近处河面也无渡船。我钻进河边一片矮树林。他们呼喊着杀来。这矮树林无法久藏。

我将背囊塞进一片荻花丛中，又将笠柄插入泥地，这簦笠足可为背囊遮雨。我又望着河中一片波荡的荇草。就在他们距我一丈之遥时，我猛一头扎进那片水草中。

"昨玩西城月，青天垂玉钩。朝沽金陵酒，歌吹孙楚楼。忽忆绣衣人，乘船往石头。草裹乌纱巾，倒被紫绮裘。两岸拍手笑，疑是王子猷。……"

昏沉中渐有知觉，我听见有人在吟诗。声音自远处飘来，那吟诵者似是一个醉客。这是李太白的题金陵城西孙楚酒楼诗。

我微睁双目，立时感到酸痛难忍。我想起那落水的一刻，这眼睛定是在河水中浸泡了多时。

那个吟诵声在持续："半道逢吴姬，卷帘出揶揄。我忆君到此，不知狂与羞。……"

头目昏眩，四肢乏力，我忽然惊觉自己赤身裸体，寸丝不挂。我正躺在一张竹榻上，有重物压在我额头，我伸手取下来看，见是荷叶包裹的冰块。我感到全身热灼，如被火烤一般，而四肢又如筛糠般颤抖。看见竹榻边的汤碗，我才感觉嘴里有汤药的苦味，这室内也有淡淡的药香。

窗外有酒旗飘摇，那酒旗上有"孙楚酒楼"的字样。从这窗口望出去，就见那影壁前有一群抻头踮脚的酒客，一个鬃间簪花的蠢汉在念那首招牌诗。

如此说来，我是躺在孙楚酒楼的竹榻上。我仍未逃离这城西的地界。

寒热交作，我的身体在瑟瑟发抖，牙关也咬得咯咯作响。我看见前胸和四肢都覆着一片蘑菇状的疙瘩，一时间痛痒难忍。

有堂倌在楼下扯着嗓门喊："耿先生来耶——"

又有一女人爽脆的迎客声："见过耿先生。"

"孙二娘带我去瞧瞧，睡到了这时分，还不舍得醒来么？"

这声音甚是耳熟。木梯上传来有人走动的橐橐声，他们像是朝我这边走来。我那鹑衣烂屡不在竹榻边，惶急之中，我用荷叶遮挡住胯间，又双臂支撑坐起身。

"皮肉倒也看不出伤势，只是起了身鬼风疹。"

"汤药趁热喝了没？"

"适才给他灌了，算是小官人命大哦。"

他们推门进来，但却并不近前。他们就在那房门口立定。

来者正是我在山上偶遇的碧眼女道人。引她上楼的妇人既被唤作孙二娘，或许就是这酒楼的掌柜了，她身后跟着一个手拿弹弓的呆头儿。

那女道被孙二娘唤作"耿先生"，她在栖霞山上也对我自称是

"耿先生"，而我仍难确定她当真就是那传闻中的耿先生。那女道目光炯炯如电，只是冷冷地扫我一眼，那眼神中自有一种寒光。我望着她那三尺桃木剑。或许她是一位得道高人，而此刻我只感觉有一种迫近的凶险。我是喝了他们的汤药么？想到她在山上手拿的那株断肠草，我顿觉毛骨悚然。那袍袖中还会有怎样的毒草？

窗外有钟声悠悠飘来，那是清凉寺的幽冥钟响。那幽冥钟本是只在夜间鸣响，人说那钟声响彻三界，地狱群鬼皆能听见。此刻并非夜半时分，那大钟或是无人自鸣。

"把笔墨来。"那女道声音漠然，并不看那孙二娘。

"死愣着！"孙二娘冲那猪头少年吼一声，呆儿便吐一下舌头溜出去。

女道跨前一步。我的身子在往后退缩。若是她冲我下手，我只好从这窗口跳出去。这酒楼外廊临水，楼层也并不甚高，从这二楼跳下，兴许也不致丧命。我朝那窗口瞥一眼。

"公子切莫躁急。大难不死，或是天降大任于你。"

"我也不想听你这闲话，只要知道是谁救我来这里。"

女道朝孙二娘睨一眼，孙二娘便笑道："客官不消多问，这年头虽说人情浇薄，好心人也还是有不少。"

猪头少年取来毛笔砚台，孙二娘忽又冲他骂："死狗头！叫你拿笔就不知拿纸！记着一顿肥打！"

女道示意呆儿将笔墨放在条案上，又朝身后摇摇手说："这儿有我照应，二娘自忙去。"

孙二娘便扯着呆儿往外走，她随身带上那房门。

"公子好生无礼！说是天降大任于你，难免就要历一番磨难。"

"大丈夫受难也不怕，就巴不能顶天立地死，快取衣袍还我！"

"敢情是怕羞么？若要成大事，你却先得破了这一关。"

这妖道是要拿我打牙祭么？那会是怎样的吃法？我想象着那把剑朝我刺来的样子。我不想示弱，可还是不禁缩了身子，又用双手捂紧荷叶。

"破了罢，反正你也练不了童子功！"她语带嘲讽，语气却是冰冷严厉，说话间她又向我走近一步。我又一次看见她眼神中的阴影，隐约闪现的阴影。

"我却不想死给你看！"她若进逼我就只好跳楼了，我跳楼兴许也不至于摔死。我也不再在意那荷叶，因我面对的不再是女人，只是一个意欲加害于我的妖道。

"怕死不怕羞，甚好！说要先过这一关，说着也就这么过了。"

我一时难以听懂她的意思，但也想到兴许她会放过我。她不再向我逼近，但那神情依然是冷若冰霜。

"你不该丢了那卷图。"

"谜已解，留它又有何用！"我的语气有些强硬，而她并无惊愕之态。

"好造化！"

她分明是在揶揄我，可我已无力动气。

"那你说说看，图中是有可疑之人么？"

如此看来，兴许我是对的。我从画卷中发现了那可疑之人，那人就是紫微郎朱铣。我也有理由推断，暗害两位画师的或许就是这个朱紫薇。然而，我却不想对这妖道说实情。我不想再一次因轻信而招祸。我曾将她视为善类，那时我见山是山，见水是水，只因无知才生发了那样的好感，而此时此刻，那种感觉早已荡然无存。

"我自然是知道，只是不想说与你。"

"只怕是由不得你了。"

那木剑刷地指向我身上的鬼风疹。

我的身体仍在痒痛中抖颤。

"你且透露半个字，看我如何救你性命。"

我现在不能死去。父亲身陷缧绁，我必须活着完成他的托付。我要父亲也活着。

我又不自觉地拿起那荷叶，一手将其捂在羞处。

"我会对你说出一个字。"

"半个字即可。你且说出一种颜色……就说那姓氏罢。"

我望着条案上的那些摆设，忽然发现了合适的物件。

"那是朱砂么？……我已然说出了一个字。"

"果然好造化！"

虽是这样说，她却是有瞬间的愕然，那神情中旋即又有一丝冷笑。

"放我走！我也不想再见你了！"

"你是知其一不知其二……只怕他也是。"

"他是谁？"

"或许我也是……"

她不再理会我，只是微微垂下头去，就那样默然不语，仿佛是在注视着自己的心事。望着她那紧闭的双唇，我难以猜测她在保守着怎样的秘密。就在我再次瞥向窗口时，忽见她摇身出剑，那桃木剑在朱砂盒中猛然一戳，那圆盒就如陀螺般转动起来。她凝神敛气，剑锋在虚空中游动，似是在画一道神符。她望空稽首，又跪地拜祷。此刻她

长发蔽面，我一时看不见她的表情。她在喃喃诵咒："太上敕命驱邪
护生弟子魂魄五脏玄冥青龙白虎应我召请朱雀玄武证我神通……"

我的身上依然痒痛难忍，如着火般发烫，那鬼风疹依然在膨胀。
她的肩头在微微震颤，那披垂的长发也在微微拂动。我从那间隙瞥见
她的脸。她神情庄严，似有一种压抑和悲愤。她声调凄厉，又似带有
某种哭腔，那声音忽高忽低，忽远忽近，如招魂，如詈诅，如宣誓，
似在呼风唤雨，似在调兵遣将。我听不真切，也难辨其意。我惊恐莫
名，不知那桃木剑会否猛然刺向我。

"……有犯我者，自灭身形，天清地灵，万鬼咸听，神兵火急如
律令！"

伴着这最后一声咒诅，那桃木剑劈空划地，地上出现了两个红
十字。

左手捏诀，右手持剑，她绕着这两个朱红十字走步，我约略知晓
此乃一种道家的步法。踏罡步斗，凌空蹈虚，那木剑确有呼风唤雨之
势。我不敢正眼望她，就只是盯着她那起落不停的云鞋。

蓦然间她右脚一顿，那宝剑直指我的心口。

"起——"

随着她这声喝令，我的身体似为一种魔力所摄。我双脚下床落
地，宝剑将我引向那两个红十字。

我一脚踏在一个十字上。一只手仍护着胯间的荷叶，而我的神志
已然有些麻木。就这样面南而立，犹如一具直立的僵尸。

那木剑猛地挑起我的右臂，荷叶落地，与此同时，我的左臂也被
挑起。我缓缓闭上双眼。

就这样呆立不动，身体站成一个"大"字。

毛笔在我身上飞快地落字，先是左臂右臂，再是前胸，再是后背，笔落处掠过丝丝凉意。

"——你且睁眼罢！"

声音从远处飘来。那女道正在往外走。

"元宗皇帝宾天时，韩熙载也给他看过一卷画。"

"你说史虚白也给烈祖皇帝看过画。"

烈祖皇帝是先主，元宗皇帝是中主。我正欲开口再问，她的身影已飘然离去。

我低头看这身上的文字。左臂是"青龙"，右臂是"白虎"，前胸是"朱雀"……我看不见自己的后背，但后背上定然是"玄武"。

青龙，白虎，朱雀，玄武。在我出生时曾有过那番仪式，那时有射人以桑木作弓，以蓬草为矢，射天地，射四方，他们以此寄寓男儿有志于四方，也冀望我成人之后能抵御四方之难。那四方的标志便是青龙、白虎、朱雀、玄武。这是四季之象，也是四方之神。

青龙在东，白虎在西，朱雀在南，玄武在北。

片刻之后，我的身体不再簌簌颤抖，那些鬼风疹已尽皆消退，我又感觉到了自己的血流和喘息。我垂首细看前胸这"朱雀"二字，这是我最易看见的字迹。

青龙在东，城东的上水门有顾闳中遇害；白虎在西，城西的下水门有周文矩遇害；朱雀在南，南边有镇淮桥，有南城门，六朝都城建康的南城门叫朱雀门，而今的南城门虽已不在原址，人们却仍将其叫作朱雀门，人们也仍将镇淮桥叫作朱雀桥……

这"朱雀"二字就在我的前胸，这是我最易看见的字迹。她是有意写给我看么？她能确信我会联想到城南么？她是想以此将我引向城南么?

这或许是死亡的警告。城东城西都已有人遇害，他们的死显然是与我有关。

她是有意阻止我去城南么？阻止我去城南，或许是为阻止我寻获那宝物。

朱雀桥，朱雀门，出朱雀门再往南，便是城外的聚宝山。我曾多次去城南踏青，而我最熟悉的地处便是那聚宝山。

韩熙载的府邸就在聚宝山。

她说秘藏的定归是宝物。

韩熙载辞世已有三载，他的墓地就在聚宝山的梅岭冈。韩熙载生前郁郁不得志，身后却备享哀荣，江南人臣恩礼少有其比。倘若城南将会有人遇害，那也绝不会是这位身后获赠的韩宰相。即将遇害的只能是活人。

我深知自己已陷入一种迷乱。那女道在我身上写字，虽然消去了我的鬼风疹，但她显然也是别有企图。

有人在秦淮河边钓鱼。河上漂着秋叶般的小船，有雨燕和蜻蜓在低飞。那些钓鱼者都头戴破毡帽。

我穿孙二娘借我的袍靴和膝裤溜出这酒楼（我那鹑衣已是一团泥水，她却闭口不说是谁将我从河中救起）。那些垂钓者忽然都朝我张望，我正疑心他们是谁布下的哨探，他们忽又低头以毡帽遮了脸。

冷雨袭面，凉意侵骨。我后悔未向孙二娘借雨伞和蓑衣。我悄悄溜进河边的小树林，又找到那片开着紫穗的荻花丛。篓笠和背囊还在，似是都无人动过，囊中的画卷也完好无损。

那伙来路不明的乌衣人，他们为何要追杀我？还有乌衣巷口那些乌衣人，他们会否是同伙？他们为何又倏然消失不见了？

他们定然是看见了我跳河。他们或许以为我已溺水身亡，便匆忙回去交差领赏了。如此看来，他们并非是为获取那秘藏。或许他们只是奉命而来的杀手，或许就是他们杀死了那两位画师，而他们杀人只是为灭口，他们追杀我是为除后患。

或许惟有我才能找到那秘藏，而他们之所以要杀死我，或许是要让那秘藏不被人发现。

他们的幕后主使会是谁？会否就是那位紫微郎？

而那女道显然是更难对付。那冷若冰霜的神情。那凌厉如电的目光。那步罡踏斗的咒语。那玄虚难解的签诗。她在山上对我说秘藏的定归是宝物。她在山上和酒楼两度现身，这显然是有意为我现身，这显然并非巧遇。来无影，去无踪，时隐时现而又诡秘莫测，或许她才是我真正的敌手。若不然，她何以未如乌衣人那般置我于死地？她又为何既救我又放我？

人说放长线是为钓大鱼。她并非是要取我的性命。她是欲借我找寻那秘藏。

一俟我最终找到那秘藏，她必定会突然现身，一把从我手中夺走它。

聚宝山在城南，昔日有高僧在那山上讲经，上苍为之感动，便洒落一场纷纷扬扬的天花，那些天花坠地便成了雨花石。

那宝物会是一块天降的奇石么？

　　我在河边幽暗的树林里思想这一切，那天花乱坠的奇景只是使我
更迷乱。昔日的天花就坠落在那山上。这或可算是个好征兆，可那宝
物绝然不会是石块。我要确定下一步该往何处去。我不得不放弃寻找
朱紫薇的想法。他们逼我跳水，或许就是为给我以警告。他们惟恐我
接近朱紫薇。

　　青龙，白虎，朱雀，玄武。这并非只是祛病的字诀，倘若我以此
作指引，那岂不是自投罗网么？
　　满腹的疑云，想不出解释的道理。我无法确定是否真有这样一个
罗网，无法确定那女道是不是布局者，而我已深陷这危险的迷局。即
便这是她的有意误导，我也无法放弃这城南之行。
　　朱雀。南城门。聚宝山。韩府。韩熙载的《夜宴图》。《夜宴
图》的最后一段画面。
　　那画面中的女子是秦蒻兰。她隔着那道屏风对我父亲低语。她以
那样一种手势指向朱紫薇。
　　她曾是韩府的女管家。听说韩公去世之后，一些姬妾仍旧住在那
里，或许秦蒻兰也仍旧住在那里。
　　我要找到这个秦蒻兰。
　　暮色四合，宿鸟倦归。寒烟中灯火闪烁，河上有渔歌传来。望着
那些朦胧的烟树画船，望着那些垂帘闭户的人家，我忽感到一阵透心
的凄凉。那些店铺也都早早地下了门板，店家早早将自家孩子关在院
内，以免受那蛊毒魔魅的伤害，那些交通鬼神的妖人会在夜间游荡，
而我已为那女道所施咒，她还可拿我的衣袍作法。她勿需剪下我的衣
角，我的衣袍已然留在了酒楼。

　　我要为这样一种或然之想去城南。即令这是为那女道所摆布，我也难有挣脱的理由。我不知是否已喝下她的迷药，也不知是否已被她偷了魂。我要去城南找到这个秦蒻兰。这是基于我自己的推断。我已别无选择。

　　城南也会有人遇害么？这个送命者会是我么？

　　父亲尽忠而罹难，我当舍身以尽孝。为人子者，身非我有，死父之难而已。

　　城楼传来申时的钟声，城门即将关闭。我当即刻出城。

NAME
OF
THE NUN

无尽藏

【卷三】

秦蒻兰

透过暮色中的雾霾和树丛，韩府的高墙隐约可见了，那高墙的轮廓暗沉而孤寂。

那是一道傍山而建的高墙。乱石垒筑的高墙。墙随山走，嶙峋崭绝，宛若一道悬崖之上的峭壁。

通向韩府的是一条泥泞路，这路面上只有两道细细的车辙，泥泞中却微露着大大小小的雨花石。这些晶亮的石子点缀着路面，路面的积水映照着天光，也映照着冰裂般的云影，这泥路便显得很有些光怪陆离。我朝梅岭冈方向望一眼，但却望不见韩熙载的墓地。

未有墓志铭，先有行止状。韩府渐近，我的耳畔蓦然回响起那辞章，仿佛是随风飘来的吟诵声，那声音忽而铿锵激昂，傲气十足，忽而抑郁塞滞，似是喃喃低语。那是韩熙载当年避乱南投时呈献的《行止状》。仿佛是时光的脚步在徘徊，那脚步落在一片巨大的宣纸上，那些脚印就是泥泞中的文字。光怪陆离的文字。

"居田里中而妄意天下者，士之志也。熙载本贯齐州，隐居嵩岳。虽叨科第，且晦姓名。今则慕义来朝，假身为价。既及疆境，合贡行藏集。闻钓巨鳌者不投取鱼之饵，断长鲸者非用杀鸡之刀。是故有经邦治乱之才，可以践股肱辅弼之位，得之则佐时成绩，救万姓之焦熬；失之则遁世藏名，卧一山之苍翠。……"

我恍若在这泥泞中看见那些文字，这些文字闪烁着晶亮的幽光。我恍若听见自己的声音，我的声音融进那随风飘来的吟诵。我曾无数次诵读过这文采斐然的章句，父亲甚至将其列为我习文练字的范本。三年前的那场夜宴前，我向韩公请教书法，而我携带的习作便是临摹此文的字帖。我犹记得韩公那无奈的苦笑，那苦笑中也带有几分自嘲："君子尚能容小人，小人断不能容君子。书生意气，终为小人所嫉恨！"

阴雨初霁，乌云后透出一轮朦胧圆月。那门楼依然是碧瓦广檐，高薨凌虚，而今却是朱门紧闭，石狮倦眠，不再有红灯高悬，不再有冠盖云集的热闹。

门楼的耳房不再有护院值守，我曾听说韩熙载临终前将宅院分赠与他那些宠姬门生，乐伎李家妹，舞伎王屋山，管家秦蒻兰，以及那位进士被黜的舒雅，他们都在这座大庄园分居别处，各自过活。

穿过门楼，迎面是一尊高大的湖石，那湖石壁立当空，孤峙无倚，晚风在石壁间盘旋，那些石眼发出呜咽般的低鸣。

湖石后是一楹空闲堂屋，堂屋的门窗已有些残破。穿过仪门，便有潮湿清冽的雾气袭来，那仪门的楹联也残缺了文字。

韩府的中心是一片阔大的湖面，烟波迷蒙，白鹭低徊，无数个院落隐没在山丘湖水间，它们自成一格，却都有或高或低的围墙。三年前我造访韩府时，这些院落并无围墙，那时屋宇间都是以石径曲桥相接，间或也互为映衬，构成一些特别的景致。这些楼阁散布在山水间，山水间有奇葩异卉为点缀，又有雾气氤氲，徜徉其间，虽有移步换景之妙趣，却也难免使人迷失来路或去向。重楼复阁，断桥曲涧，回径斜廊，假山环洞，这园林仿佛就是一座迷宫，惟有那片湖水，才算是最旷阔的景色。那片湖水是韩府的主体，湖水之外便是高低起伏的山丘，这便难有空地辟建一个马球场，便有人说这是韩府美中不足之处。而今马球只是武将们的喜好了，文臣们爱的是风雅，而国主自是独领风骚的文坛领袖。

物是人非，时移情逝，而今只剩下这冠绝豪门的湖山胜景。曲桥花砌仍在，琴亭歌台仍在，此时却惟有这荒芜和颓败，惟有这阒然无人的幽寂。湖水波荡，冷月无声。我虽非多愁善感之人，却也不由生出那黍离之哀。

我无从打探秦蒻兰的住处。

沿湖的楼阁灯火迷离，湖心的小岛却是一片黝黑。那岛上有一座峭拔的小山峦，那山峰是这座园林的最高处。那湖山名曰"琅琊台"。韩熙载本是齐州北海人，当年始皇帝一统天下之后曾数度东巡，也曾登临齐地琅琊台大乐三月，且命丞相李斯刻石颂德，据说那石碑至今犹在。韩熙载晚年置地筑园，凿山浚湖，他特意将这湖山命名为"琅琊台"，且仿李斯小篆刻石立碑，那碑文却是他当年奉使中原时所题诗句，那是他写在驿馆诗壁上的《感怀诗》：我本江北人，今作江南客。再去江北游，举目无相识。金风吹我寒，秋月为谁白？不如归去来，江南有人忆。……（编者注：琅琊台位于今山东省青岛市黄岛区，秦篆以泰山石刻和琅琊石刻为代表作。）

我望着湖山上那些苍松古柏，那林木深处有一座"四时轩"。廊腰缦回，檐牙高啄，那正是三年前那场夜宴的所在。那座华轩中敞虚堂，四面皆窗。四时风光，各收一境；春夏秋冬，皆有奇景。那时的四时轩碧鲜丛绕，灯烛辉煌，管弦响彻夜幕，人影杂沓如戏台。那些清歌艳舞如今只留在一卷图画中，这画卷就在我身上。

秦蒻兰或许并不住在那湖心岛，这湖边也并无摆渡的小舟，那座四时轩或许早已被废弃。欢场成荒丘，人去鬼自至。我茫然地望着湖面上的水鸭，望着倒映在水中的迷离灯光。

他们该是散居在那些沿湖的楼阁里，那些楼阁中有灯火隐显。花香袭人，这是随风而来的茉莉花香。我无心在这迷宫般的园林中游赏，我要叩开最近一处的院门。

风摇芦苇，周遭是一片低语似的沙沙声，水草中也有蛐蛐在鸣唱。沙鸥掠过苇丛，就见灯光隐约中有一栋楼屋，那是离我最近的一处楼屋。那楼屋青瓦粉壁，形如一座精巧玲珑的画舫。这时节的芦苇不再是青绿亮泽，那些絮穗已有枯黄的衰气。芦苇摇曳起伏，那画舫似在水中波荡。那画舫的楼上有一萤灯光。

芦苇丛中有一条碎石小径，小径的尽头该是那画舫。我疾步走过这石径，不料这石径为一道水渠所截断。那画舫已是近在眼前，却因这一水阻隔，使我无法直入。

有琵琶声隐约传来，那二楼的竹帘后隐现出一女子的身影。那是一个横抱琵琶的青衣女。那女子左手拢捻，右手撩拨，那琵琶声嘈嘈切切，如疾风骤雨，如冷泉幽咽。

这水渠足有两庹宽，像是这画舫的护围，渠水深幽，我自忖难以跃过。那画舫的院门是另一个朝向，院门前有一架木板桥。

我沿着这水渠绕到板桥，又走过板桥来到院门口。想到那男女之防的礼规，我便犹豫是否该进去探问。

夜色中隔着这样的距离，我无法断定她是不是我要找的秦蒻兰。那小院中有棵高大的朴树，那树杈上吊垂着一副秋千索。芦花飘拂，那绳索在夜风中摆荡。

"红树醉秋色，碧溪鸣夜弦。佳期不可再，风雨杳如年。……"

那女子在兀自弹唱。那嗓音甜糯娇脆，歌韵清越婉转，嘹亮中却又带几分幽怨。那声音和身形都不似秦葀兰，秦葀兰该是更为年长些，眼前这位弹唱者似是一少女。

我转身欲去，那弦音陡然转急，变作一阵厮杀之声。

琵琶声歇，那高处传来槅扇开启的声响。

那女子凭栏凝望，又似有一声轻叹。那露台凸出墙体，望去像是画舫的甲板。那女子在轻轻向我招手。我看不清她的面貌。我虽能断定她不是秦葀兰，但想或许能在此打探其住处。

画舫的院门半开半掩，鹅卵小径通向底层的木门。院门口亮着朱墨小灯笼，左侧有一道露天楼梯，那螺旋状的楼梯宛转向上，其上端便是顶楼的露台。那楼梯旁有一株梨树、一丛芭蕉，蕉叶的弯尾拂着露台，一阵凉风幽幽袭过，露台上又飘落几片海棠花瓣。

那女子轻轻向我招手，忽然有一物坠落。女子掩嘴惊叫一声，暗处就有一只鸟也跟着叫一声。女子朝下方的坠物处指一下，似是指给我看。她旋即转身离开那露台，这时我才看见露台一侧的鹦鹉。

我趔趄着走近那黝暗的芭蕉丛，就一眼瞥见那只坠落的水犀梳。那女子望去既非富室名门闺秀，亦非贫家的卖俏女，倒是好似一个寂寥新妇。桃夭少妇，静夜倚阑，那情态却是颇有些风流状。妖姬脸似花含露，玉树流光照后庭。我遽然想到这诗句，忽又想到那些暗夜出没的木怪花妖，又瞥一眼那吊死鬼般悬荡的秋千索，我的头皮立时便有些发紧。

我捡起芭蕉丛中的水犀梳，这梳子倒是实在的物件。这画舫也是实在的房屋，三年前我也曾经此处走过。如此想来，那女子也该不是什么妖狐。或许她是要我将这梳子送上楼，而我正可趁机探询秦蒻兰的住处。我重任在身，不再有礼防和避嫌的顾忌。

这画舫也悬有一块匾额，这匾额题为"蒹葭舫"。我沿梯道快步走上顶楼的露台。那鹦鹉便歪头冲我嚷："美无婢，花无叶！美无婢，花无叶！……"

那女子正立在内室的帘帏后。翠袖轻摇，湘裙斜拽，那女子在帘帏后搔首徘徊，她又再度向我招手。

这妆楼虽不轩敞，却也颇为清雅。花樽香几，镜台熏笼，无不摆设有序；彩屏画轴，绣帐藤床，也都透着一派情趣。

实如那鹦鹉所言，室内确无婢女。这女子高擎翠袖为我点茶，又剔了那檠几上的烛火，又搬过一个藤杌，就在我对面侧身而坐。

香气怡人，烛光仍是幽暗，这幽暗也掩去我几分局促。这丽人欹鬟堕髻，蛾首翠黛，此刻她颦眉绞袖，似有弱不禁风之状。我却立时便有些忐忑。这女子虽是媚眼含羞，却又是这般粉面靓妆，我识得这是一种愁眉妆。那衣领也是边绣低开，虽有胸衫紧束，那双乳依然丰隆突起。

杏脸桃腮，手若柔荑，但却并非豆蔻初绽的少女。我认出她是教坊副使李家明的妹子，她本人也是教坊弦部的部头，她也曾是韩熙载的宠姬。她正是画卷中的那位琵琶女。在那《夜宴图》的首段画面中，她的弹奏吸引了所有在场者。

风吹烛摇，她起身关了纱窗，又静静地坐回那藤杌。她的身后有一株合欢花。

她面带愁思，幽幽轻叹一声。我顿觉自己有些唐突，不知如何开

口。我望着壁上那轴《美人春睡图》，那画上的美人斜倚绣榻，樱口
微绽，尖翘的小指轻触唇角，那姿容妖娆可人，亦与眼前这女子相仿
佛。那题诗缩在画面的一角，似是国主的墨迹——

乍可相逢在别筵，
玉梳坠落芭蕉前。
绣阁似有销魂语，
不敢逡巡鹦鹉边。

这未必是国主的诗句，这题诗并无落款。这也未必是国主的墨
迹。国主的行书如寒松霜竹，常作颤笔摎曲之状，虽非大家手笔，毕
竟也是自成一格，闲人也就模仿不得。我能辨出这书迹是仿作。

鹦鹉……

我遽然感觉这诗句来得好蹊跷。鹦鹉、绣阁、芭蕉、玉梳……

这分明就是我方才的来路……

"若说小官人不是林公子，怕就是我看错人了。"

"你我素未谋面，怎的就知我姓氏？"

"同是天涯沦落人，相逢何必曾相识。若说素未谋面，林公子怕
是健忘了。三年前那夜宴你不也在场么？"

那时我只是一个无心的看客。我虽对那暗中的事情惘然无察，
却也注意到那个弹奏琵琶的女子。那时她正在弹奏白香山的《琵琶
行》。那时有那么多人围绕着她，她的兄长李家明就坐在她身边，而
坐在围榻上的新科状元郎粲早已是按捺不住，一双色眼直勾勾地盯着

她。我蓦然想到那时在场的另一人。

"我也只是瞎逛一番，难为你竟也记得。其实你更该记着那些显贵人。"

"显贵人我自然也记得，公子我却是用心记了。乍可相逢在别筵……"

粉面泛红，星目微挑，她正羞怯地望着我，那羞怯中又带几分娇媚。她右手支颐，又轻轻唦咬着那小指的指尖。我立时惶惑地垂了头。

虽是年已及冠，我却未曾经历过这般惶惑。然这只是片刻的惶惑，美色当前，我却不为心动。情势紧迫，我的内心只有一种哀恸。家父蒙难，我无由他想。

"承谢小娘费心……"

我不知该如何称呼她。她曾是韩公的侍姬，或许我该尊她为师母。我不想为此而费神。

"那么……你也记得那长几边对坐的二位么？韩公和郎粲坐在围榻上，榻前有一长几，我记得一位是太常博士陈致雍，另一位是……"

"紫微郎朱铣。"

"果真是！听说朱紫薇是韩公的门生，后来却有些疏远了……"

"哦耶，你是说他忘恩负义么？那不过是些市井闲话！实在说，韩老爷既是放荡自任，人就只好敬而远之。就说那朱紫薇，他要清俭自保，况且还有大前程。身在官场，有时就不能不绝情。"

"绝情？"

"这还不晓么？来年你不也要赴考么？怪道是，你也学着这般绝情了。"

伶牙俐齿，娇啼婉转，她又嗔怪地冲我努起那艳唇。

"我……我胸无点墨，岂敢效仿朱紫薇！"

"朱紫薇也并非真绝情，真绝情就不会有那心上人。"

我惊愕地望着她，因我听说朱紫薇孤身在京师为官，家眷仍在原籍，这也是朝臣中的一个特例。我忽然有所期待，而她并不直说。

"女比男大，却也能笼住，想必那功夫也甚是了得……女炼师嘛……"

她掩口一笑，便两颊生红，俯首绞着手指，似是在等待我的反应。

"耿炼师？……耿先生？"

李家妹媚眼斜睨，我的身上却冷汗直冒。我的神思早已飞到了别处。这迷局中只有两个疑点，它们是两个人。一个是被称作朱紫薇的男子，一个是被称作耿先生的女流，而这一对男女居然有私情！那朱紫薇自是气概轩昂，那耿先生其实也极有姿首，而她早已识破我的行藏。

"如今可是好，寻常百姓堂前燕，飞入王谢大宅门。"

"这又如何说……你是说……是谁飞入那乌衣巷？"

"不是正说那朱紫薇么？圣上赐第，谁有这般恩宠！"

我如遭重击，头脑立时一阵木然。我想到那些追杀我的乌衣人，想到乌衣巷口的那些乌衣人，而朱紫薇的赐第就在那乌衣巷！高门结皇亲，那乌衣巷出产过多少宰相和皇后！

"呀！林公子咋成了木头人？绝情未必真丈夫，有劳小妹歌一曲罢。人家专为檀郎一人，是必得仔细听着呢，如不见怜，便是不知趣了。”

他们究竟有着怎样的隐情？那位耿先生貌似隐逸，其实也未必真能脱俗，那身段和碧眼分明也透着一种妖艳。

那眼神中也有隐约闪现的阴影。

李家妹起身取了琵琶，在那靠窗圆櫈上坐下，那窗帘笼着淡淡的月光花影。她怀抱琵琶，轻轻收起右腿，将其盘曲于櫈上。那曳地长裙笼着另一条长腿。她挺胸颔首，纤指轻挑。粉项低垂，樱唇微启，那眼神也有几分波俏。

“山有巫峡兮，云雨绸缪，神女初来兮，飞鸟赳赳；水有洛浦兮，月满阴沟，妖姬自至兮，碧波悠悠。……”

莺声呖呖，眉目含情，看她那楚楚动人的容色，我不觉暗暗叫苦。我恨自己不能立刻抽身。此时此刻，我确是绝无这般情致。我也实难领会这词义。我着实是忧心如焚。既然她并非我要找寻的人，我就不该在此耽搁。任她媚意殷勤，我自了不动念。

我如坐针毡，急欲摆脱这情氛，正在这暗自焦心之时，她右手的拨板猛然一收，那琴弦发出声如裂帛的鸣响。她敛容含嗔斜视我，不复有那般娇媚和亲昵。

“薄幸儿！小小年纪，却是这般道学面孔！啊呀呀，我竟也是自作多情了！”

花容失色，她的眼角有泪光闪动。一时间我真有无地自容之感，而我还是起身欲走。

“我也真是看错人了，既是有这番冶游，却怎的不解风情！”

杏眼圆睁，柳眉倒竖，她的语气因气恼而尖刻。我一时语塞，只得讷讷地辩白：“我也并非是来冶游！”

"那你黑灯瞎火浪来作甚？这一番扭捏好没道理！只怕是你走错了门，那我好心指与你看！过了风月桥便是那青楼，那青楼便有王家少妇在，风月桥，风流穴，看你是不是本钱大！快快去，莫空负这一团好兴致！"

那确是我不解风情的青涩年岁，虽然如此，我倒也听说过"王家少妇"是坊间一首曲名。若说那是一个人，那会是指王屋山么？那个身材娇小的王屋山，她也曾是韩熙载的宠姬，《夜宴图》第二段中的那个舞伎就是她。

"我来并非是找王屋山。"我的语气也变得有些冷硬。因她这番奚落，我的些许怜惜之情也立时化为乌有。我并非浮浪少年，也并非来此寻欢的狎客。

"底死谩生留不住！那你倒是来找谁？"她一把揪下堕马髻上的花朵。

"小生失陪，这便告辞了！"我草草地拱一拱手，就猛然掉头冲外走，刚一拉开房门，就见一个黑影扑倒在地。那人显然是猝不及防，而我也是一时昏头拉错了门。我本是从通向露台的那道门进来，本该是从那道门出去。

驼背的黑影又颤巍巍立起。这是教坊副使李家明。地上有一把摔碎的茶壶。

"你敢在这偷窥！"

"公子着实是误会，小可是要来献茶。"李家明晃动着手里的壶把。

"你这个骗子！楼上有的是茶水！"

"公子光临寒舍，本是李家幸事。"李家明阴恻恻笑道，"小可守在这儿，是恐小妹做出失礼事体来……"

这张笑脸透着狡黠，我顿觉恶心欲吐。我原本对此人也有些好感，身为优伶班首，李家明地位虽远不及朝臣，却也算是宫中近侍。此人谈谐机敏，善为讽谏，每每以滑稽之辞劝喻君上，虽为一己承欢，却也不失纯朴本分。元宗皇帝时，李家明谐戏独出辈流，也曾颇享声望。今上即位后，此人已是老而无宠，再也不得提升。

此刻他是一个偷听者。

"我老李家也算得是体面人家。小妹虽有些使气任性，却是佳人难得，这公子你也看见了。"

李家明正欲拉我一只手，而我已是嫌厌之极。

"我没看见！"

我猛地甩开他的手，快步逃离这画舫。

木桥通向另一条石径，石径两侧也有茂密的芦苇。小径的尽头有亮光闪动，那是两道穿透暗夜的亮光。

那是一只小猫，一只白色的小猫。双瞳闪闪，毛色雪亮，牠轻轻晃动着尾梢，似是在静静地等着我。

当我走过芦苇小径时，小猫就在远处默默望着我。小猫的颈下有一围飘垂的长毛，牠静静地蹲踞在路边一片荷叶上，像是一只迷路的幼狮。小猫正对着画舫的灯火，牠的双眸闪动着异样的亮光，那是如电如炬的亮光，琥珀色的亮光。

这画舫并无我要找寻的人。我沿着湖边雨花石小路疾走，我要寻找下一处有灯火的楼阁。小猫就在我前头奔跑，仿佛是专来为我引路。暗夜中奔跑的小猫，牠在我前方跃动着飞马的身姿。

　　小路蜿蜒穿过一片桃林。桃枝幽密，这小路忽然没了去向，小猫
也不见了踪影。我张皇四顾，就见桃林深处有一道园门，一道宝瓶状
的小门。小猫就在那宝瓶门等我。

　　猫眼反射着异样的亮光，那光源似是来自我身后。我转身回望，
就见夜色深处有一团晃动的火苗。

　　在那芦苇波荡的夜色深处，那座画舫像是在水上游动。在那画
舫高处的露台上，一支火把正在奇怪地晃动，那火把先是左旋一圈，
接着右旋一圈。我能辨认出那个举火者的身形，那是李家明驼背的身
形，像是一个鬼怪在舞蹈。

　　那火把旋转完毕，又劈空划出一个对勾。我陡然一惊，或许他是
在发送某种暗号，这暗号或许是与我有关。

　　我顿觉毛骨颤栗。那画轴上的诗句或许也是与我有关，可那显然
并非新写。

　　别处并无回应的信号。那暗处定然有窥伺者。

　　暗处有水鸟唧啾，像是在发出某种信号，而别处并无其同类的
回声。

　　小猫在宝瓶门望着我。

　　穿过宝瓶门，就见那半坡上有一栋小楼。那青砖小楼藤萝蔓延，
檐下挂着绛紫色的纱灯。那或许就是李家妹所说的青楼了。果然，那
青楼边的小石桥上有"风月常新"的题刻。我认出那是韩熙载的手
迹，我记得有人也将那青楼称作"风月楼"。

　　那风月桥却是一座断桥。石桥为一道篱墙所隔断，小桥与青楼虽
是相望咫尺，外人却难以从这石桥进入那青楼。

此处也不会有我要找的人。小猫从石桥边跑过，一路跑到更远的一棵榉树下。这雨花石路通往两个相反的去向，我站在桥边彷徨无计，不知哪一条路能带我找到那个人。

小猫在榉树下回头望着我，像是要我赶紧跟上。

我正欲跟着小猫前行，忽闻一个男子的吟诗声。"青青河畔草，郁郁园中柳……"那吟诵继之以一阵奇怪的声息，像是鸽子交配时的咕咕声。"盈盈楼上女，皎皎当窗牖……"我驻足观望，那声息是从风月桥边的小花园传来。那小花园有一个月洞门，洞门内有一个小石桥，石桥通向另一个月洞门。

"娥娥红粉妆，纤纤出素手……"那吟诵声伴着浪声浪气的呻唤声，那声响伴着桂花香气飘来。"昔为倡家女……"

小花园是一片金桂园，回廊曲折，桂花飘香，园中有一座玲珑假山，山旁又有一棵石榴树，一对男女正在那树下交欢。

"今为荡子妇……"那女子娇声浪叫。

"荡子行不归……"那男子益发用力。

风舞树动，枝柯婀娜招摇，果实沉垂欲坠。他们交颈叠股，似是已入佳境。妇人仰卧于地，两条白生生细腿高高跷起，那小脚纤若钩月。男子俯压在上，起伏间发出粗重的气喘声。

"空床难独守……"妇人接了这末句，假山后忽有咳嗽声传来。那男子愣停片刻，便惊慌起身，匆忙裹缠曲裙，便悻悻然从那山中隧洞溜走。那妇人也悚然起立，提裙持带向那山后张望。

那妇人纤腰长袖，柔若无骨，一副弱不胜衣之状。她莲步轻移，转身欲走，就有一僧人踅出那月洞门。

"施主缘何如此惶急？"

妇人大惊失色，正欲缚带，那花裙却忽然松脱坠地。慌乱中她弯腰提裙，僧人却已疾手抓过那罗带。那是一个膘肥体壮、五短身材的僧人。

"夫人有所私耶，就不怕我说与舒雅？"

妇人呆望着地上一个石榴，那石榴早已绽裂，就见她举足用力，那弓鞋猛地踹去。那石榴立时被踹烂出水。妇人便不再羞惶，她轻扭腰身，抬手抚一下朝天髻，脸上也有了盈盈笑意。

"只怕你老人家也只是个假和尚。"

僧人略微一怔，便又呷呷笑道："既是来到这风月楼，咱就不吃素斋吃荤斋了！老衲苦行日久，今日受用这一下，施主方便着些！"

"不是要说与舒雅么？你倒是去也罢！那不长进的死乌龟，他可是奈何不得我！"

"咄！夫人也是小觑我，出家人不打诳语，我定是要说与大司徒了。"

妇人打个愣怔又道："我也说与大司徒，单说你非礼。"

僧人又呷呷笑道："尚未到手你如何说？敦伦一刻，任你说去！"

"和尚好油嘴！无端地拿人开荤，就也不怕犯戒么？"

"在欲行禅，随处自在，佛法也奈何不得！持戒不如布施，施主快快随缘！"

僧人向前扑奔，妇人便掩面而笑，那花裙复又坠地。僧人撩起那缁色袈裟，他挺身向前，忽又抚掌道："我贪！不想别人唾余污我！"

僧人扳转妇人，使其双臂撑地，马趴在前。

"老贼秃！适间你半道劫食。谁人来得及！"

僧人便又扳转妇人，与其正面相对。妇人咯咯一笑，便两腿分张，弓身后仰。云鬟触地，凤钗半坠，那私处高举相迎，僧人便挺身相就。妇人双手撑地，僧人大力鼓捣。妇人不胜冲撞，便就势沉下身子，僧人便着实地压上去。妇人搂定僧人后背，便柳腰款摆，浪声叫唤起来。一番抽送之后，僧人便揪住她发髻问话。

"怎说我并非真和尚？"

"你是在江上钓鱼么？"

妇人娇喘着应答。僧人僵停片刻，复又大力鼓捣起来。那妇人只顾浪声呻唤，僧人却忽然闷叫一声倒在妇人身上。妇人犹自乱扭，僧人却遽然掐住她脖颈。

妇人伸臂蹬腿，僧人的双手只是兀自用力。那两抹红艳的睡鞋在摇颤。

僧人旋即起身。他轻拍几下僧衣，似是要拂去身上的尘埃。那妇人已是气断力绝，一命归阴。

"万古长空，一朝风月！"

那僧人望空感叹。

那时我无意中看见了这一幕，我就躲在风月桥边的树丛中。那妇人确实就是王屋山，就是《夜宴图》第二段中的那个扭腰摆臀的舞伎。绿柳蛮腰，娇小而又冶艳，那女子专工软舞，而她最擅长的绿腰舞本也是一款软舞。在那风月桥边，我看见她那高高跷起的细腿，也看见她那紧绷的纤足。那纤足也曾在韩府夜宴中跳一种足尖舞，单腿独立，足尖点地，细腰微颤，身肢便轻盈旋转，那舞姿如鸾飞燕扬，引发一阵阵喝彩声。据说那舞步是由当今国主的官人窅娘所首创，也有人说那足尖舞或有更早的出处，而我亲眼所见的却是王屋山那细绢缠足的舞步。（而今在我这发白齿摇之年，我所见的女子也都穿起这般瘦小一握不盈的莲瓣鞋，而我居然还依稀记得王屋山那轻若凌波的尖足舞，也记得她在石榴树下偷欢时那纤足紧绷的姿势。）

小猫仍在桥头等待我，牠的双眸闪烁着恼怒的电光。当我走回路面时，牠忽然冲我弓起身子。牠前身伏地，尾部高耸，像是要带我起跑。牠奋力地甩动长尾，又似是在严厉地警告我。此时此刻，那蓬松的长尾真像是一条皮鞭，我感到那鞭子正抽在我脸上。我并非来此寻欢的狂且浪子，我在那画舫并无越礼的举止，甚至也无丝毫非分的念想，但我确实也有那番不必要的耽搁，而在这风月桥边，我竟然着实地成了一个窥淫者！一双玉臂千人枕，半点朱唇万客尝。望着石榴树下那两个偷欢者，我却分明是有色情微动的感觉了。——这是怎样的一种羞惭！我甚至不敢正视那小猫的眼睛。

然这羞惭只是片刻的伤感，继之而来的却是一种恐惶。这是我平生头一回看见杀人的场景，一个人徒手杀死另一人，而那杀人者就在距我不远处，就与我处在这同一庄园里。那杀手并未看见我，我却并未逃过死者的眼睛。

我收回心神，跟着小猫一路奔跑。我的眼前仍在晃动着那妇人冶荡的形容。就在她与那僧人交欢时，就在她那浪声浪气的呻吟中，她的脖颈架在那僧人的肩头，她的眼睛直望着远处的树丛，而我就躲在那树丛中。淫心如醉，意态妖娆，那一刻她似有万般风情要展露，而我是惟一的观望者。

　　她的眼睛直望着远处的树丛，而我就躲在那树丛中。我并未逃过死者的眼睛。那一刻她确是在引诱我。这番引诱并非是为肉体之欢。她是将我当作另一种猎物。

　　城楼有谯鼓声传来，此刻已是初更光景。乌云遮月，夜色更显暗沉。我要找的人不在画舫，不在青楼，我就只能奔向下一个灯火阑珊处。我跟着小猫穿过一座笔架形的小山丘，那山丘上有一片幽暗的桑园。三年前我来韩府游逛时，也曾看见过这片桑园。我断定这去向没错，因我又看到了那片桑园，也望见了那片紫竹林。更鼓声应着我的呼吸，每一声都撞击在我心口，祸及燃眉，我在焦灼中加快了步子。
　　那是我所熟悉的景色，一片清幽茂密的紫竹林。风动树梢，如麦浪翻涌。竹林深处，有灯光隐隐。灯火处便是名为"兰台"的藏书楼，这是韩府中我能说出名称的一座楼阁。三年前的那场夜宴前，我曾来这藏书楼游逛过一番。那时我从另一个方向乘舟而来，舟至楼前，却发现并无码头。码头设在数丈之外的远处。
　　青石黛瓦，飞檐斗角，观瞻灵动却又不失沉稳，古雅中亦有几分严峻，这座藏书楼面北临水，原是依据文王八卦方位营造。北方属坎位，坎为水，而水能灭火，书楼北向面水，乃是为防火计。这水池其实是一方荷塘，这荷塘连通更远处的湖泊。这也是三年前我来藏书楼的水路。
　　与别处建筑迥然不同，这藏书楼并未增建院墙，只是周遭多了一圈竹篱。那楼顶已是荒草丛生，荒草之上是更为阴沉的天色。
　　苍藓满庭，高梧冷落，有灯光从底楼的花窗透出，那橘红色光芒穿过窗前的笋石和修竹，也照亮那门厅的廊柱。

　　小猫蹿上门阶喵喵叫唤几声，一道侧门便静静地开启。一位美妇人出现在那门口。那妇人体态丰腴，肩头拢着暗红的披帛。我立时便认出她就是我要找的人。三年前我曾在那夜宴现场见过她。她就是那位秦蒻兰。她的姿容依然可见曾经的风韵。此刻她就站在那柱廊的光亮处。那"兰台"二字就嵌在她上方的门楣上。古人以"兰台"指称藏书楼，是因兰草可防古书中的蠹鱼，而读书人总爱将兰草夹在书卷中。我忽然想到兰草其实并非兰花，而眼前这位美妇人却是名叫秦蒻兰。此时此刻，她的周身笼着一片竹影。

　　涵烟眉，盘桓髻。那姿韵中有色淡意远之致，亦有一种娴雅和温婉。此时此刻，她就静静地立在那片竹影里，那竹影仿佛笼着无可告语的心事。

　　我并未立刻趋前，只在篱墙边的梧桐树下站定。那小猫急切地冲上前去，像是纳头便拜的样子，牠轻轻叫唤几声，就在主人腿脚上摩蹭起来，仿佛沉迷于某种仪式。

　　"好姻缘，恶姻缘，只得驿亭一夜眠。……"

　　很多年前，北国使者陶谷曾为秦蒻兰写下一曲《春光好》。那故事也是源自韩熙载的这座藏书楼。周主伐唐，江南败兵称臣。周主派兵部侍郎陶谷使唐。陶谷自恃上国之势，辞色道貌凛然，韩熙载素知此人并非端介之士，便欲杀其傲气。陶谷向韩借书带回驿馆抄录，韩熙载便派秦蒻兰假充驿卒女，旦暮洒扫庭院，那陶谷果然魂不守舍。一宵欢娱，陶谷挥笔题赠美人一曲《春光好》。

　　"琵琶拨尽相思调，知音少！……"

　　此刻她就站在那柱廊下，含笑望着那撒娇的小猫，又轻轻挪动着脚步。小猫终于找准角度，牠耸身上冲，又顺着主人的小腿滑下去，主人便再也无法移动，小猫就顺势躺在她脚上，又用脸颊亲热地摩蹭她的脚面，那小猫的神情已是陶然如醉了。

她似未觉察到我的出现，她只顾低头与小猫细声缠绵。那轻声慢语也是极尽温柔，只是隔着这样的距离，我听不清她在说什么。

那一日韩熙载奉国主命为陶谷举宴，席间照例有女乐侑觞。陶谷辞色倨慢矜持如前，国主问他久居使馆是否寂寞，陶谷说他借阅韩书幸免孤寂。国主说江南春色你已采得一枝，何必欺瞒？陶谷勃然作色。韩熙载微笑不语，仍举觥劝饮。陶谷又饮一二杯，忽听歌声幽咽，自那屏后飘出："好姻缘，恶姻缘，只得驿亭一夜眠。"陶谷立时心惊目颤，那歌娘袅袅婷婷转过屏风，那正是他曾一夜拥眠的秦蒻兰。

那小猫忽然反转身子，张开虎口轻咬住她的脚踝。似是有主人的默许，小猫的虎牙在试探着用力。秦蒻兰忍不住地尖叫起来，小猫便立时松了口。她轻轻抽出那只脚，又拉紧那暗红色的披肩。小猫兀自仰躺在地，美美地抻一个懒腰，又张嘴打个哈欠，便微闭双目，仿佛沉入一种冥想。

"待得鸾胶续断弦，是何年？……"

汗水涔涔而下，陶谷无地自容。韩熙载引酒满觥，再度劝饮。陶谷仓惶起座谢宴，连夜辞行回国。北使受辱，韩熙载出了一口恶气，也为江南挽回了一点颜面，而秦蒻兰亦可谓是为国献身。韩熙载将这藏书楼留与秦蒻兰，莫非是为弥补对她的亏欠？

我竭力摆脱往事的纠缠，便向前迈出数步。

秦蒻兰缓缓抬头，或许她早已看见我立在这树下。她神色沉静地望着我。

"开门风动竹，疑是故人来。……你究竟还是找来了。"

我随秦葽兰进入这藏书楼，进入这透着橘红色亮光的房间。这是藏书楼的客室。这客室也有一块小小的匾额：芝兰之室。

与善人居，如入芝兰之室。我记不起这是谁的原话。这客室自有一种清致的格局。一入这客室，我就嗅到一缕淡淡的芳香，这芳香来自书橱边的那株兰花。

她说她已从"王家少妇"那里得知我父亲罹祸。她说"王家少妇"就是王屋山。我说王屋山既已嫁与舒雅，那她应被称作"舒家少妇"才是。她说王屋山岂是舒雅所能驾驭，面上虽与舒雅成亲，但王屋山仍是我行我素，仍愿被人称作"王家少妇"。《王家少妇》本也是王屋山所喜爱的古歌。

我说王屋山已被人掐死。我难以向她复述我亲眼所见的那情景。（在我那样的年岁，那样的事情确是令我难以启齿。）我支支吾吾地说个大概，不觉间自己已有些脸红了。

她轻声取笑我一句，又问我是否犯饥。我正欲摇头否认，就听见自己肚腹有咕噜噜的响声。她转身离开，又托着一个青白瓷盘回来。那瓷盘中有一碟糯米团，一块鸳鸯饼，还有一个熟柿子。这时我才蓦然记起，自从清早遭逢惨变，我便没再吃过食物。她又欲为我取茶，我便急忙摇头。我确实并不口渴。我在栖霞山喝过半瓢井水，又在城中饱饮一顿河水，还在那酒楼被灌下一碗药汤。

就在我埋头进食时，她又问起那个杀死王屋山的僧人。其实我并未看清他的相貌，只对那五短身材有些印象。

秦葽兰微微摇头，她也未曾见过此人。她说王屋山的青楼本来就是个风月场，那里时有一些来路不明的狎客，更有一些显宦达人出入。

我望着壁龛中的那尊沉香木佛像，那是一尊螺发垂足的弥勒佛。那弥勒佛敛目低眉，嘴角微扬，妙相庄严而慈悲，一如父亲那两尊弥勒像。

"韩公也是敬弥勒佛么？"

"国主礼佛，臣僚谁敢不恭敬！而国主却只念《维摩经》！维摩是入世佛，在欲行禅，巧设方便。"

"韩公不也参禅么？"

"也算是在欲行禅了，只是修法不同。诸佛妙理，非关文字。"

"这是六祖惠能原话。"我虽不谙禅理，却也能领会这说法。惠能虽不识字，却能为那女尼讲佛经。我一时记不起那女尼的名号。

"韩公曾对我说，六祖不传衣钵，是因门下弟子堪任大事，无需再凭这信物弘法。达摩初来时可远非这情势，佛祖的法衣就是法信。内传法印，外付法衣。"

"那……佛祖的衣钵哪去了？"

"你问我，我问谁？"她莞尔一笑，她这话倒是很有些禅机了，而她旋即正色道，"韩公只信弥勒佛。"

"释迦灭寂，世间还会有佛么？"

"凡事都须有个安排。释迦指定下一尊佛是弥勒佛，他也曾嘱咐迦叶尊者说，大迦叶不应涅槃，须待弥勒现世。"她忽然双目发亮直盯着我，"适才你问佛祖衣钵哪去了，其实就在那灵山法会上，佛祖就将其传给了迦叶，嘱他待到弥勒菩萨应世时，再传给弥勒菩萨。"

我不解其意，一时接不上话。她依然直盯着我，那神情也颇为兴奋。

"达摩说他身后两百年衣止不传，屈指算来，到六祖约莫就是两百年了。六祖不传衣钵，或是要留给未来的弥勒佛……"

以我有限的学识，我实难接续这话题，而我已隐隐有一种预感。

国主所要的宝物。佛祖的衣钵。

我不能说出自己的猜测，我要自己寻获那宝物。我不再轻信他人，我再也不会轻易透露自己的心事。

"……家父留给我一卷图。"

"韩府夜宴图"。

我惊诧莫名，怔怔地望着她。

"我不是就在那画上么？你不是因此来了么？机缘也甚是巧妙！"

我已无力设防。再过几个时辰天就要放亮了。倘若宫中那盏命灯过早熄灭，父亲就要命归黄泉了。（那命灯是一盏佛前灯，那佛像会是燃灯佛么？燃灯佛是前世佛，释迦佛是现世佛，而今释迦佛早已灭寂。我祈愿那是一尊古燃灯佛。记得父亲曾与人说禅，客问"何为古佛心"，父亲却以"山河大地"作答。）我虽已对那女道人起疑心，但我不得不听信她这命灯的说法。我务必在灯熄前找到国主所要的宝物。而此时此刻，我惟有求助于这位韩府昔日女管家。

我从行囊中取出那画卷。

画幅徐徐展开，她的神情便又有些感伤。她默默注视着图卷的首段，注视着那个美髯高帽的韩熙载。我屏声静息，等待她开口。

"人生如梦啊！命耶数耶？想当初韩公避乱南来，好友李毂在正阳渡送他过淮。酒酣临诀，都说那经营天下的壮志。韩公说江淮若用我为相，我当长驱以定中原；李榖说中国若用我为相，则取江南如探囊中物。"

我虽少不更事，却也听父亲讲过这故事的结局。唐保大十三年，周显德二年，周师南征，周世宗命李榖率兵取淮南，而李榖大军过淮也选在了正阳渡。这一役唐国一败涂地，最终割地称臣，江北十四州悉归中原。那时父亲也曾与申屠令坚驰援寿州节度使刘仁赡。

"听说周人驱骆驼为前锋，南人何曾见过那阵势！"我不知该如何跟她谈论这话题。

"韩公才高气逸，无所卑居，举朝未尝拜一人。宋齐丘焉能容得了他！"秦蒻兰轻轻展动这画卷，那语气中自有一种沉静。

我忽想到那宋齐丘求字的趣闻。宋齐丘每每以国老自居，此人书札不工，尝自撰碑文求韩熙载润色书写，韩熙载竟然以纸塞鼻，人问其故，他说是因"文臭而秽"。

"国家之事竟是糜烂至此！宋齐丘秉政误国，最终不得好死。韩公虽遭排挤，身后却有显名。"

"我要与你说的是宋党！"她忽然打断我的话，这使我忽然感到自己很幼稚。

"五鬼乱朝。这你有所耳闻么？"她像是在考问我，好在我对这些史实并不生疏。

那不可一世的"五鬼"皆为宋齐丘党羽。他们窃弄威福，恃势恣横。"五鬼"专政，朝堂一片乌烟瘴气。人说国朝覆军丧地自彦贞始，而刘彦贞原是为"五鬼"所抬举，国主遂以其为"一面长城"。寿州守，则淮南守。兴屯田，修兵备，江北诸州以寿州最为要地。周世宗派李榖攻寿州，元宗帝遣刘彦贞督师出拒。刘彦贞举止躁挠，贪功自任，终致兵溃身死，国家丧地千里。

"枢密使陈觉，枢密副使查文徽、魏岑，丞相冯延巳，中书舍人冯延鲁。他们就是这'五鬼'，他们结成死党，他们都是……宋党。"

"可你也听说过孙党么？也听说过韩党么？"

"孙党是指大司空孙晟么？我倒没听说有孙党。孙宰相出使北周乞罢兵，周主要他招降寿州守将刘仁赡，他却反教刘将军坚守。孙宰相慷慨就义，可谓不辱使命。我也没听说有韩党。"

"小人得志坦荡荡，君子怀忧长戚戚。孙晟与韩公皆是北方齐人，他们看不惯宋党做派，遂被那些小人诬为结党。孙宰相出使北周，实是为冯延巳所排挤，冯延巳是借刀杀人。孙宰相义死，他们又盯上韩公。韩公自是磊落人，他不树朋党，只是有几个同志。"

"韩公门生众多，可说到谁是同志……"我期待她说出那些人，不料却打断了她的话头。

"着实说，这党争也并非没道理，韩公也曾说，人君独制天下而无反制，势必招致大灾祸。只是这党争不过是争宠，到头来却是这般光景，李姓家国成了'五鬼'党国。他们是有个弥天盖地的大网络。"

"我自知不该多问，可你说韩公有同志……"

"志同气合者朝中也就二人，韩公，林将军；江湖上也有二人，史虚白，耿先生。"

犹如五雷轰顶，我这愚钝的脑瓜登时便嗡嗡作响。画卷已全部展开，我指点朱紫薇那三个侧面图，又将前边的画面卷起。

"听说耿先生与朱紫薇交好……"

"林将军有眼力，这画是该留给你。"她意味深长地望着我，似是在喃喃自语。

她怔怔地望着那长卷的末后两段画面：她隔着屏风对我父亲低语；她的一只手指向端坐靠椅的朱紫薇；韩熙载在朱紫薇身后作留客状。

"他们并非结党，但确是有某种盟约。他们似在守护着某种……秘藏。他们视其为天职。事关机密，这秘藏也只能是密付，亦即是单传，史虚白死前传给韩公，韩公死前本该传给耿先生，因她比林将军年长，不想她就露了口风给朱紫薇，虽说是无意……女人嘛，终归只是个女先生……"

"既是如此，朱紫薇不也能直接找到那秘藏么？"

"护法……他们自称是护法，为保机事秘密，藏处止只护法本人知晓，也只在临终或遇难时告知下位，而下位护法自会另选藏处。譬如说，史虚白将其藏于匡庐，那也是他的隐身地。"

"那……韩公的藏处？"

"韩公辞世，秘藏传给了林将军，那藏处也只有林将军自知。"

"这便是国主所要的秘藏么？"

"这我不得而知，但定准是他所怕的。"

"若是家父身遭不测……"

"那就该有下一位护法了。秘藏不能绝传，他们当是留有后路……"

"后路？这后路在哪？"

她目光灼灼地望着我，我正欲羞怯地垂下头，她便一只手轻托起我下颔。

我听见自己心口在狂跳，这不祥之感却又使我窒闷。莫非我就是这后路？果如此，父亲就是在劫难逃了。我不想做下一位护法，我只求父亲平安脱险。

"家父只留给我这画卷，这画卷使我来到了这里……"

那小猫突然跃上窗台，紧贴茜窗向外张望。望着牠那微微显露的虎牙，我立时感到莫名的紧张。小猫焦躁不安地甩动尾梢，几根长须向前翘起，那粉红的耳朵也在警觉地转动。我随秦蒻兰的视线望着小猫。那小猫舔舐着嘴唇，又忽地纵起身子，两只前爪扒着窗纱，牠的瞳孔在放大，鼻头也在急促地翕动，似已嗅到某种异样的气息。

"果然是有人跟来了……"她怔怔地望着窗外，神色也有些惶急了。

她轻步踱到窗边，站在小猫身后朝外望。

风摇树动，雨雾中一女子蹀躞而来。那女子青衣黑发，细腰碎步，像是一只雨夜出没的狐妖。

那狐妖般的身影幽幽飘过篱墙，一只手朝这藏书楼伸来。我骤然间头皮绷紧，又忽闻那边传来一声尖叫。声音未息，那狐妖已倒在了梧桐树下。

我顿感一阵心悸，秦蒻兰却不再惊慌，只是漠然地望着地上那狐妖样的身形。从这窗口望去，我看不清那女子的面目。

雨湿花阴，月筛帘影。我望着窗外池塘那片白莲，又望向篱墙外那更远处的湖面。风吹波动，那湖山宛如一片幻景。

"风乍起，吹皱一池秋水。"秦蒻兰轻叹一声。

我也曾读过这词句，这本是已故丞相冯延巳的得意佳句。那个善写春愁闺怨的冯延巳，他本是元宗皇帝的词客，也是那"五鬼"中的一员。那"五鬼"无不是以容悦得用，冯延巳更是以词句邀宠，而元宗帝亦以词坛盟主自诩。冯延巳原句用的是"春水"，秦蒻兰将其改作了"秋水"。

"韩公辞世，这韩府就成一潭死水了，可是谁都不想搬离。你这一来，阖府就又活起来。活的活，死的死，先是王家少妇，再是李家妹子。"

"是她么？……是谁杀了她？"我又望着窗外树下那女尸，我能听到自己的声音在抖颤。

"狐妖作怪，必遭雷击。"

我并未听到雷声，却从她的话语中听出了一种恨意。

"三年了，都赖着不走。谁都以为这韩府有宝物，谁都不知藏在哪。你这一来，便惊动了这潭死水。从你进园子那一刻，阖府的眼睛就在盯着你。那两只粉头，也皆是一样的货色。"

"可……他们怎知我为秘藏而来？"

我的后背忽觉一阵发凉。我望着窗外那片黝黑的树丛，不知那凶手是否仍在近处。秦蒻兰只是不动声色地望着远处，似乎并未感觉到有迫近的危险。

"只是你自个蒙在鼓里罢了，好在你也有开窍时。你拿这画卷来找我，足见你也蛮灵光的。"

"我本以为你是知情者……"

"我也不过是个妇道人家，蒙老爷不弃，也就感恩知足了。老爷自是心知肚明，有些事也并不避我，至若他们的机务，却也从未与我明说。"

父亲临难时留给我这画卷，韩公临终前也会对她有所托付么？那场夜宴前我来这藏书楼闲逛，韩公曾神秘兮兮地对我说过一番话，彼时她正在四时轩张罗那宴席。

她默默地注视着那尊弥勒佛，沉吟片刻，又像是在自言自语："那秘藏……会否是佛祖的衣钵？"

再一次疾雷轰顶！前两次都与那位女道人有关。画舫那女子说耿先生与朱紫薇交好，我因自己误入圈套而震惊。眼前这女人说耿先生与韩公是同道，我为一个更大的陷阱而惊恐。此刻她又猜想那秘藏或许是佛祖的衣钵，我便因这震击而麻木了。佛祖的衣钵，法力无边的圣物，那圣物曾经放大的一场又一场的争夺和追杀。这便是国主索要的秘藏么？我既无天龙八部的护持，也无降龙伏虎的锡杖。

我木呆呆地望着她，而她只是出神地望着那尊弥勒佛。

小猫跳下窗台，兀自踱到那樟木书橱边。书橱前的花架上有那株兰花。小猫又轻盈地跳上花架，优雅地蹲在花架一角，曾经放大的瞳孔又眯回一条细缝。秦蒻兰也静静地走到书橱前，一只手轻轻抚摩着小猫的额头。一缕幽香飘来，我望着兰花花蕊间那滴水珠。

她忽然压低声音冲我说："老爷留给我一幅字。"

她警觉地朝窗外瞥一眼，就轻轻搬开那花架，又示意我移动那沉重的书橱。我用力移开书橱，就见后边现出一堵粉墙。

她以手掌轻轻拍击那墙壁，就见一道木门缓缓升起，那门后是一个幽暗的黑洞。她蹲身将一只手探进那暗洞，旋即拉出一个长条形漆奁。

她轻轻拂去漆奁上的灰尘，又打开那描金云纹盖。

这紫檀漆奁中有一个绢轴。

她默默地展开这绢轴——

终日寻春不见春，

芒鞋踏遍岭头云。

归来笑拈梅花嗅，

春在枝头已十分。

或许这就是我的命运了。命中的诗句。命中的谶言。

这无疑是韩熙载的真迹。韩公早年曾集王羲之字成《千字文》，那法帖也曾害我苦苦研摹过一番。我也曾临摹过韩公的行草，那大都是他那部《格言集》中的文字。我熟知他的行草书风，他的行草虽无龙飞凤舞之势，却有行云流水之韵。眼前的这字幅更是墨韵多变，笔锋道逸，于疏瘦中见风神，于劲健中见险绝，也别有一种圆转之妙，一种气局之美。这诗轴的绢地也颇为雅致，似是河图洛书的纹理。

"老爷离世前留给我，嘱我秘不示人，惟有林将军危难时才可出示。"

"出示给谁人？……是我么？"

"来者须有顾画师的《夜宴图》。"

我望着《夜宴图》上的韩熙载，我有些不敢正视他的眼神。这画中人物的眼神都有些类似，惟有韩熙载的眼神最特别。

"韩公还说过些甚么？"

"他也说，若是日子熬不过，我也可将它变售……"

"韩公的字当然是一字千金。"

韩熙载领袖群伦，才名远布，四方建碑碣者皆载金帛以求其文，说他一字千金，这并非虚言。而此时此刻，我只是好奇地盯着这诗轴。

"老爷留给我这个，未亡人穷死饿死也不忍卖去的，何况眼下也还有一口苦饭吃。跟你说你也未必懂，毕竟你还没成人。女人总愿活在过去。"

我未必全懂她的话，而眼前的事实是，这诗轴毕竟是留下来了。我从背囊里取出那枚诗签，耿道人给我的诗签。诗签上是与这诗轴上一样的诗句，但却并非韩公的书法。我对她说起这诗签的来历，她的神情却甚是疑惑。

她说自己也只能是推测，那位耿先生本是足可信托的盟友，而她居然向那朱紫薇泄了密，实在是不可思议。或许只因是热爱中人，心动情欲便疏忽失防。韩公既知此情，耿先生便再也不登韩府，乃至整个金陵城都不再见其踪影。或许耿先生只是不慎漏了口风，却并未道出全部实情，不然朱紫薇早该起获了那秘藏。倘如此，林将军也就不至身陷大狱了。

"那么，她为何要送我这诗签？"

"这我也是解不透……老爷留下的也是一样的诗句，看来只能如此推想：惟因老爷将此物传给了林将军，耿先生并不确知那藏处，她也要赖你方能找寻到。这诗签虽是她给与你，可她未必能解其含义，不然她也早该得手了。"

"如此说来，这诗句确是一把钥匙。"

"只这一把恐还是不够。"

我再次将视线强拉回画轴上，或许在这诗轴和画轴之间有着某种关联。我再次注视着画中的秦蒻兰，注视着她那诡秘的神情和奇怪的手势。

"那一夜，家父匆匆赶来赴宴，你隔着屏风对他低语……"

"这就回到实情了。"

沉吟片刻，秦蒻兰对我说起那情景。父亲风风火火来到宴厅，似有紧要事要与韩公说，此时韩公已知朱紫薇须防范，便仍不动声色地送客。见林将军神色焦躁，她便隔着屏风对他悄声说，留意那位朱紫薇。她在窃声低语时指向身后的朱紫薇，那时朱紫薇正被两位佳人留在那靠椅上。

顾画师暗中记下这一幕，他把这情景如实画下并呈现给国主。（或许顾画师并非是要向国主暗示某种实情，其实他本人未必是知情者。或许他原本并非是有意为之，或许他画下这场景只因其有趣。我却难以理解的是，这场景却最终成了留给我的暗示。）国主从画中只看到韩熙载沉湎声色的表象，便将其出示给韩熙载，其意似为劝其自愧，韩熙载却视之安然，依然言语放诞，状似无赖。国主无可奈何，却也不再忧惧韩熙载另有图谋。国主不以私德废人，他让韩熙载将画卷带回，嘱其每日反省。这《夜宴图》遂"物归原主"。韩熙载去世前又将其留给我父亲。

经她这样一番述说，我已能确断顾画师遇害的原因：谋杀者是惟恐他给我以指点。——紫微郎朱铣。

"朱紫薇何以被发觉？据说此人行事很谨严。"

"又是女人作怪呗！太常博士陈致雍是朱紫薇心腹，而陈博士又与王家少妇通好。"

我又展开这画卷的首段，在那围榻前的黑色案几旁，相对而坐的二人正是朱紫薇与陈博士。

"我听说……王家少妇不是大司徒张洎的人么？"

"你听说的龌龊事也真不少！"她讥讽地冲我一笑，我便立时又有些羞赧。"可你没听说的也还多着呢！人尽可夫呀！那才叫长袖善舞，朝野通吃！朱紫薇派陈博士来韩府刺探，陈博士便与那王家少妇有了勾搭。陈博士本想向王屋山探询，反倒被王屋山套出了眉目。秋桐偷听后就想跟我说。——秋桐本是我的侍女，硬是被她夺了去，那孩子心眼也还是向着我。那日老爷要摆宴，我去无尽藏取松果，就在那儿遇着秋桐。"

无尽藏！

那个名字蓦然闪现。那个我一时难以记起的名字。

"无尽藏是一处房舍么？"

"佛性无穷，妙用无边。岂止是一处房舍！……众生无尽，世间无尽，发愿无尽。"

"你说是去了无尽藏……"

"哦……那院子就在湖心岛。那本是佛寺储积财物的处所，积八方施舍，救八方急难。老爷筑园建那无尽藏，每每领了月俸，向例就在那儿散分，又是餐补钱，又是茶汤钱，又是薪炭钱，姬妾有份，门生也有份。"

——无尽藏！

那位比丘尼的法号。

无尽藏比丘尼。

她是六祖惠能最初的供养人。传说惠能偶遇无尽藏，无尽藏读诵《涅槃经》，惠能只听一遍便能解其妙义。惠能虽不识一字，无尽藏却视其为得道之人，遂虔心供奉并宣扬。无尽藏圆寂，惠能建庵供奉其真身。惠能归寂，弟子也将其遗体送回曹溪。六祖真身保持至今，而无尽藏已被尊为女禅初祖了。

"师母可曾想到这诗作者……"

"……无尽藏！"

她立时惊愕地瞪大眼睛，便有顿然醒悟的兴奋。她一边用手轻轻捶头，一边奔向那窗边。

越过那片暗沉的水域，我向那片阴森的湖山望去，夜幕中的湖山有一种莫测的诡异。

她缓缓卷起诗轴，将它放回那紫檀漆奁。她将漆奁推回复壁的暗洞，又望着我的背囊和画卷。我将画卷放进背囊，也将背囊塞进暗洞。她轻轻拉下那道木活门。那小门与粉壁浑然一体，不留一隙。只是经由这番开启，粉壁上便能看出活门的轮廓。

"这诗轴如此珍贵，我想本该在楼上秘藏……"

"原本是在阁楼上，老爷去世后，我便将它挪到了这里。……既然他们都盯着那阁楼，就不会想到这见客的所在。"

我将书橱移回墙边，又将那花架搬回原位。

"去罢，一时半刻不会有人伤害你，可你是必留心。"

她又朝窗外瞥一眼，就从挂钩上取下灯笼。她引火点上这蜡纸灯笼，又为其罩上绿绸雨帷。她又从书橱里拿出一个皮鞘，从中抽出一把环指羊角匕。这匕首长不过三寸，却是锋刃雪亮，寒光闪烁。她将匕首往墙壁上轻轻一划，灯笼的铁钩便被削去一截。

　　"这把刀也颇有些来历，只是我也未曾用过，你随身带上，权当是个帮手。"

　　我将匕首插入膝裤，牙关已在咯咯打颤。我又接过她递来的灯笼。

　　"我是没法陪你过去了，尸体就在这楼下，少时有人寻来，我总得支应过去。"

　　"多承师母厚爱。"

　　"出门左拐有桥通湖山，无尽藏就在山东边，琅琊台下便是。"

　　我拱手作别。她几乎是将我推送到门口，就在我转身的瞬间，她又轻拍一下我肩头。她眼含笑意，温柔中亦有一种凄惋。

　　我拎着灯笼走出藏书楼，又听见她在冲我大声喊："夜遇女尸绕着走！切莫正眼看噢！"

NAME
OF
THE NUN

无尽藏

【卷四】

樊若水

　　我大步闯进这鬼影幢幢的暗夜里。虽有秦蒻兰告诫，我却忍不住还要朝那梧桐树下瞥一眼。

　　那女尸已不在原地！

　　我快步跑过那篱墙，一过篱墙又忍不住回头看。那树下确已不再有尸体。

　　那个狐妖样的女子，她确是那个美目流盼的李家妹么？

　　不翼而飞，似是为某种神力所挪走。若是有人来搬运那尸身，那只灵敏的小猫怎会毫无反应？

　　往左拐不远处就是那石桥，那石桥通往湖心岛。

　　我疾步走过这长长的石桥，我听见胸口在怦怦作跳。我的步速和心跳都是一样的迅急。

　　这湖心岛似已成荒岛。蓬蒿蔽径，蛇鼠蹿游，又有鸥鸦叫声从四时轩传来。那四时轩曾是韩府无数场夜宴的所在，此时只剩一个枯骨般的框架。

　　我小心地护着灯笼，生怕这火苗被夜风吹灭。我无须登临那空旷的高台，她说无尽藏就在湖山的东边，就在那琅琊台下。那琅琊台周边山势起伏错落，又有蹬道隐现其间，夜色中望去，像是峰回路转的迷境。我直奔那高台的东侧，那里有一片古松林。

　　月光暗淡，苍虬虯枝掩映着一楹粉墙瓦房，那是湖山东侧惟一的房屋。

　　那瓦房想必就是无尽藏了。

　　这确是我要找的无尽藏。

借着清冷的月光，我看见门楣上方那块匾额，那是三个醒目的隶体字：无尽藏。一望便知那是韩熙载的手书。那三个大字雕刻在一块石板上，那石板深嵌在墙壁上。

无尽藏。那位传说中女尼的法号，这名字藉由那遥远的传说而存在，也藉由那神秘的诗句而显现，我却难以想象出那女尼的形象。于我而言，这是一个谜样的名字。此刻我站在这座废弃的瓦房前，这座瓦房的名字也叫"无尽藏"。这名字就刻在墙壁的石板上，我却依然难以有真实的感觉。此刻我正走近无尽藏，走近这座废弃的瓦房，走近这个谜样的名字。（编者注：据《景德传灯录》记载，有僧人向行冲禅师问，"如何是无尽藏？"禅师良久无语，然后说道，"近前来。"问者近前，却闻禅师一声猛喝，"去！"）

我屏声静息走近那屋门口，忽见那把铜锁早已被撬开。我心里陡然凉了半截。或许是有人先我而来。这就意味着，我的寻找恐是徒劳一场。

铜锁已被撬开，板扉只是虚掩。我绝望地推开这木门。门轴发出吱呀的怪响，我的头皮一阵发炸。我一腿刚迈过门槛，就被厚密的蛛网糊了一脸。绝望立时变作惊喜。或许先我而来的只是盗贼，或许那盗贼是在更早时光顾此地，不然门扇间不会有如此厚密的蛛网。

蝙蝠惊飞，灰尘飘落，有一股呛人的霉味。屋里空空荡荡，墙角和斗拱上也结着蛛网，地上有一堆堆瓷器的碎片。窗边也有一道柜台，那或许是为发放施舍物品而摆置，抑或是韩熙载与姬妾们佯做买卖时所用。

或许蠹贼拿走的只是放在明处的财货，或许我要找的宝物在暗处。带着这样的指望，我仔细检视每一个角落和每一块地砖。

　　外边忽然传来一阵闹嚷声，又有人影在墙上闪动。我从门口望去，就见一伙人举着火把奔来。

　　我慌忙吹灭灯火，身体紧贴墙边缩在门口。

　　他们吆喝着直冲进来，我闪身从门口溜出去，不料外头还有一人在把守。那人手持火把朝我扑过来，屋里的几个也返身窜出，慌乱间我想起秦蒻兰给我的匕首。

　　我从膝裤里拔出匕首，又紧攥刀柄冲他们晃动，他们便一时不敢近前。我晃动着这环指匕首往后退，这手臂就忽遭一下猛击。匕首落地，击落匕首的是一根火把。那袭击者就在我身后。

　　他们一拥而上将我按倒在地，我的双手立时就被反剪到背后。他们狠力地将我捆住，又揪着绳子将我拉起。我的眼前一阵昏黑。

　　"押往风月楼！仔细江宁县抢人！"

　　这声音有些耳熟。他们推搡着我往前走。这时我才看清那为首者正是李家明。那发话者显然就是他。

　　莫非是疑心我害死了他妹子？我并非凶手。我只是一个目击者。我有秦蒻兰作证。情势却似非这般简单，那尸身已不知去向。他说当心江宁县抢人，或许是江宁县的人马也来了。我听说江宁县令是郎粲。郎粲曾是韩公的得意门生，三年前的那场夜宴上我与他也有过一面之缘。郎粲或许是来断案的，只不知他能否记起我。那时我只是一个懵懂少年，而他已是韩公提携的新科状元。

　　那时他色眼迷瞪地听李家妹弹琵琶，而今他要来查断那女子的命案。

　　他们押我走在浮桥上。这浮桥通往风月楼。浮桥悠悠颤颤，他们的脚步也都摇摇晃晃。若不是双手反绑，我会从这桥上跳下去。李家妹有李家明，也有郎粲郎县令，而父亲只有我。

浮桥那端聚集着好多人。有的举着火把，有的打着灯笼。那风月楼也是灯火通明，楼上的窗口也有人影晃动。

这时我忽又想到，风月楼主人王屋山已毙命。我倒是能为王屋山的死因作见证，但此刻我绝不想这样做。我不能耗在这里。我应尽快脱身。

那确是前来查案的官人，为首者正是江宁县令郎粲。江宁上元二县县治均在这都城，二者以秦淮河为界分治，城内河北为上元县，河南为江宁县；城外河东为上元县，河西为江宁县。韩府正是处在江宁县辖地盘上。

跟郎县令同来的还有太常博士陈致雍。也有几个捕快围护着他们，但似无李家明纠集的家丁这般凶狠。

秦蒻兰说陈致雍是朱紫薇的心腹，他这显然是为我而来。

李家明的打手摩拳拎袖，执刀逼将过去，郎县令的部从便步步退缩，而在其身后就是那桂花园。就在那月洞门后的石山下，县衙的仵作正在为王屋山验尸。郎县令已是怒不可遏。

"大胆李家明目无国法！本县奉公办案，你竟也如此凶狂么？"

"我道是谁，原来是区区一个江宁县！可这又是哪里来的话？令君莫弄虚头，自古是民不举，官不究。你等不请自来，擅闯民宅，李某倒要有个计较。"

"噜哓！这江宁地方出两条人命，就休说是你家私事！那王屋山也并非是你李家人！"

"好个村泼县令！没处寻死，却来这里现眼了！王屋山也还是韩府人，韩府事自不待外人管！要命的就赶紧从这里滚出去！我在这里住人，你就甭来找茬，也仔细我去江宁府告你们！"

"江宁府尹自是与你有亲，郎某朝中也并非无人。教坊副使李家明你且听好，本县已获密报，勒死王屋山的便是你！"

我疑惑不解地望着郎县令，我明明看见掐死王屋山的是一僧人，那僧人五短身材，也不似李家明这般的衰老。

"混缠！这也可笑的紧了！生生是荒乎其唐！教坊演戏怕也没这般的滑稽！"教坊副使李家明抚掌大笑，他的喽罗们也跟着一起哗笑。

郎粲更是火气直冒："只怕你是笑得过早了！人证物证俱在，真相已明，你妹子也是死在了你手！"

李家明略一愣怔，立时又变得强气起来："好没来由！郎状元莫非是要编传奇？家明老矣，却不想在你戏里轧一角，不理你也罢了。"

"这怕是由不得你了。想保命就速跟我回县，明日升堂自有理会。"

"滑稽！李家明奸杀李家妹！浑不成道理！"

"实在你们并非亲兄妹。"陈博士不似郎县令这般光火，说话却是绵里藏针，"你若硬说是，那你们便是有十数载乱伦了。"

李家明登时有些错愕，忽又摇头叹道："国兴见祥瑞，国亡出妖孽。状元县令草菅人命，太常博士血口喷人。法纪废，纲常乱！好好好，怕你的也不是人了！"

"草菅人命的正是你！"郎粲再次发作，"那孩儿究竟惹犯了甚么？你李家明是要动私刑么？"

"你这糊涂县令总算醒神了，这正是你该捉拿的案犯！"

我这才惊觉自己被当成了凶犯！我正欲叫喊，嘴巴立时就被塞了布团，又有利刃架在我脖子上。

李家明冷笑着瞟我一眼，喽罗们便拧紧我手臂。

陈博士跨前一步说："李副使，按说我不便插手多言，只是半路遇见郎县令，听说韩府出了命案，就顺道一起来看看，也是凭吊一下韩宰相。就说目下这两起案子，郎县令来拿你，自然是有人证。你却说这孩儿是凶手，那你又有何凭证？"

"陈博士忒絮烦，本来不干你事！但若说凭证，这些伙计便是！他们眼见为实！"

李家明朝身后的喽罗们瞪一眼，他们便叫嚷说是亲眼所见。我已是有口难辩，只盼望郎粲能设法带走我。然而郎县令是与陈博士同来，而陈博士是朱紫薇的人。

"既是如此，郎县令所得密报亦未必可靠。"陈博士似是在打圆场，"李副使既已抓了疑犯，郎县令就该带回推问。"

"世上怕是没这等便宜事。"李家明语气又变得强硬，"带他去县衙，判死不过抵一命；留由我处置，便可一命抵二，我要看他死两回！这也才算是公道！"

郎粲的捕快显然不敢上来抢走我，他们不是李家明这伙恶徒的对手。陈博士对郎县令耳语几句，郎粲便朝那风月楼望去。

正在此刻，那件作拎着竹篮从楼上跑下，又直朝这小花园奔来。仵作从竹篮里取出一枚小物件递与郎粲看，郎粲便冲李家明高声嚷："令妹可是身中暗器！你却说她是被奸杀！"

"是咋死的不要紧，最要紧是谁下毒手！"李家明不屑地撇撇嘴，"我说你郎县令也该回避了！我为妹子惩凶，天经地义；你既是她的情郎，倒不怕有徇情枉法之嫌么？你这才是目无国法！"

"陈博士，咱们回！我且要正告这戏子，人在你手上，若是伤他一根寒毛，我就要了你这把贱骨头！"

"骂得我好！这把贱骨头自是奉陪了，我若惧怯，也算不得汉子！只是陈博士也该避避嫌！"李家明又阴测测地冲着陈博士嚷，"这原是有一件大隐私！原本我还纳闷，郎县令查案干你何事？原来你是跟王屋山有苟且！"

"这就走！本官明日却和你理会！"郎粲说罢便转身开步，陈博士便紧跟其后。

"阁下只怕是有来无回了！"

李家明一挥手，几个持刀喽罗跨前几步。

"郎县令可是去搬兵么？"李家明语含讥诮。

"犯不着！官军就在这墙外！"陈博士朗声大笑，"李副使可别犯糊涂！"

李家明望着远处的高墙，似乎立时便有些忐忑。

"区区一个县令，如何劳动官兵！"

"本县乃朝廷命官，非常之事自有非常之策！李副使也曾侍奉先皇，总该知些深浅。"

"果然是朝中有人哇！只怕那靠山也未必有甚品级，只怕我眼角里还不曾见着哩！"

"横竖是大过你李副使！"

他们再次转身欲走，李家明又冲他们叫嚷："不就一个朱紫薇么？"

他们立时即被震住。我却不再有惊诧感。郎粲和陈博士都是朱紫薇的人。他们是欲从李家明手里夺走我。他们也都曾是韩熙载的门生。

李家明依然不依不饶，呶呶不休："朱紫薇难比杜紫薇，杜紫薇难比李太白！我家太白是天子呼来不上船，哪比你们这些烂走卒！"

"走卒也是朝廷走卒！不须多话！看我明儿拿你不是！"

郎粲拂袖开路，陈博士和衙役们紧随其后。

"明儿你该是等着摘印了！"

"那夯货休走！我等的你恰好！"

远处猛然传来一声沉喝。他们便都朝那桥头望。一僧人正幽幽走下那浮桥。

那僧人身披袈裟，手执禅杖，如鬼影般自那暗处显现。

"阿弥陀佛！"僧人徐步而来，他一眼瞥见王屋山尸首，便双手合十，连说几声"罪过"。

那女尸仍在桂花园的假山旁，就在那石榴树下的花影里。

膘肥体壮，五短身材，缁色袈裟，沙哑的声音……

我难以追述那时我所经历的那般惊怖。我呆呆地望着那人走近。他就是掐死王屋山的那僧人。

"怎说我并非真和尚？"

"你是在江上钓鱼么？"

那僧人缓步轻摇来到光亮处，双手缓缓托起那禅杖。雕龙金禅杖。

"心识不到处，古路不逢人。贫僧来化血光缘，这韩府竟是无人识得么？老大不知高低！"那僧人扫视全场，神气甚是倨傲，沙哑嗓音中也透着戾气。

"天使大驾光临，虮虱微臣岂敢仰视！只是有眼无珠，这才识得国主金禅杖。"话音未落，李家明已是展背舒身，铺胸纳地，捣蒜也似地磕头。

"这班夯货在这作甚么？究竟是些甚么人？"

"朝廷走卒。"李家明朝郎县令他们瞥一眼。

"太常博士陈致雍！江宁县郎粲！"那僧人金杖戳地，一声暴喝。

陈博士颓然跪地，郎县令和捕快们也低头缩颈，扑身跪拜。

李家明的打手们先是将我按下，接着也都跪地叩头。

"国主供佛，也供有一位一苇法师的，陈博士可曾有闻？"

"不才有闻，还望上师赐教。"

"苦主又是何人？"

"下官是一个，舍妹遇害。另一位是舒雅，舒家娘子被杀。"李家明使个眼色，一个喽罗便往那风月楼奔去。

"韩府连出命案，实非府县蠢官所能了断。老衲俗名樊若水，今奉国主特谕来此，是要作速探个究竟。"

"小人望求上师天断。"李家明抬头朝樊若水望一眼。

"令妹遇害是几时？王屋山又是几时？"

"舍妹是一更前，王屋山是一更后。"

"江宁县，你是为这两起命案而来么？"

"正是。"

"这便有好大的一个蹊跷！一更是戌初，你去看那漏壶便知，这眼下亦不过是戌初三刻。你来这韩府少说已有一刻钟，那此前两刻间先有王屋山遇害，又有人去向你报案，你又从江宁县衙赶来。这顷刻间敢莫你是飞着来？老衲再四琢磨，却实在想不出个道理来。"

郎粲已是瞠目结舌，陈博士慌忙帮腔："恐是苦主记不准时刻，可我记得约莫是……"

"郎粲办案，与你何干！"樊若水勃然作色。

那喽罗已带舒雅来到桂花园，舒雅的双眼已哭得红肿。此时此刻，他与《夜宴图》中那个舒雅简直是判若两人。那时他可是难得消停。李家妹弹琵琶，他持笛伴奏；王屋山跳舞，他按节拍板。

"夫人是几时遇害？"

"一更鼓时，我还听得浑家下楼……"

"这你有甚说？"樊若水死盯着陈博士，忽又冲着郎县令，"何人向你报案？"

郎县令支支吾吾："家住城南的捕快……他本想来风月楼寻欢……"

"咄！来此寻欢的怕是陈博士！陈博士不是与王屋山交好么？先奸后杀，敢莫是有啥纠缠不清的勾当？我倒是要看看，看你怎的狡赖！"

陈博士先是垂首嗫嚅，忽又霍地站起身。郎县令也跟着站起来。

"反了！钦差在此，陈致雍郎粲反乱！左右，快与我拿下！"樊若水以杖击地。

李家明的喽罗们持刀前扑，陈博士和郎粲手无寸铁，仵作和衙役们只是跪地求饶。转瞬间两位官员已被绑紧，喽罗们又将他们踹倒在地。他们持刀扑去时，只剩一个小喽罗在看押我。我正欲趁乱脱逃，那喽罗立即将刀刃贴紧我脖颈。

樊若水这才回身朝我这边瞥一眼。他显然不知掐死王屋山时有我这个目击者。他那阴黠的目光扫过我，又投向郎县令和陈博士。

"老衲本有一事不明，案发未到两刻钟，陈博士郎县令就到了这韩府，敢莫是插翅飞来不成？这里头实在是有个大大的破绽。及至亲临韩府，老衲这才豁然。他们并非从城中赶着这路程来，原来只是躲在这韩府院墙外！先作案后出去，再进来则是为办案。好一个不在场！二位苦主还有甚么说道？"

"上师明察秋毫，若显神通，先前狄公断案亦不过如此！"李家明控背躬身，脸上堆起一副谄笑。

"大师有神通，开天目，便是小人也跟着开了眼。"舒雅的苦脸也绽出一种媚相。

陈博士和郎县令已难再出声，他们的头被按在草地上。脸面贴地，嘴里只发出呜呜的叫声。

"圣上生男不生女，郎状元是断无驸马可做了！"

樊若水呷呷笑几声，又手捻宝珠，鄙夷地望着舒雅。

"舒雅舒雅，娶回个舞娘，做了个王八……妙呀妙！陈博士，我这诗句韵脚如何？"

樊若水怡然鼓掌。陈博士仍是嘴脸贴地，舒雅窘迫地垂了头。

"舒雅啊舒雅，你我本该是同病相怜。樊某久困场屋，终不得那帮腐儒青睐；舒雅侥幸高中，却被那徐铉老贼开黜。十年寒窗，不登一第。谁甘布衣终老？虽说是时运不济，樊某却自是有骨气！但看你这活不起的模样，也真真是可笑了！死乞白赖在这官场，惶惶然如丧家之犬！浑不如自家搓根绳子算了！良鸟择木而栖，这个不晓就算不得好鸟！"

樊若水如此说着，突然间心头火起，一双暴眼又转向陈博士和郎县令。

"我把你这些狗奴才！一个个满腹经纶，满肚子墨水文章，貌似兢兢尽职，实在却是尸位素餐！尸位素餐，却月月领取那白花花的银两，那些东西叫作甚么来着？说！"

无人吱声。陈博士和郎县令被按在地，樊若水冲他们跨前一步，喽罗们揪发拉起他们脸面。

"官俸……"陈博士闭眼咕噜一声。

"说得倒是轻巧！那是民脂民膏！政以私行，官以贿进。你们这些臭蛆虫！看似光鲜水滑，实在也就是脓包驴粪蛋！"

樊若水怒气直冲，金杖连连戳地。他咬牙切齿，嗓门也变得更响彻。

"驴粪蛋！老屁精！居下一意钻舔，居上则惟亲是用。寡廉鲜耻哇！为官只为肥家！想想刘仁赡的死，你们谁还有脸领官俸！"

樊若水益发恼躁，似是激动难抑，声音便有些哽噎，那握杖的手也在发颤。我忽然为他这话所感动，便忍不住地要流泪。他说到刘仁赡的死，就仿佛是说到我父亲。他破口叱骂这些狗官，就仿佛是在为我出气。父亲与这些狗官势如水火，父亲也是为他们所陷害。

他为刘仁赡之死而伤痛，他也会为我父亲的遭遇而鸣冤。

那一刻我的眼前是一片血色的沙霾，我看见沙霾中那座孤城。那座孤城是寿州。当年周世宗亲率十万大军围寿州，刘仁赡困守孤城，坚拒不降。其时刘将军已因愤郁得疾，其少子崇谏乃夜泛小舟渡淮水，崇谏渡淮是为谋降，是为保全家族。崇谏为军校所执，刘将军遂下令腰斩。监军使向刘夫人求情，夫人说崇谏是幼子，处死固不忍心，然若不处置，刘氏则为不忠之门。夫人催令速斩，勿误军纪。崇谏被腰斩。刘将军守城至死。夫人遂绝食，五日后亦死。

那一刻我只是默默流泪。我胡跪在地，双手仍被反绑，只得任热泪流淌。母亲曾对我讲过刘仁赡事迹，她的用意是让我将来做文臣。而此时此刻，我由刘仁赡夫妇想到自己的父母，也由那刘子被斩联想到我自身。崇谏为纾家祸而丧生，而今我被恶人所缚，本也是为纾家祸。设若我是崇谏，父亲也会效刘将军大义灭子么？

刘仁赡。林仁肇。两位将军姓名竟是这般相似。形音近似，也都有一个"仁"字。对于武将而言，莫非惟有这杀身成仁的命途么？

"……李副使，你也曾是元宗帝近侍。依你说刘将军何以得疾？"樊若水依然面有哀戚之色。

"还不是给气的！大元帅是齐王景达，齐王畏懦，枢密使陈觉又瞎指挥，战机一再被误，刘将军就只得困守孤城了。"

"那'五鬼'之首的陈觉不正是你们都想做的么？百无一用也就罢了，偏又有这些作孽的勾当！欺罔恣肆！蠹国殃民！朱元叛逃不也是这陈觉所逼么？"

"正是！上师且息怒。"

"朱元自然是好鸟！仁赡死，朱元逃，国事一败涂地。目今能战的武将也就林仁肇一人了。进则一马当先，退则一马殿后。周世宗也都服他，尔等酒囊饭袋却容不得。太学生为其请愿，你们却又大打出手。天地良心！"

他就这样说到了我父亲，但他只是冲那两位官人咆哮，似乎并未看到我在场。也许他并不知我是林将军家人。

他说我父亲是如此这般一个好人，他手里就有国主亲赐的金杖，或许他能说服国主为我父亲洗冤。

一马当先。一马殿后。他就这样说到了我父亲。当年周军攻寿州驻扎正阳渡，父亲率敢死士千人焚桥，那一夜风向回转火不得施，周驸马大将张永德率军追杀，父亲独骑一马断后。身后鼓角齐鸣，周军箭矢如雨，父亲飞马舞刀，将那些箭矢一一格去。张永德勒马惊呼："壮士不可逼！"

樊若水怒气渐平，此刻又成了老僧人。他手捻宝珠，沉缓地扫视着众人。

"老衲尚有一事不明。陈博士杀王屋山是为灭口，郎县令杀令妹却是为何？"

"古人有话说，奸即是杀！郎粲早就盯上了舍妹，只是小人看护紧，他才未曾得手，岂料他竟然……"

"也不过是个粉头！髻挽青螺，裙拖白带！这残花败柳的命案，实在也算不得甚么事。不过是，你若冤枉无辜，那可就是一桩罪业了。"

李家明只是呜咽几声，却并不落泪。樊若水的话使他抬起头，他便迟疑地转向我。

"真凶既已查明，你这里怎还绑着一个？"樊若水越过李家明望着我。

"上师恕罪。小人一时气急，只觉这厮形迹可疑，怕是有些名头……"

"这事又奇了！在老衲看来，倒是你李副使更可疑。"樊若水逼
视着李家明，"舒雅也难脱干系！令妹的尸首不是在这风月楼么？"

"还不快解了！都死在这现世！"

李家明一声怒喝，喽罗们立即与我松绑。我一时有些发懵，但也
有一丝清醒：樊若水只是在做戏，而这场戏只为做给我看。

他自可指望我信以为真，因他不知我曾目睹那实情。

经由这一番争斗，郎县令和陈博士被制伏，樊若水算是将我夺到
了手。其实郎县令和陈博士也未曾得手过，他们原本也是想控制我。
他们先是败于李家明的暴徒，再是慑于樊若水的权杖。樊若水只是从
李家明手上夺过我。

如若陈博士和郎县令确是朱紫薇的走卒，那李家明与樊若水之间
又会有着怎样的勾当？那晃动的火把是在向谁发暗号？此刻他们像是
在演双簧。李家明抓我，樊若水放我。放我就似是放长线，放长线是
为钓大鱼。这渔夫想要钓到怎样的大鱼？

"怎说我并非真和尚？"

"你是在江上钓鱼么？"

开宝六年的那个中秋之夜，我为樊若水的身份而疑惑。那时我懵
然无解。那时我只求尽快逃脱。多年之后，一个名叫"樊知古"的独
眼人令我想起了樊若水。樊知古就是樊若水。

樊知古乃是宋太祖所赐名，其时南唐已归大宋，而在灭唐诸功臣
中，樊知古独以奇谋显耀。

　　早在开宝三年，亦即韩熙载举办最后一场夜宴的那年，宋太祖即欲攻打南唐，只是苦于长江天堑之阻，迟迟难以发兵。恰在此时，樊若水求见宋太祖并献平南策：请造浮桥以济师。

　　樊若水说自己"终不能以区区章句取程于庸人"，因此才"择木而栖"，他向宋太祖呈上亲手绘制的《横江图说》，那《横江图说》详尽描绘金陵城西采石矶一带曲折险要，更有采石矶江面的详细标注。牛渚山脚突入长江而为采石矶，此乃长江最狭处，江面窄险，水流急湍，樊若水遂以此地为架桥首选。宋太祖掀髯大笑："得此详图，采石险要一目了然，不窥牖而全知，如指掌而斯在，李煜小儿虏在我袋中！"

　　彼时的采石矶乃南唐江防要地，亦是金陵西侧门户。樊若水起初无法在守军眼皮下活动，遂投到采石矶广济教寺落发为僧，受具足戒，取法号"一苇"。因是熟人介绍而来，广济教寺寺主妙理法师便对其特加优待。樊若水出入自便，便趁机到江边察勘地形，并暗自绘图标记。有时他以垂钓为名，寻隐蔽处礁石拴牢长绳，然后划船引绳至北岸，以此测定江面阔狭。如此神不知，鬼不觉，直至开宝三年向宋太祖献图。

　　开宝三年樊若水献图，那只是他与宋太祖之间的机密。那也是樊若水的进身之礼。献图之后樊若水又潜回江南广济教寺，他向妙理法师建议在临江处凿石为洞，并在洞中建石塔供佛像，以保佑过往船只平安。妙理法师慨然赞许，樊若水便亲自督建。樊若水于采石矶建石塔，南唐军卒纷纷前往许愿观光，国主李煜更是屡次遣人送斋供，樊若水却是一无所受，他说自己自幼草衣藿食，不浑凡俗。

　　开宝七年九月，宋太祖以唐国主抗拒来朝为由，发兵十万攻打江南。樊若水引宋军占领自己的淮南老家池州，先是在安庆以西石碑口试架浮桥。宋元帅曹彬趁机顺流挥师，大破铜陵之唐水军，又克芜湖、当涂等重镇，歼唐军两万人，一举夺占采石矶要隘。宋太祖又令将石碑口浮桥东移至采石矶。樊若水指挥督建，且以那供佛石塔系缆绳。三日桥成，宋军步骑渡江，如履平地。

金陵围困已久，内外隔绝已久，城中人惶怖无死所，而国主深居禁中，竟是浑然不知，每日里只是听沙门讲经。宋军渡江之日，败耗接沓而来，又有探马火急来报，国主询问大学士张洎，张洎却不以为然说："臣遍览古今，未曾见浮桥横跨长江天堑，定是边将欲作功劳，妄言牛渚之警。目今王气在此，陛下坚壁静待，北师虽来，终将自行遁去！"

开宝六年的那个中秋之夜，这个负才不遇的樊若水将我释放。在他痛斥科场官场时我曾心生共鸣；在他为刘将军哽噎时，我也曾泪流满面。"你是在江上钓鱼么？"王屋山一语招祸，是因她窥破樊若水的阴私。多年之后，我才晓悟其义。

他们解开捆绑我的绳索，我已确知自己该往何处去，但我必须避开别人的跟踪。他们既已从无尽藏那边抓到我，想必我也难以再在那里有所发现。他们解放我，这就意味着他们尚未找到所要之物。他们是再次放线钓鱼。或许不能说是再次，因那女道耿先生与樊若水未必是同党。

我想是该由僻静处走脱。湖心岛是我首选的僻静处。去湖心岛要再次走过这浮桥。他们看着我走上这浮桥。

　　浮桥悠悠颤颤，波浪拍击着浮筒。当我走出一丈开外时，远处传来沉闷的鼓声。这是二更的鼓点。

　　我稳住脚步，不想让他们觉察到我的焦灼。就在我走到浮桥中段时，背后又传来樊若水那沙哑的叫嚷声："好一座浮桥！"

NAME
OF
THE NUN

无尽藏

【卷五】

大司徒

圆月孤悬，乌云在夜空中涌动。细碎的月光泄落在桥上，宛若一片白霜。

秋虫唧唧，树影摇曳，时而有游鱼跃出湖面，又有夜鸟惊飞。

他们当然不会如此轻易地放过我。他们并未跟我走上这浮桥，而他们的眼线或许就躲藏在我要去的湖心岛。我别无选择。若想逃脱他们的罗网，惟一的方式就是将自己隐藏于黑暗中。我只能从这浮桥返回到湖心岛。

我在幽密的树丛中蹑脚潜行，在我逃离这湖山之前，我要再去那无尽藏看看。

这荒寂和幽暗也使我变得更醒觉。我不会再从那浮桥重返风月楼，我也不能从那石桥直奔藏书楼。我的行囊和画卷仍留在藏书楼，韩熙载的诗轴也还在那藏书楼。那诗轴令我联想到无尽藏，秦蒻兰促使我来这无尽藏。我的搜寻为李家明那伙恶徒所打扰，而在我被缚之后，他们定然会在无尽藏穷搜一番。李家明将我交给樊若水，而樊若水居然放掉我！他在放我之前又有那样一番演戏，他们在无尽藏定是一无所获。

有亮光自夜雾和树影中透来，那正是无尽藏的所在。

我悄悄接近这琅琊台下的无尽藏，除去风摇树枝的响动，周遭并无异常的声息。那亮光来自一支尚未熄灭的松明火把。火把已无火苗，那燃过的一端依然有暗红的余烬。

火把周遭的枯草已被烧光，火苗蔓延至墙边一堆树叶。。

我竭尽目力朝那边探看，就见那边屋门洞开，一扇木门已被踹倒。门楣上方也有一个黑洞，那刻有"无尽藏"大字的石板也被撬落在地。屋里也有微光透出，从这数丈开外的暗处，我隐约辨认出那个灯笼的形状。那灯笼就在无尽藏的正间，就在那门槛边。那是我从藏书楼带来的蜡纸灯笼。恶徒们来袭时我曾将它吹灭，而此刻它却在那边亮着。

我悄悄立直身子，又弯腰捡起一小石块。我运足气力扔出这石块。石块击中一扇木棂窗。

那边依然沉寂无声。我又抛去一石块，那边仍是无人出屋。那屋里或许并无暗伏。

我猫腰接近最外侧的窗边，又从窗棂破裂处朝里张望。

屋里空无一人。那蜡纸灯笼孤零零地亮着，照着那些被拆翻的货架、墙板和地砖。他们已翻遍每一个角落。他们显然是跟我来到此处，而我其实并不确定这里是否有秘藏。

或许那只是我的误断，那秘藏或许另有藏处。我的判断来自看诗轴时的一闪念，假如这只是错误的一闪念，那诗轴应有更可信的暗示。

地上有一堆柴草，那灯笼就在柴草边。进屋时我对这堆柴草视而不见，只当是那伙恶徒尚未点燃的篝火。在这样的秋季勿需烤火取暖。那么，他们是本欲烧掉这座无尽藏么？

这堆柴草就在我与灯笼之间。灯笼的微光映照出柴草的枝条，从我这边望过去，那些枝条和苇草正构成一种刚柔相济的造型，仿佛是一幅书法的笔墨和线条。行草墨法有燥湿之讲究，而这堆柴草也是燥湿相间。这树枝和枯草间有一根梅树枝，刀痕犹在，像是刚从树上斫来。

我忽然心念一闪。我虽已不敢轻信自己这种愚蠢的闪念，但我

还是无法抵挡它的遽然而来。这一刻，这堆柴草使我忽想到韩公那诗
轴。这柴草中有一根新斫的梅树枝，那诗轴中分明也有一个"梅"
字。那诗轴中的焦墨和枯笔，也酷似这柴草散乱的枝条。

我强使自己摆脱这荒唐的臆想。这只不过是一堆柴草。这柴草只
是看起来像书法，另一堆柴草看起来也会像书法，另一堆柴草或许有
更多行草的枯笔和神韵。这堆柴草中有一截梅枝，这也只是碰巧有一
截梅枝。即令没有这梅枝，或许也会有桃枝或柳枝。

这只是一堆柴草。一堆用来生火的柴草。我若点燃这堆柴草，
这无尽藏就会燃起大火。一场大火定会将他们吸引到这里，而于我而
言，这将是最好的掩护。

我拿树枝从灯笼里引火，又点燃这柴草。先是苇叶和松针被引
燃，火焰旋即腾起，松油嗜火，这柴草堆立时爆出一片噼叭声。

火苗蹿跳，直冲上方的顶棚和梁檩。我又一次吹熄灯笼。一场大
火足以照亮这片湖山。

就在我拎着灯笼迈出门槛时，忽见不远处的草丛中有个物件在
闪光。

正是我那被击落的匕首。

我不会再从那浮桥重返风月楼，我也不能从那石桥直往藏书楼。
无尽藏失火，他们顷刻间就会从那两座桥上奔来。与这湖心岛相连的
有三座桥，另一座是廊桥。廊桥通向菜畦，那菜畦本是韩府的一片田
园佳景，在这夜间却是最为僻静的去处。夜间的廊桥少有人走，这是
我逃离湖山的最佳路径。

这木构的廊桥确是我最好的隐蔽。廊棚足以遮挡我的身影，即使

迎面来人，我也能迅疾跃下桥面，而桥下的木桩都有交叉的支架，这些空隙足以让我藏身和挪动。

我猫腰跑过这长长的廊桥。在我身后的远处，无尽藏顷刻间已成一片火场。风催火势，火挟风威，黑烟漠漠，红焰腾腾。那烈焰穿透屋顶，无尽藏上空已是一片飘飞的火星。

那藏书楼底层的窗口依然有橘红色的亮光，顶层的阁楼也有光亮透出。

就在我接近藏书楼的篱墙时，我忽见地上有几个奇怪的脚印。

这是沿湖小路和篱墙之间的一段土路，土路已成泥路。泥地上有一行新落下的脚印，脚印的前端冲向藏书楼。脚印宽大沉实，像是男子的脚印。

藏书楼正门紧闭，侧门半掩。我走过荷塘边的砖路，又在柱廊地面上看见同样的泥脚印。

我再一次从侧门进入这藏书楼。

楼内阒然无声。女主人不在，也不见侍女的身影。我悄然溜进底层的客室。花架和兰花仍在，屋里并无翻动的迹象。女主人不在此处，那只小猫亦不知去向。

我移开花架和书橱，粉壁上不再有木门的轮廓。我蹲身细察，就见木门轮廓已被新涂的粉灰所遮掩。我学秦蒻兰那样在活门处拍击三下，小门便缓缓升起来。我从复壁的暗洞掏出背囊。画卷仍在。紫檀漆夐仍在。韩公的书轴也在。

我再次打开这书轴。这是我所熟悉的诗文和字体。河洛纹绢地，冰花纹锦镶，材质考究，装裱精工。这书轴似无任何异样。比丘尼的诗句。韩熙载的行草。笔意随性，气韵舒畅，如清风出袖，似行云流水。蓦然间，那意念再度闪现——

无尽藏留下的诗句……

无尽藏的柴草堆……

松枝与苇草，宛若行草书法的柴草堆……

柴草中的梅树枝……

新斫的梅枝……

归来笑拈梅花……

我凝神细看这个"梅"字——

这"梅"字的右上角有一个墨点。在我所临摹过的法帖中，不曾有任何一位大师为行草书"梅"字加点。右侧多出这一点，这"梅"字倒更像是行草的"树"字。倘若此字不在这诗句中，观者定然会将其当作"树"字，浅陋如我，也不会视其为"梅"字。

仿佛是书家无意中滴落的墨点，仿佛书家本意是欲写那"梅"字，这墨点却使"梅"字成了"树"字。

我慌忙打开行囊，那枚诗签还在。女道人送我的诗签。

诗签和诗轴上都是同样的诗句，二者书风迥然有别，"梅"字却都有这样一点，诗签上的这一点仿佛也是不慎滴落的墨点。

"梅"、"树"一体，"梅"字即"树"字。梅是一种树。梅即是树……

——梅树！

除却这个"梅"字，我再也看不出这诗轴有何异常之处。墨点就在这梅树的高处，像是一只欲栖欲离的雀鸟。

我呆呆地盯着这墨点，生怕它忽然间从这诗轴上飞走。

这是实实在在的墨点，是刻意写下的墨点。

有了这个发现，我在这里要做的惟余一件事：我要向秦蒻兰求证。

即使她对这"梅"字一无所知，至少她会给我以启示：韩熙载可曾有过与梅树相关的交待么？假如我要寻找一棵梅树，那棵梅树会是在哪里？

我自以为破解了这诗轴的奥秘，我要将其留在这复壁的暗洞中。我要拿走这烛台，以免这光亮招来那些恶徒。

就在我持烛离开这客室时，忽闻高处传来一声惨叫。那声音很遥远，似是从顶层传来。那分明是一个女人的惨叫声。我立时想到顶楼窗口的光亮，或许秦蒻兰正在那里。

我快步登上这逼仄的楼梯。这雕栏梯道并非直通二楼，梯道中间有一处转角。转角处又有一小方坛，从那里可以俯视厅堂的景物。我经过小方坛转身往上去，梯级的尽头却有一堵门。那道木门嵌在墙壁的凹处，望去像是一块无字的墓碑。

三年前这藏书楼并无这样一道门。那时我从此处折上另一层梯道，那梯道通向顶层的阁楼。那阁楼显然是韩熙载的密室，外人一概禁入，甚至不允许接近那最后一段梯级。

　　那时韩公带我走上最后一段梯道。他跟我说到周代的姜子牙，他说姜子牙也是琅琊人。他也说到汉代的张子房，他说他们退隐其实是为避祸。他说那祸因是姜子牙手绘的一卷秘谶图，张子房出道之初就得到了那卷图。（那时我尚未见过周文矩那幅《子牙垂钓图》，也难以想到那鱼篓图轴的寓意。那是一个古老的秘密。）

　　我跟韩公走上那最后一级阶梯，我手里拿着他送我的一册书，那是前朝道士杜光庭所撰的《录异记》。

　　"怪力乱神，虽圣人不语，经诰史册往往有之。书到用时方恨少，这书你且要用心读，切不可轻易丢弃。"

　　我并未丢弃那册书，却也未曾用心读。那些奇闻异事虽是有趣，却总显得有些荒诞不经，也难以令我过目不忘。韩公说"书到用时方恨少"，我却不知此刻是否要用到那册书。那书留在家中的书橱里。

　　那时他带我走过最后一段梯道，便在阁楼的密室前止步。带我走到那密室门前，似乎已是优待和破例了。

　　"只管记着这地儿，你却万不可对外人言。"韩公忧心忡忡地望着我。

　　"连家父也不能说么？"

　　"是时候他自会对你说。"

　　我从未对父亲提及此事，父亲也从未对我说。危祸突如其来，父亲已不能对我说话了。

　　父亲只留给我这卷《夜宴图》。这图卷使我来到这藏书楼。秦蒻兰向我出示韩公留下的诗轴。我从诗轴上发现了这个异常的"梅"字。

通向阁楼的梯道已不复存在。我试着推开挡在面前这道门，这道墓碑似的木门。

木门沉缓地向一侧敞开。门后现出一条幽暗的甬道。甬道两边是一丈多高的书柜，书柜里是层层叠叠的插架，插架上尽是些纸张泛黄的卷轴，这些旋风装的书卷有着考究的木轴和牙签。书柜里也有一些新制的青布书函，书函中多为蝴蝶装的册页。我无心观赏这些精致的书轴和书函，只顾举着烛台往前走。我急匆匆穿过这窄狭的甬道，不想迎面是一个三岔口。两条甬道通往两个相反的方向，通向更为幽暗的深处。这是一些山岩般叠架的书柜，制式相同的楠木书柜。

我在这些书柜间左拐右走，像是一个迷路的梦游者。这些高大的书柜上并无标记，每一条甬道尽头都似有好几个分岔。这是为防窃书贼而设置的迷宫么？倘是如此，这迷障里恐也会有一些暗藏的机关，或是忽然弹出的抓钩，或是突然伸出的夹钳，或是偶然踩翻的活板。望着这些制式一律的书柜，我忽然感到很绝望。藏书楼主自然有自己的路径和步法，这样的书阵也必然是有序可循。我不能茫然乱走，不然就逃不出这迷阵，就只会一次次回到原地。

这时间又有尖叫声传来，这叫声听来更为切近。那女人就在顶层的阁楼。

这些高大的书柜气象森严，身陷其中，我无法看到这迷宫的全貌。惟有站在高处，才有望破解这迷阵。我惶然四顾，此处既无木梯，也无椅榻。惟有脚蹬书柜的隔板，才有望站在高处。眼前这书柜里码着厚厚的雕版，这些雕版足可为我垫脚。我拉开柜门，腾开书柜的一格，先将这些雕版摞置在地，又踏着这些雕版向上攀爬，一只脚蹬在腾开的隔板上。我一手攀住柜顶，一手擎着烛火，我将身体紧贴书柜，就这样从高处俯视这书阵。

　　我顿时感到一阵晕眩。我从未见过如此巨大的书库。这书库静谧而幽深，无数个书柜分割出无数条走道，这是由无数个书柜和走道所构成的圆阵，这圆阵好似一个交缠回绕的蜂巢，又仿佛是一个巨大的梦境。这梦境由无数卷轴和册页所构成，这些琉璃卷轴闪烁着幽微的亮光，仿佛是书籍的主人在低语，这些卷轴上标记有著者的名字，我想这都是些死者的名字，他们的文字构成这梦境，而此刻他们就是做梦者。

　　这阔大的空间并无间壁和立柱，而穹顶惟有一个巨大的斗拱。斗拱承托着八角形的藻井天顶，那穹顶酷似一片无边无际的天幕，那天幕的彩画是夜空，那些星斗隐现出神秘的图形，那是河图和洛书的形象。我默默地仰望那星空，又见五颗明星划过彩绘的天幕，它们拖曳着闪亮的光束，它们仿佛正在坠地。那五星中最亮的一颗是岁星。

　　微风吹动尘埃，也吹动一只飞蛾的薄翅，我却看不见风口在何处。这圆形的空间为无数个书柜所充满，这些书柜都以不同的走向而排列，它们共同构成一个多层同心圆，而在这同心圆的中央，有一个球形的水运浑天仪。那浑天仪已无水流，只是一个不能计时的摆设。

　　我忽然头皮发炸，胸中不觉怦怦直跳。那暗处有一双幽绿的眼睛，那双绿眼正在直盯着我。那是一条活蜥蜴！那蜥蜴足有五尺身长，它就攀附在浑天仪的球体上，仿佛是一条雕刻的飞龙。那蜥蜴正发出沉闷的嘎吱声。

　　藏书楼养蜥蜴是为绝鼠患，如此看来它或许不会攻击我。我小心地避开它的眼神，强使自己镇静下来，又将视线落在那书阵的圆心。

从那圆心往外看去，就见那些书柜的同心圆构成一种特别的秩序。自内至外共有六层圆圈，那些圆圈又为通向圆心的走道所分割。每两条走道之间，六层圆圈中被分割部分即构成一种图形。每一组图形均有六排书柜，有的整排一体相连，有的却在中部有间断，那间断处亦可容一人穿行。

这是我并不陌生的图阵。

——文王八卦图。

那藻井下方的浑天仪即是八卦的中央，那浑天仪就是太极之象。在那太极之象的外围，每一组卦象都由六排书柜所构成，每排书柜的断连即是卦象中的爻象。内三排是内卦，外三排是外卦，内外卦之间也有略宽的过道。

乾；坎；艮；震；巽；离；坤；兑。

我不再晕头转向。我已勘破这书阵的玄机。我进门时初遇的那个三岔口只在这八卦的外围。凭我有限的《周易》知识，我立时就能判定这八卦迷宫中的方向。八卦对应着八门，这其中只有两个方位是"吉门"：乾位是"开门"，艮位是"生门"。

我进来时经过的那道门就在西北方，西北方是八卦图阵乾位，乾位是"开门"。我从"开门"进来，就当从"生门"出去。

"开门"在西北，"生门"在东北。尽管这圆阵并无直角，我依然能确定"生门"所在的方位。

我跳下书柜，沿着最短的路径拐向"生门"所在的东北方。

眼前的六排书柜构成一个六爻卦象，内卦和外卦皆是一连二断的组合，这正是艮卦的卦象，可此处并无出口。

　　据此卦象，最上或最外的爻象不该有间断，最外围的这排书柜中间却有一道间隙。一道不易察觉的间隙，似是拼接不严所留的缝隙。然而，旁边的其他书柜却都是严格按卦爻规则设置，绝无这种例外的拼合。

　　与其他那些书柜相比，这末后一排书柜里书卷尤显稀少。只有几个零散的插架，只有一个青布书函，这函中装有《连山》和《归藏》的麻纸册页。《连山》和《归藏》，此乃比《周易》更古老的两种卜筮书。这书柜的最底层又有一个卷轴，这卷轴的轴头标有"录异记"的书名，我立时就有扑扑的心跳。我慌忙打开这书卷，却见卷首的书名竟是"太公兵法"！这内文显然也会是《太公兵法》的篇章。相传《太公兵法》为姜太公所著兵书，当年张子房遇黄石公得此书，遂助汉高祖刘邦成大业。然而，即便是为张留侯作传的司马迁，也在文末以"可怪"二字为结语，盖因从未有人见过此书的真容。而在韩公的这座藏书楼，在这书柜的最底层，竟然就有这样的一部《太公兵法》！更可怪者，这《太公兵法》的轴头上写的却是"录异记"！这是我要找的秘藏么？是谁将这奇书置放在这明处？而此时此刻，燃眉之急是救出楼上那女人。

　　这排书柜似也有挪动的痕迹。我试着将其推向一边，就见后边的墙壁上有一道小门。

　　我手举烛台钻出这道"生门"，一段梯道遽然出现在我眼前，这正是三年前我曾走过的梯道。

　　这梯道通向阁楼的密室。

　　"韩熙载毕竟留了甚么？从实招来！"

又是那个沙哑阴沉的男声！

门已反插，我无法推门进去。

"就那书库……那些旧书……"这是秦蒻兰怯弱的颤声。

"呸！生生是死心塌地！老衲有法儿开你口！"

像是猛遭一击，秦蒻兰惨叫一声倒地。接着又有挣扎扭动的声响，又有哧哧的衣袍撕裂声。

"老淫妇张嘴！好生给老衲吃吃！"

我要擂门救她，又怕死在樊若水手里。我将烛台放在一边，一手紧攥匕首。

"好姻缘！"樊若水爆出一声淫笑。

我跑到窗口，从那破碎的缝隙朝里望。

这密室只是方正的一小间。秦蒻兰仰面倒地，樊若水正骑坐在她的胸脯上。僧袍撩起，那阳具直抵着女人的嘴唇。那女人扭动着身体，她在死命地推拒。樊若水甩手猛抽一个耳光。

"还不如实招来！"

"委实是没有……只那些……"

秦蒻兰闭目蹙额，一副不胜隐忍之状。那小猫发出凄哀的叫声。我却看不见牠的身影。那声音似是在高处。

我退后一步思量，若是破窗而入，就有死在他手的危险。父亲托我以重任，我不该这样送死。若是擂门惊动那恶棍，兴许也能救出秦蒻兰。

"恶姻缘！"樊若水一手掐开女人嘴唇，一手欲将那阳具插进去。

我紧握匕首回到门口，我要擂门惊动他。

正在此刻，室内忽然有一声哀嚎，似是杀猪般的嗥叫声，那是樊若水在惨叫。

我猛力擂门，屋里只有樊若水的嘶叫声和扑打声。我又跑到窗口，就看见樊若水正手握短剑追击秦翦兰。樊若水一手护着裆部，那被咬断的阳具在滴血。秦翦兰一边躲闪，一边抓起棋盘护身。我后退一步，运足气力踹窗。

就在我踹窗的瞬间，樊若水又有一声惨叫。窗未踹开，我看见那小猫正抓牢樊若水的光头，一只利爪正扎进他的眼窝！

樊若水嚎叫着倒地，小猫也随他一起倒下。樊若水死命地扯开小猫，又一脚踢飞秦翦兰砸来的棋盘。我踹开窗子跳进去，樊若水迅疾拉开那道门。

他狂乱地挥舞短剑退到门外，护裆的那只手又紧捂着血眼。我的眼前忽然白光一闪，就见那小猫飕地一下跃上柜顶，就在那柜顶的边缘弓身而立。此刻牠居高临下，怒目而视，仿佛是一只悬崖上的猛虎。牠狂乱地甩动尾梢，似是要再次袭击那恶棍。

樊若水猛地带上那道门。我听见他快步逃下那梯道。

即使他手里无剑，我也不想去追赶。太多的节外生枝。太多的耽搁。

秦翦兰俯地啜泣，泪水簌簌而下。望着这个衣衫凌乱的女人，我的愧疚无以言说。我无意中将这恶棍引到了藏书楼，而她忍辱守护了韩公的珍藏。韩公在天之灵当知，这女人并未辜负他的信托。

小猫默默地踱近主人，静静地蹲在一旁。我望着牠那漂亮的睫毛，正欲伸手抚摸牠的头，牠却突然掉头蹿到那柜底。牠惊魂未定，就在柜底下怔怔地望着我，又哀哀地叫唤一声。

这女人的抽噎倏然而止。她缓缓仰起脸，只看了我一眼，便又垂下头。她的身子斜倚在绣墩上。我在她对面席地坐下。

小猫依然躲在柜底，牠嫌厌地蹭着一只前爪，那爪上黏着脏污的血水。

"只怪我冒失，惹来这祸事……"我期期艾艾地开口。

"只要你找得到……"

"不在无尽藏。"

她吃惊地望着我，眼里依然噙着泪水。

"书库出口有一卷奇书，是你有意摆置么？"

她困惑地缓缓摇头道："原封未动，都是老爷生前摆置。"

"那我是该仔细看看。还有，诗轴中有个'梅'字很特别，韩公有否说过……"

她略微一想，又困惑地轻轻摇头。

"那……你可知哪里有一棵梅树么？"

"……这倒是有，阖府就只一棵。"

她拉一下撕破的衣襟微坐起身，眼神也立时有了期待。

"是在那藏园。"

"藏园？我从未听说……"

"就是东篱那菜畦，平日老爷与我说话，就说那菜畦是藏园。我问他何不写块匾，他说只要我心里记着，也别对人讲……"

"那梅树……"

"一株古梅，就在史虚白衣冠冢旁，那里也有条小河的。老爷有时管它叫'黄河'，有时管它叫'洛水'……"

"那诗轴的绢地就有河图和洛书！"

"我怎就没看得出……"她浮起一丝淡然的苦笑，这笑意中又有些腼腆。"那你会当快些去，无尽藏失火，想是都奔那边去了。"

"可是你在这……"

"不劳你挂心，我自有去处……"

我再也不曾见过她。时光荏苒，风流云散，故国已成残梦碎影，多少红颜佳人已湮灭不传，多少媚骨芳魂已与草木同腐。物换星移，新朝史官也曾有一些穿凿附会的追记，他们也演绎出诸多有关秦蒻兰的传说，而我深知那皆属无稽之谈。在我的记忆深处，惟有我亲见的那个秦蒻兰。"山有榛兮"，"隰有苓兮"，"中心藏之，何日忘之！"那空谷幽兰自会与岁月一同老去，那迟暮美人却依然清丽如昔。即使在这风烛残年，我也能时而忆起她那温婉的笑容，忆起她那情思沉郁的风致。我也记得那只虎形豹眼的小猫。我也记起她被小猫咬住脚踝时的尖叫，那叫声中有着怎样的孤寂和欣悦！那只神秘的小猫，牠是那样的温柔可怜，又是那样的威猛狂烈。那琥珀色的眼眸，那如电如炬的目光。当牠优雅地踱步时，牠最先迈出的是哪条腿？

开宝六年的那个秋夜，她以那样一种微笑目送我离去。我背起行囊走出藏书楼。那无尽藏仍是一片火场，那火光也照亮了藏书楼前的梧桐和小径。

那时我拎着灯笼离开那片紫竹林，心里仍在想着藏书楼里发生的怪事：书库里的那卷《太公兵法》已不见踪影。

樊若水先我离开藏书楼。那兵书或许并非是他们要找的秘藏。樊若水或许只是随手拿走它，拿走它或许只因那书名——那轴头上的书名是"录异记"！倘如那是国主所要的秘藏，韩公生前就不会将它摆在通向密室的路口，去往密室的人会轻易地看见它，樊若水去往密室前也会看见它。或许那只是随意的摆置，或许是一种有意的误导。那毕竟是一部千古传说的奇书，即使并非昔日留下的原书，即便只是后世的抄本或刻本，人们也会一眼视其为秘藏。祖本失传，摹本亦是稀世珍品。那卷首确是有"太公兵法"的书名，可它果真是黄石公留给张良的那部奇书么？

运筹帷幄中，决胜千里外。而今的国主不再需要这样的军师了。

或许那是一种有意的暗示。早在三年前的那场夜宴前，韩公就送给我一册《录异记》，而今在这危难之际，这书名又出现在眼前。书到用时方恨少。我未曾用心读这书，此刻就惟有竭力搜索这有限的记忆。

录异记。姜子牙。黄石公。张子房。……

我隐约记得那书上是说木星坠地，其精化身为黄石公，黄石公以兵书授张子房。那是遥远的帝尧时代，那时有五星自天而贯。我蓦然想到书库天幕上的五星，那最明亮的一颗是岁星，而我却不记得那岁星坠往何处了。

越过那片幽暗的湖水，我望见无尽藏那边红光烛天，人影攒动。那些在火光烟雾中晃动的黑影，酷似地狱里的幽灵。我没想到一场火招来了这么多恶鬼！

那些恶鬼忽然发出一片哓呼声，哓呼声伴随着咔嚓咔嚓的断裂声。我望着那些火光中蹦跳的黑影，像是在看一出陌生的鬼戏。

无尽藏的穹顶轰然倒下，那火场溅起一片冲天的火星。

在那火光灼亮的夜空，在那些破絮般的乌云之后，那轮暗淡的圆月正呈现出一片血红色。我从未见过这样大的红月亮。

我沿湖边小路疾走，有意避开那些或明或暗的院落。我边走边打量着远处的围墙。一旦起获那秘藏，我就当立即逃离这园林。

前方有一道石坊，石坊之后是佛堂，佛堂之后是柳堤。

穿过长长的柳堤，那片菜畦已是隐约可辨了。那菜畦边上有一间茅屋，那是韩公亲手搭建的瓜棚。

我小心地护着灯笼，生怕这灯火被风吹灭。这灯笼就是那宫中的命灯。我要让这灯火亮到我面见国主的那一刻。

风向飘忽不定，烛火也随之摇颤。月光下是奇形怪状的树影，那些树冠枝叶纷披，像是一群山魈野魅在舞动。风声如呼哨般尖厉，又似呜咽般凄怆。我看见雾中闪烁的鬼火，又见树枝如女鬼般披头散发扑来。我的腿脚忽高忽低，头皮也如针扎般炸痛。就在我走下柳堤时，一阵困倦遽然袭来。恍惚间我见这烛火陡然闪亮，火苗瞬息腾高至尺许，像是一只火炬在放大光明。我在这光明中看见一个巨大的头盔，又看见狱中的父亲倚墙而坐，父亲面额焦烂不可辨认。我看见父亲接过一樽毒酒，又见他双手摘下头盔，那双手摘下的却是自己的头颅！

我颓然倒地，顿感万念俱灰。这烛火忽又缩小如前，青焰荧荧在风中摇颤。我在昏沉中望着这微光，忽然便有惊怖的预感。我伸开四肢，如倒毙般趴俯在地。我用额头猛力叩击地面。

一阵剧痛将我震醒，我能感觉到额头流下的血水。

烛火已被鬼风吹灭。我忍泪睁目，昏冥中凄然四顾，忽见前方劈面而来一排鬼影。他们似是从那片垂柳中化形浮现，分明是正朝我走来，我却听不见他们的脚步声。

他们无声地走近我，又旋即绕成一个圆圈。我立时落入他们的包围。他们执戈提刀，齐整踏步，上身僵直不动，脚步落地无声。

"大司徒召见林公子——"

僵尸阵中扯起一个长腔。

"请林公子即刻起行——"

大司徒张泊。独揽朝柄的张泊。赞拜不名，入朝不趋，剑履上殿，口含天宪。

——我是要说与大司徒。

——我也说与大司徒。

威焰薰天的大司徒，他是为王屋山之死而来么？我凭直觉感到，大司徒此刻已身在韩府。王屋山长袖善舞，然终究不过是个舞伎。大司徒深更半夜出行，莫非也是以我为猎物？

我难以摆脱他们的罗网，也难以摆脱那预感所带来的惊惧。我既已断定那秘藏之所在，就不能将他们引向那菜畦。我要面见大司徒，他既是自国主身边来，就定然有我父亲的确讯。假如他确能使我放心，我情愿成为他的猎物。他想要的当然不是我。我会献上他想要的宝物，只望他能确保父亲性命无虞。我本来也是要将那秘藏献与国主，大司徒当能带我进入那深宫。

或许是见我无意抵抗和逃跑，这些青面禁兵倒也显得并不粗暴。

他们带我拐上这廊桥，先前我就是从这廊桥逃离湖心岛。

我从未见过这个大司徒张洎，但却熟知其劣迹。潘佑以犯颜直谏得罪，那即是张洎进谗撺唆所致。潘佑初与张洎亲厚，而待觉察张洎为人无操守，便有意与其疏远。张洎遂怀恨构陷，终致潘佑被逼自尽。太学生请愿声讨国贼，张洎便是国贼之首恶。那些请愿书和揭帖上列举张洎大罪者有六：擅权乱政，欺君误国，此其一；卖官鬻爵，敛财害民，此其二。比对其六罪者又有六案，要者一是德昌宫案，二是安丰塘案。

德昌宫本是内府库藏之所，宫使刘承勋监守自盗，金帛泉货多入私家，又以宝货广赂权要。因有大司徒张洎庇护，刘承勋至今仍为德昌宫宫使。刘承勋乃张洎岳丈。本朝那些豪门岳丈均非等闲之辈。当今国主的岳丈是周宗，而周宗本是先主亲信，社稷元老。周宗将自己的二女先后嫁与国主，而其本人则一意聚财，终成金陵首富。国丈爷周宗当年是以大司徒致仕，而这张洎也愿自己被呼作大司徒。大司徒位列三公，司户政地政，有宰相实权。张洎实为清辉殿大学士，亦是枢密院副使。枢密副使掌军机，无奈名衔中有这个"副"字，虽然他比枢密使陈乔更得宠；清辉殿大学士虽有一个"大"字，虽为文臣之极选，但听来却似翰林闲职。张洎愿被呼作大司徒，以此彰显其威势。

安丰塘远在淮南寿州，其塘水溉田数万顷。地产丰沃，民无凶岁。人说国朝覆军丧地自彦贞始，刘彦贞入为神武统军，只因他阿附"五鬼"广遗贿赂，而其财源即是安丰塘。刘彦贞甫任寿州清淮军节度使，即以疏浚城濠为由，大兴工役，决塘水入濠中，于是民田干涸，而征赋益急，民人皆鬻田而去。刘彦贞便择肥沃良田低价买进，复引濠水回流塘中，使安丰塘涨水如初，遂又高价售地。如此买进卖出，岁积巨亿财货。

张洎即是发迹于安丰塘。太学生上书揭发其底细：安丰塘买卖农田的谋划者正是这张洎！那时他在刘彦贞幕帐掌书记。刘彦贞得此妙计暴富，张书记也得获仕进显达的资本。（编者注：这与好莱坞电影《唐人街》的黑幕何其相似！寿州安丰塘。加州橡树关水库。《唐人街》是虚构，《无尽藏》却是史实。）

人说他贪鄙无耻而又好攻人短，而这皆因他自有一套固宠术。笑骂任由他人，我自锐意钻谋。樊若水有国主御赐的金禅杖，这位大司徒又将持何物以示威？

他们带我走过这廊桥，此时无尽藏火势已见小。他们并不带我朝那火场走。这廊桥尽头的匾额是"水穷处"。

他们拐上一条上山的麻石道，这小道通向湖山高处的琅琊台。

望着高台周边起伏错落的山势，我不知自己会被带入怎样的迷境。

他们带我走在盘山蹬道上。

飞檐凌空，古柏森峻，引路禁兵状如青面鬼卒，他们像是在将我引向一个鬼门关。

那几株古柏奇姿异状，或卧地三曲，或形似旋螺，它们盘枝交柯，结构成一顶硕大的华盖，那华盖覆罩着高处的平台。

"几人平地上，看我半天中。"我忽又想到韩熙载那诗句。那高台之上孤亭耸峙，若飞鸟之展翅欲翔。我曾听说那山亭名为"云起时”，此刻却见那额题是"拜月亭"。那匾额依然是云波的形状。

那亭前已有一簇人马在静候。青罗伞下有一张雕花椅，座椅上有一位峨冠博带的大官人。大官人手执一柄雕龙金杖，看似就是樊若水那柄御赐金禅杖。

"禀大司徒，林公子前来叩见。"

那头目唱罢，就凶恶地瞅我一眼。我却不想跪拜。父亲依礼接旨，随即就束手就擒。我并非朝官，就不愿遵从他们的礼数。我拒不跪叩，亦是为维护父亲的尊严。

这大司徒却远非我想象中的嘴脸。我拒不跪叩，他却并不怪罪和动怒。他起身离座，和颜悦色朝我走来。我一时有些发懵，我没想到他竟是一副白面书生样。我想这众人声讨的国贼，本是该有凶神恶煞般的威仪。

"呀！林公子可是受累了。"

声气柔和，举止斯文，跋扈之气全无，真可说是笑容可掬了。他从袖中抖出一块丝帕，伸手揩去我额上的血水。这意外之举反倒使我更清醒，我悄悄收紧背后的行囊。

"好算是机缘难得呢！今见林公子，老夫方知何为'将门有虎子'！后生可不畏乎？林统军有福！我大唐国有赖！"

"大司徒既为国家着想，就请放家父一条生路。"

"林公子有见识，老夫正是为此而来！"大司徒兴奋地拍下手，就指向一个石鼓，"林公子看座。"

大司徒挥手屏退禁兵，又坐回那雕花座椅。他将金杖斜倚座侧，又给我一个请坐的手势，我便在冰凉的石鼓上坐下。

石桌上有食盒，也摆置着酒榼和看馔。大司徒执壶斟酒。

"端的是缘分呀！林公子来年应试，没准咱就是你座师！圣上命我知贡举，来年我便主省试，这就少不得要关照你了，有了这般缘分，我倒想先给你透道题呢！来，先与你递个盅儿。"

他双手将琥珀酒盅递与我，我退后一步，又摇头拒请。大司徒抿一口菊花酒，又吃一片酱瓜。

"来年死活都是未知，只想大司徒眼下就开恩，你能确保家父平安无恙么？"

"老夫正是为此而来呀！经此一番变故，林公子想是受惊不小了，眼下究竟就看你如何做！"

"我是说此时此刻，你能确保家父仍是健在么？"

"林公子，你总该晓得与你说话的是何人，佛家无诳语，适间我去看过林将军，也确是与他说了话。"

即令如此，我也难以确信父亲依然平安无事。即令大司徒确是在动身前去见过他，那也该有一个时辰了，而我在灯笼熄灭时的那预感，却是半个时辰内的事。我暂时不想说出这疑虑。

"咱们这就开门见山罢，若是你能如着我的愿，我就担保圣上释放林统军。"

"只不知如何才能如着你的愿。"

"欲得未得之物，此心人皆有之。文士之于奇书，武人之于宝剑，醉翁之于名酒，佳人之于美饰，此乃一往情深，必欲得之而称心意。穷人所需者财，富人所需者官，贵人所需者名，而圣上所需者……"

人说他才疏学浅而又好充斯文，此刻他却是在出口成章。这位大司徒曾以太子党为引援，当年太子弘冀作恶暴毙，他以议谥而得名。国主当年立为太子时，他又入东宫主笺奏。此刻他并不明说国主所需者为何物。欲得未得之物。

"此乃必需之物，必欲得之而免祸患。"

"我不知你们所要是何物。"

"可你定能找得到。"

"也未必，但若能找到，我要当着家父面才会拿交出。"

"正是！老夫亦有此意！"

"可你何以担保国主会开释？"

"圣上自会有圣断。"

"樊若水也说自己是钦差……"

"樊若水呀！你是说那个一苇法师么？幸好你未受了他诳骗！圣上先是遣他来，回头又差遣老夫来，就是防他独吞开溜。"

"可是他有御赐金禅杖……"

"眼下他就只有一根盲杖了！圣上心善耳根软，总是滥赐无度，这些咱都不好说。至于这金杖，也就权当是令箭。时事万急，樊若水出师不利，咱就收回这令箭，他也就不再是钦使。也有一事你须记着，告发林统军的正是这个樊若水。科第落榜，屡考屡败哇！"

大司徒收敛笑容瞅着我，我脸上有他期待的惊疑。

"樊若水，噢，一苇法师不是在江上钓鱼么？某一日他求见圣上，献上他钓的一条鱼，那鱼肚中就有一布团，那上边居然有些个文字……"

大司徒卖个关子，站起身子踱几个方步。

"那鱼肚帛书上写的是'树下无人被缚，林中有人肇祸'。'人'即是'仁'，这后半句就有令尊的大名：林仁肇。"

我如遭重击，一时哑然失语。

"一苇献鱼我在场。"大司徒握一下金禅杖。

"国主会是如此轻信么？谁能担保那布团不是有人塞进去？兴许就是他樊若水！"

"一苇法师有人证。他本是拎着鱼去那李家明家开荤，动刀剖腹就现出了那布团。教坊副使李家明是证人，也有他那妹子作证说，开刀前是活蹦乱跳一条鱼！"

那个楚楚可怜的琵琶女，她也曾帮他们一起作伪么？人心竟是如此之歹毒！如此说来，她在藏书楼身遭不测也就无足惋惜了。而她为何要去藏书楼？莫非也是受了李家明指使？

我忽然又有些后怕。借了那点情色，她或许是为我设下了绮障，幸好我从那媚惑中及时脱了身。那时我确也有些许伤感和迷乱，我当为此而羞愧。忘掉那个狐媚的李家妹，也许她是罪当遭灭。也忘掉那个风月惯家王屋山，尽管我亲眼见她被那假和尚掐死，而眼下我面对的就是她的老主顾。

大司徒是为我而来。

"这些字眼也是牵强，就算有这巧合，'肇祸'二字也未必与国主相关。"

"祸从口出哇林公子，你就称咱们圣上为国主么？目今天下纷攘，中原贬损咱们国格，降咱们皇帝为国主，可在咱臣民眼中，国君还是圣上啊！不称圣上称大家也好……不过也无妨，幸好只是我听到。"

大司徒又坐回那雕椅，我却按捺不住地站起来。

"家父因一条鱼获罪，圣上的圣明在哪里？"

"少安毋躁，待我说个分明。樊若水带来的不只是一条鱼，还有要命的机密。有个叫史虚白的不知你可听说过……"

我微微垂首，小心地避开他的探究。

"身在江湖，心存魏阙。史虚白从北方携来一件宝物，死前将其传给了韩熙载，韩熙载死前又传给林统军。圣上要的就是这宝物，这宝物关乎圣上的大事业，尊大人却是好不识时务！"

"你说来此之前见过家父……"

"这你情管放宽心，林统军饭也吃得，觉也睡得。"

"家父可对你说过些甚么？"

"尊大人本与国家无嫌，不过是因惧罪起见，此番便只是使偶，武将概莫如此，所以才吃了这般辛苦。这般光景下去，就断断没有活的命了。你读书定然比他多，读书自然明理，自然知时达务，你若献出这宝物，圣上必然欢喜。明里说透这个，你须自作个主张。圣上可是有御限。"

"这却教我怎处？我确实不知你要的是何物。"

"确实……樊若水也是这般说，可他说你定能找到那藏处。"

大司徒反操双手踱到台边，又眯眼望着无尽藏的烟雾和残火，仿佛是为这夜景所陶醉。当他踱到台边时，那些暗伏的卫兵便后退几个台阶。在这园林的最高处，远方的城市尽可一览无余。我默默地望着城市的灯火，那皇宫就在灯火阑珊的夜色深处，此刻那皇宫深处正燃着一盏命灯，我恍若看见那盏命灯飘忽的火苗，那团火苗旋即化作一场大火。他们号叫着逃出火海，那个月白色的身影就是国主，那衣发散乱的鬼魅般的身影，那双细手仍是捏作佛印状……

"大局已危，事机益急，非用林统军为大将，怕是万难支持了……"

这是大司徒若有所思的沉吟声，这声音扰乱了我的幻觉。

"家父正可为国效力……"

"我也曾有几番的力荐，奈何圣上却是有大顾忌。林统军新镇南都，忽有蜜蜂数万飞集其身，左右齐声称贺说，此乃封王之兆！这你想想看，圣上闻知此事会怎想！至于这宝物，圣上却是要用来图大事，再不济，也可用作一番讨价还价。天下至公，非一姓独有。"

我依旧立在原地。我想尽快跟他谈成这桩交易，这也是有讨价还价的余地。我并不指望这贼官会履约，只当这是一个脱身之计。

"眼见着就有这大好前程，林公子万不可蹉跎自误，更往远处想，你救国家于危难，也不枉了一个青史留名。今日得此大缘，我倒是真想透给你考题。我且点到为止，却就看你的悟性了。譬如说'忠臣良臣辨'，治世多良臣，乱世多忠臣。譬如说世道昏乱，就有令尊这等的忠臣。"

"忠臣总为奸臣所害，而国君总是昏昧不明……"

"若说国君不明，忠臣遭殃，历朝历代史不绝书。《韩非子》想必你是读过，那《和氏》一节可也记得？说来我听。"

"楚人卞和得璞玉献厉王，厉王硬说是石块，就砍断卞和左脚。武王即位卞和又献，武王也说是石块，又断其右脚。直至文王才识此玉为宝物。"

"荆山之玉，价值连城。何为天下至宝？不过是一片忠心！若说'和璧三献'乃绝妙寓言，就是这题意了。只如你能领会，明春就准能高中！"

"这也不敢当。明年的事明年再说。"

"老夫跑题了，也怪我是爱才心切！这也就有漏题之嫌哩，罢了！”

"我若能找到，我总得当着家父面才交出手，也要当着国
主面。"

"这个何消说！老夫钦命在身，这就答允你。究竟说来，这是大
家脸上都有光辉的事。只是……你得称国主为'圣上'。"

"我要自己去找，你的舆从断不可盯梢。"

"甚好，量你也难逛我。大司徒自有天罗地网，只是不无担心，
因你不知要找的是何物。"

"或许我能找到那藏处。"

"甚好……只管找到那藏处，但恐违了钦限，我只许你一个时辰。"

大司徒仰观天色，又直望着拜月亭的楹联。他扬起金杖指向楹联。

"'书藏绝妙画，月赏无声诗。'好诗！好书！韩公真乃不世
出高人哇！只是这诗句无须乎当真。书藏绝妙画。这秘藏却绝非是
一幅画！"

大司徒笑眯眯瞄我一眼，便又扶杖踱步。他轻步舒徐，双脚落
地无声，从他身后望去，那身姿好似夹着一条长尾巴。他双脚落地无
声，袍带间却有叮当脆响。我忽想到那市井传闻，传闻这位大司徒啬
刻成性，家中妻儿难得安支一钱，他甚至将箱笼锁钥悬挂腰间，走路
时便叮当作响，好似妇人家环珮一般。

国朝的大司徒尽是这等贪吝之徒啊！国丈爷周宗富可敌国，却是
每日里持筹握算，悭吝超乎常人。我极力排出这杂念。大司徒已在亭
侧的石碑下停住。

风扫云开，月色溶溶。这石碑据说是仿照北方琅琊刻石打造，碑
文却是韩公本人的诗句。

"琅琊自古出书家！昔有王右军、颜鲁公，今有韩熙载韩宰相，异代之奇呀！林公子识得这碑文否？"

"知是韩公诗句，我也略能猜出几个。"

"可你知这是谁的法书？又是仿了谁的字体？"

"像是徐尚书的法书，秦丞相李斯的小篆……"

"卞和献宝，楚王断其双足；李斯竭忠，胡亥施以极刑。李斯之后，篆书惟李阳冰一人而已。喔哟，有了！老夫忍不住再考你一考。史载李斯也曾留下八字手迹，林公子也能说出来么？"

我立时想到徐尚书书斋里的那书轴，但那只是徐铉的仿李斯小篆。我压根不想为他这些考题而费神。明年的会试与我无关。明年的春天，这个江南唐国还会有读书人的仕途么？国将不国，臣民惟求保命而已。

"李斯原迹并非小篆，那是一种鸟虫书。"

"哇！来年你便是金榜状元了！"大司徒高举起酒盅。

我再也难以忍受他的扯淡。我连州府的解试都未曾经过，怎会有资格赴明年的春闱？莫非他们又要巧立名目设特科？我已是心焦如焚。灯笼已被鬼风吹灭。这恶兆令我抓狂。他限定我一个时辰交货，我也不想拖延到天明。

"古导师有云：宝所非遥，须且前进。目下我也拿这话送你。"

"我是要去来自由，你的舆从若有跟踪，也就休怪我爽约！"

"林公子总可放心！密去密来，老夫在此相候！"大司徒举杖戳地。

城头传来沉沉鼓声。这是三更的鼓声。

NAME
OF
THE NUN

无尽藏

【卷六】

小长老

　　我再次走过这长长的廊桥。前无阻碍，后无跟踪，桥下亦无暗伏。我时而回望那湖山，那片风景渐渐模糊起来。

　　无尽藏的大火业已熄灭，那虚墟上却依然人影杂沓。有人在朝那片焦土泼水，也有人拿长钩在瓦砾中抓刨。又有几个在争抢中扭打，我听不见他们的吵嚷声。

　　火起火灭，仅在一个时辰间。灯笼已被鬼风吹灭。那盏命灯究竟能燃到几时？

　　那位女道人行踪飘忽，言词闪烁，我虽对她深怀疑惧，却也难以否认她说的是实情。国主佞佛已是走火入魔，传闻他每日与小周后僧衣僧帽，课诵佛经，跪拜顿首已致额结瘤赘。国主惑而不返，纲纪为之坏乱。每有死刑奏牍，国主即以"命灯"决断。传闻国主对佛燃灯，每以达旦为验，灯灭则依律处斩，灯不灭则宽贷免死。总有富商显贵犯法者厚赂内官，内官窃续膏油，犯法者遂获免罪。我不指望宫中会有哪位好心内官为那命灯续油，我只盼佛祖慈心慧眼，让其身前的那盏油灯燃到天明。

　　我要在天明前面见国主。我要逃离这罗网。

　　这是我所看不见的罗网，这罗网满布眼线，而所有的眼线都隐藏在这暗夜中。暗夜中的园林就是这罗网，就是这迷阵。这是比藏书楼书库更大的迷阵。这些逶迤交错的曲径，这些暗香浮动的树丛，这些于沉寂中陡然响起的鸟叫声，这些看不见的圈套和陷阱，它们构成一个杀机四伏的迷阵，而杀手们也曾走过我正在走的这路线，他们就藏匿于这迷阵的暗影中。

　　那片菜畦就在这迷阵的一角，就在这庄园的东南边，就在那片荒寂的隙地。稻田，杂树，瓜棚，菜畦，那片隙地别有一种野趣。微雨迷蒙，只有一条土路通往那菜畦。

韩熙载说那片菜畦是"藏园"。我要在那些杂树间找到那梅树。

大司徒似是信守了承诺，我的身后确是无人跟踪，周遭也不见有可疑的人影，而我要提防的不只是大司徒。李家明听命于樊若水，大司徒收了樊若水的金禅杖，可郎县令陈博士那边又会作何反应？倘若郎陈的幕后主使是朱紫薇，大司徒张泊既已亲自出马，朱紫薇自然也会伺机而动。朱紫薇与那女道人交好，那女道人此时又在何处？

我忽然有种可怕的推想。那位女道人会否就是这布阵者？毕竟是她最先给了我诗签，又是她写的朱雀二字将我引到了这韩府。果真如此，大司徒张泊未必就能最终得手，而我或将成为朱紫薇和女道人的猎物。

一条沟渠蜿蜒流经那片菜畦，菜畦中只有零星几棵小树，篱笆边有一簇簇野菊。我先欲查看入口处的瓜棚。那瓜棚看似已被废弃，当我悄然走近时，一只野兔飕地蹿出来。这瓜棚有槛无门，里边亦无人埋伏。秦蒻兰说那棵梅树长在河边，我当沿着这沟渠寻找。这沟渠蒿草茂密，两边种满了萝卜和芜菁，也有几垄大葱和芜荽。

那棵梅树就静立在渠水旁，虽有虬枝盘曲，而树形却不甚铺张。这是一株卧龙梅。这是韩府仅有的一棵梅树，它就长在这小河边，而这小河就是韩公意中的"河洛"了：黄河与洛水。

梅树的一枝已被砍断，树身上依然有发白的斫痕。我蓦然想到无尽藏那堆柴草堆。

那柴草堆中有新斫的梅枝，那是来自这棵梅树么？再看这树身上的斫茬，这分明与那断枝上的斫茬有一样的粗细。倘若这是有人刻意为之，倘若这是一种暗记，那么此举显然是为给我以指引。

这指引或许是一种误导，或许对方只为将我困死于此，然后收拢其罗网。

那被砍下的树枝确实不在此处，树身的断茬正对着一个小土丘，一个野菊簇拥的小土丘。——史虚白衣冠冢！这坟丘并无墓碑，坟前只有一块青石作供台。

供台是一块三尺见方的青石板，石板上并无供品，却有一截尺许长的梅枝。

这也是一截新折下的梅枝，似是有人故意将它摆在这供台上给我看。

我紧抱着这棵古梅的树干摇晃，这梅树根底牢固，非人手所能撼动。这梅树的周遭并无异样，坟丘上只有杂草和野花，惟有供台上的树枝显得很怪异。

雨水冲刷后石板泛动着光亮，石板下的泥土已有些疏松。我双手猛力掀开这石板，就见有一片细小的蚯蚓在蠕动。

蚯蚓和湿土之下有砖缝，砖缝间却无石灰粘连。我徒手拆开这六层青砖，就见这砖层下另有一块青石板。这青石板比上边那块更大更厚重，而我也使出更大的力气掀开它。

石板之下是一个竖井样的黑洞。井下一片漆黑，一时难断其深浅。黑暗中有星星点点的萤虫在飞动，这使我想到要取火。

我忙取过灯笼，又从背囊里取出火镰荷包，就趴在坟丘的背风处打火。

我左手捏紧火石，右手拿火镰快擦猛击。火石上火星迸溅，火石下的火绒便冒起青烟。我将火绒吹起明火，用这火苗点燃灯笼里的蜡烛。

我探下灯笼照亮这黑洞。这黑洞其实并不幽深，这只是一个约有丈许深的枯井，而洞围仅可容身。洞壁上粘满臭虫，也有一些特辟的脚蹬，而井底只有一些碎砖和杂草。

霉气直冲上来，有一股令人窒息的酸腐味。我咬紧牙齿叼着灯笼，强忍一阵阵恶心降到井底。

我扒开地上的腐草和烂砖。这井底土质坚实，非徒手所能深挖。正在这绝望之际，烛光照见洞壁上有道小石门。

这石门看似也难以徒手挖动。我脚蹬井壁升起身子，又发力朝石门猛踹一脚——

石门在微微晃动！

我再次升身猛踹，这石门便轰然倒下！

一股冷气冲来，石门倒处现出一个黑洞。

这该是史虚白衣冠冢的墓室了。

"朔风揭屋宇，浑家醉不知。"我在进入墓室的这一刹那，忽忆起史虚白的这诗句。

当年元宗帝南迁时路遇史虚白，问其居山多年可曾赋诗，史虚白说近得一联，就随口吟出这两句。元宗帝闻之变色，这诗句显然是暗讽国事，而"朔风"当指北方的强敌。这诗句也好似一道谶语，接踵而至的事变已应验了这谶语，而未来还将有更多的应验。

而此时此刻，我只想到自己是一个闯入者。我破门闯入他的墓室，这位真人难道会浑然不知么？

"史虚白的事竟也还没完……"
那位女道人曾对我说这话。

这墓室足有一丈见方，虽是衣冠冢，却也不见有盛殓衣冠的棺椁，惟在这方丈中央有一座祭台。我近前几步，就见祭台上刻写着几个魏碑体小字：衣冠不在此，千载只空冢。

祭台之上是一座金塔。

这金塔望去颇为眼熟，我近观其形制与雕饰，忽觉此塔酷似栖霞山上那座舍利塔，这其实就是那座石塔具体而微的缩形。须弥座，覆钵体，上下七级，密檐八面，这金塔的塔基上也有释迦牟尼八相图。惟一区别之处在于，栖霞山那座舍利塔是石塔。

史虚白传与韩熙载，韩熙载传与我父亲。史虚白衣冠冢在韩府，衣冠冢金塔又酷似父亲改建的舍利塔。父亲临危时留下那画卷，那画卷引我见到韩熙载那诗轴。那诗轴将我带入这墓室。

这是一座鎏金的铜塔。墓主的牌位该是安置在金塔中。我用力掀动这金塔，又从塔底的圆洞向里望。这塔内里却是空无一物。

塔底下有一块方石板，这石板为一片片石耳所包围。这石板即是墓志了。这志石上为云朵，下为青山，左右为树木花草，云山花树间又有十二生肖的人身雕刻。青苔斑驳，铭文已有些漫漶不清，但这显然是韩熙载的书迹。这便是他最为擅长的汉隶体了。这书法笔力纵横，结体流畅，撇捺合度，波磔自如，古拙中透露出洒脱，沉稳中隐含着力道。

我在幽微的光亮中默读这铭刻——

"史先生虚白字畏名，山东人。世儒学，与韩熙载友善。尝同游洛都，隐嵩少著述。中原丧乱，与熙载渡淮南奔。时烈祖辅吴，方任用宋齐丘总相府事。虚白放言曰：'吾可代彼！'齐丘不平，欲穷其技，因召入宴饮。酒数行，使制书檄诗赋碑颂。虚白方半醉，命数人执纸，下笔若有神助。齐丘纵女奴玩肆，多方挠之。虚白谈笑献酬，笔不停缀。俄而众篇悉就，词采磊落，众遂惊服。虚白数为烈祖言，中原咸洛之地世乱日久，而江淮人民丰阜，兵食俱足，当长驱以定大业，毋失事机，为他日悔。烈祖不能从，虚白乃南游高卧，采薇食蕨，弦歌自若。彷徨乎尘垢之外，逍遥乎无为之业。常乘双犊板辕，挂酒壶车上，山童总角，负一琴一酒瓢以从，往来匡庐，绝意世事……"

韩熙载曾任中书舍人知制诰，他的诰令文辞典雅，有元和风采，江表碑碣大手笔咸出其手。我无暇通读这些绵密的文字。我急欲看到这石板底下的藏物，因我确知这类金塔的营造法式：塔身若是中空，塔下必有地宫。那该是一个密闭的地宫。

我使出全力移开这墓志，石板下果然现出一石棺。一个八棱形的錾花石瓮。

这就是金塔下的地宫了。这石瓮光洁可鉴，就深嵌在这地宫的凹槽上。我无法移动这石棺，却能试着用匕首撬开这棺盖。

棺盖掀起，这瓮棺中又有一个青铜宝匣。我屏声静息蹲下身。

这宝匣锈迹斑斑，錾花匣盖上有几个阴刻的正楷字：非大变勿启。

这便是父亲留给我的秘藏么？

这宝匣封缄坚固，开合处深嵌一把梅芯锁。瓮棺深嵌于巨石基座上，这巨石非人力所能移动。石棺中别无他物，惟有这密固的宝匣。

我毋须即刻开启它，我只要确认这墓室中别无所藏。这墓室四壁皆空，既无洞龛亦无砖画。墓室中央这座金塔确乎就是秘藏所在。金塔中空，塔基坚固，惟一可疑之物就是这瓮棺中的宝匣。

这墓志的文字或许能给我以确证。

我将灯笼凑近墓志，惟恐这墓志另有所指。

"……昇元七年二月庚午，烈祖皇帝崩于昇元殿。帝临崩召虚白，虚白献古秘谶图画。帝视毕泫然，嘱虚白勿泄。……"

我蓦然打个激灵，又想起那女道人对我说的话。她说史虚白的事竟然还没完。

——烈祖皇帝晏驾时，史先生也在御榻前。

——史虚白给他看过一卷画。

"元宗皇帝宾天时，韩熙载也给他看过一卷画。"在那孙楚酒楼，她也曾这样对我说。

"呜呼！古之所谓隐士者，道德足乎己，而时命大谬，则泊然自适于性命之真，而非违物离人以为高也，物与人莫之为累而已，特立独行而已矣，此伯夷、叔齐、朱张之徒，所以有大德于天下后世也。子牙隐于钓，虚白隐于野，熙载隐于色。若是乎高士之隐，造物不惟不忌，而且惜其劳、美其报焉。然圣人未见好德如好色者，岂非德之伪哉！失道而后德，失道无以德。德之伪，国之贼。人生百年，为苦乐不足也，且好色何伤乎？色中有桃源，可为真隐者所寄托。真英雄豪杰，自能勘破关头，借一红粉佳人作知己，将白日消磨。噫！尧存纣亡，非关女色。吴灭越亦灭，夫差却得一西子。君子之泽，五世而斩。成住坏空，不过四世。而始皇帝业，仅止于三代。曩者烈祖遗言齐王：'德昌宫积储戎器金帛无数，汝当善守成业，以保社稷。他日北方当有事，勿忘我言！'元宗即位未几，德昌宫即靡耗殆尽。逮及元宗南迁召虚白……"

韩熙载为史虚白写墓志，文字间却又有这样一番自炫。他与史虚白无疑是同道，他却又这样扯上了姜子牙，仿佛此中有着某种久远的传承。姜子牙。史虚白。韩熙载。三年前的那场夜宴前，韩熙载也曾对我说起过姜子牙。那藏书楼的迷阵也是文王八卦图。周文王。姜子牙。黄石公。张子房。……

我正在研览这铭文，忽闻一阵窸窣声，又见一片晃闪的光亮。我悚然转身，就见一柄金杖探进墓门，又有一个黑影闪进来。我寒毛直竖，慌忙退后几步。光亮来自那黑影胸前，那是一颗夜明珠。我握紧匕首望着来人。

雕龙金禅杖，红罗销金衣。那僧人头戴毗卢方帽，却是生得尖嘴猴腮，看似长我没几岁。那红罗销金衣上点缀着如意珠、摩尼珠、红玛瑙、紫珊瑚。

那僧人身材瘦小，金衣虽是合体，却仍有不堪重负之感。他并不近前，只在墓门处立定。

"檀越受惊，恕小僧唐突。"那僧人向我合掌施礼。

我盯着他那雕龙金禅杖。曾几何时，那曾是樊若水的尚方宝剑，也曾是大司徒示威的权柄。一物降一物，这小僧人定是更有来历。

"螳螂捕蝉，黄雀在后。大司徒是螳螂，小僧即是黄雀了。陛下差我作黄雀，大司徒奈何不得，就得交了这金杖。"

"大司徒说带我见……陛下。"

"这金杖小僧在握，只怕他一时半刻就难以进宫了。业障已除，惟小僧能带林公子进见，小僧亦是为此而来。"

这小僧袖中取出一幅黄锦，那上面有国主亲书的御旨，我能认出国主那自创一格的颤笔书——

"朕闻林公子器识睿敏，明理向学，孝行笃定，殊堪嘉尚。着即遣释迦长老驰诏携见，路遇阻碍，一切便宜行事。大学士张泊交杖，宫城诸门放行。毋违！速速！"

这御旨上也有"皇帝之宝"的玺印。本朝对宋称臣之后，皇帝早已降格为国主，这道御旨却仍用"皇帝之宝"，这更显出此番秘不外宣的机宜。

我也听说国主身边确有一位小长老，那位小长老法号为"释迦能仁"，而"释迦"的本义就是"能仁"，既能且仁。据说那位小长老是以贿赂张泊辈权臣得以见国主。小长老自言募化而至，朝夕入宫谈论天宫地狱果报之说。国主相见恨晚，谓之"一佛出世"，遂留深宫礼敬供养。国主恩宠有加，小长老如厕出恭必用国主亲削的厕简。传说国主每削厕简，必用自己面颊摩试，若有芒刺，即再细加修磨。小长老服饰尽皆缕金绛罗，国主也曾诮其太奢，小长老反唇相讥："佛着粪扫衣，也着金缕衣。陛下不读《华严经》，安知佛富贵！"也有人说国主对果报之说并无心得，小长老帮他参的是欢喜禅。

金罗袈裟，雕龙禅杖，国主亲书御旨，这足可证实他就是国主供养的那位小长老。或许他也随身带有那厕简，或许厕简上也有国主的印记。

"听说国主有位释迦长老……"

"林公子多闻，小僧便是释迦能仁。儒释相通，应在了小僧的法名。儒谓五常，佛持五戒。仁者不杀生，义者不盗窃，礼者不邪淫，智者不饮酒，信者不妄语。儒论忠孝，佛论慈悲。小僧初见陛下，陛下随手拍死一蚊虫，小僧顿喝一声：蚊虫没咬人拍死它怎地！陛下幡然顿悟，当即誓守不杀戒。"

"既然戒杀，怎还以命灯决狱？"

"奸人作怪，陛下不明真相。一念慈悲，是以召你进宫。"

我望着台基上的宝匣，立时又陷入了茫然。交出此物或许能救父命，但这恐非他的意愿。为救父亲脱难，我只得违逆他的本意。而小长老这般人物就在此地，看来也惟有他能带我进宫。

"我要当家父面见……主上。"

"这也使得，小僧已有计较，管与你一路进宫，咱们即刻上路。只是……佛菩萨现身救人，开你一条生路，你却要这般持刀相向么？"他的目光透着诚切，或许他果真是佛菩萨现身。我要一条生路，但并非是为自己求生。我的一己之身原不足惜，但若死在此地，一切都将成绝望。

我低头看那雪亮的匕首。我不再将刀尖冲向他，却也不想让它离手。我不能束手待毙。遇佛杀佛。我渐已生起这胆量，虽然我也期盼真有佛菩萨救我。

小长老收卷起御旨，又悻悻地盯着我的匕首。

"我得拿它护身，外头定是险恶难测。"

"不济！不济！外头岂能靠你这把刀！"小长老忽然跨前几步，一手撩起金袍，"不然你就刺来看，只怕你连这袈裟都刺不了。"

我将匕首刺向金袍，匕首猛然一震弹回。握刀的手给震得酸麻，那金袍却无丝毫破损。如此锋利的匕首，竟然刺不破这布袍！

小长老得意地发出一声干笑，便又从金袍里掏出一个纸团。他将金杖靠在胸前，双手缓缓展开那字纸。

这又是一张海捕悬红的告示。一张黏着糨糊的皮纸。画影图形，人像之下是榜文。榜文写明是缉拿我，画中人的年貌也与我无异。这与日间在城东门所见那画像迥然不同，这一幅确切就是我本人的写真。这告示上的人影衣服鲜楚，这是我落水前的衣着，是我清晨离家时的装束。这本是我为行冠礼所试穿的采衣，我在山上遇到那女道时穿的就是这采衣，只是在落水之后换成了孙二娘所借的青袍。

"城门四处有悬贴，普地里传了你的写真。待会儿出去，小僧自是以金杖开路，却也难免碰上那不管不顾的。事已万急，似这等怎的？"

"那会是谁？"

"难说不是朱紫薇的人马。"

果然又是朱紫薇！果然又与那女道人有关！本朝的画师大都技艺高超，即便单凭着别人的描述，也能绘出陌生人的肖像。我不知这画像出自何人之手。

"小僧化缘修行，最喜与人方便，绝无害人这一个意思。"

小长老不容我多想，便脱下他那刺不破的金罗衣，又将金杖塞给我。我顿时领会了他的意图。我正在迟疑，他又示意我脱下自己的布袍。

我别无他计，只好顺从地脱衣。我不能死在这地下，惟有先逃出这墓室，才有望另寻计策。

我穿上他的金袍，接过他的金杖，又见他麻利地套上我的布袍。我接过他的毗卢帽，又瞥一眼他那光亮的脑门，忽又想到自己的散发，就抬手触头，不知如何是好。

"是了，这头长发也是碍事……我佛以度人为本，小僧这就为你剃度了！"小长老摸一下自己的光头，又轻快地冲我一笑。

"我不要剃度！"我不想皈依佛门，不想在这墓室里剃度。

"林公子忒是性急！要剃度也不该在这阴宅里，小僧只是为你剃发。留发不留命，留命不留发。有了这一番收拾，你持金杖开路，就无人照验你面相。小僧护你同行，自然也不是画中人。似此这般见驾，却不是好？"

我不置可否，他又从怀里掏出一个紫金钵。他将紫金钵塞到我手上，又将其压至我裆部。

"干剃怕是会生痛，林公子或可流些小便。"

我立时便有些窘迫，脸颊也在微微发热。

"无妨……长老只管剃去……"

我在石基上坐直身子，小长老便站到了我身后。我本为那授冠之礼而蓄发，而今却要为假扮和尚而剃头。

那冰凉的剃刀贴近我的头皮。无水亦无妨，我会在麻木中忍受这番痛。

小长老一手按着我的脑门，我忽然感到他的手指在用力，那手指似要抓碎我的头！我正欲抗挣，他另一只手就下移到我脖颈，那剃刀忽然紧贴了我咽喉！

　　我不敢动弹，也不敢出声。匕首在台基的另一侧，我更衣时将它搁在那志石上。

　　"不想剃度么？小僧就为你超度了！"

　　我不敢吱声，也不敢喘气，那刀锋瞬间就会划破气管。我不能闭眼等死。

　　"你有天下至宝！可是谁会带你去见驾？那国主本也不配受用！"

　　我的左手五指并拢，又轻轻地晃动，以示我要说话。

　　"你却还要怎的说？"

　　那剃刀略有松动，我却依然不敢动弹。

　　"你且说来！"

　　"这秘藏恐是有假……"

　　"小哥好滑头！死在目前了，你却还要诳我？"

　　"另……另有藏处……"

　　"嗬哟！"小长老一声怪笑，那刀锋又按紧我喉咙。

　　那只手依然使劲按压着我脑门。我忽觉墓门口闪过一个人影。小长老猛力一推，我便立时滑倒在地。剃刀朝墓门飞去。与此同时，就听一声尖叫。我扭头望向那边，却不见有人影出现。

　　小长老已倒地翻滚。他一手抓过匕首，一手掩着额头。他的眉心扎着一根梅花针。

　　我瞄一眼那宝匣，一时找不到合适的藏处。灯火忽然摇闪欲灭，我朝墓门口瞟一眼，就见那人影飘然而至。

　　我从他手上夺过匕首，又将刀尖对着来人。小长老在地上滚动，似是剧痛难禁，他抱头撅臀，如猿猴般直叫。这尖细的叫声在墓室里回响，那根梅花针依然插在眉间印堂处，他却不敢自己拔掉它。那印堂正急剧变暗，似是在隐隐透出一股死气。看他那尖嘴猴腮的怪状，仿佛就要滚回猴样的原形。

"林公子竟成刀客了，只怕也是文不成武不就。"

那女道人带着讥嘲的冷笑走近我。我强忍羞辱摇晃着匕首，她便不再走得更近。

"时辰不早了，咱们这就进宫去。"

"你凭甚要跟我一道去？"

"若说为这宝匣，咱们可真是同道。"

"你若动这宝匣，先当死在这刀下！"

"收起你这宝刀罢，可别教老姑笑话。"

那神情中自有一种寒意。我自知不是她的对手，但身为男儿，总会有些蛮力，或许我能以这蛮力取胜。

"我看你也只有这玩火的把戏！你既是在无尽藏玩了一把火，却也看见那草堆上的梅枝么？"

"……我也看见那树上的断茬，这墓旁的梅树。"

"你来这菜园可是无人盯梢？"

"我与大司徒有约……"

"我可是将他们全灭了。"

"大司徒？"

"是他那些个虾兵蟹将。"

她的语气倒也很沉静，我却无法掩饰自己的震惊。那草堆中的梅枝，那梅树上的断茬，这莫非是她有意给我的暗示？我自以为身后并无跟踪者，她却说把大司徒的虾兵蟹将全灭了。如此说来，她似是在暗中救护我。而她之所以这样做，定必是为等我找到这秘藏。

我猛然打了个寒噤。她终于等到了这现身的时机，接着就会夺走它。大司徒和小长老都许诺带我见驾，眼下她也说要陪我一起进宫。小长老说国主不配拥有这宝匣，他们或许都是想独吞。

"消停片刻死不了！"

她一声叱喝，小长老立时就停了尖叫，那叫声变成了哼哼唧唧的呻唤。

"耿先生……慈悲，小老儿无知无识，耿真人救我一救，向后事但凭你处，只望留小老儿……一门独苗……"

小长老居然还能说话，看来他消停片刻是死不了。

"独苗？你一个秃驴却也要留后么？"

"不看僧面看佛面，耿真人可怜见，小老儿抛家日久，流浪年深，只为成全一场功果……"小长老翻着白眼，哀求地指着那梅花针。

"不就这一根细针么？自个拔了去，侥幸也能多活几时。"

小长老白瞪着两眼直摇头。这女道扬起木剑，小长老便咧嘴尖叫，刚一出声，梅花针已被挑出半截。尖叫声变成了压低的呻吟。

"耿真人听小老儿说来……小老儿祖上，也曾是淮南大户……祖先修德积福，创下那骡马成群的家业，不想四位少爷不出息，个中个的游手好闲，吃喝嫖赌又各占一样，老爷一去就分家析产，坐吃山空没几年，巨万田产就荡了个精光……到了孙辈长大，也就不再有人样。这孙辈倒也有四个，种地的饥荒饿死，下矿的井塌活埋，贩货的又横遭雷劈，惟有那讨饭的花儿算是命大……"

说到此处，小长老已是伤感难抑，泪眼婆娑。我厌烦地朝这女道瞟一眼，她倒是显得颇有些耐心。小长老便又略微抬高了调门。

"问我生涯只是船，子孙各自赌机缘。这就有一个绝大的因果。富不过三代，穷也不过是三代。花儿遇着花儿，也还生下个男娃。夫妇俩苦巴巴供娃念书，那娃儿也就成了生员，教了几年馆，又娶得个富户千金。到来年得一男娃，不想却也再难出产。夫妇俩尽心竭力培植，实指望来日博个功名，博他个泼天富贵。那丐孙也与祖宗争气，进了学，中了举，便又希图进士登科，岂料朝廷停了春闱，这丐孙却又得遇高僧点化。塞翁失马，小老儿这就成了国主上师，也就有了这番飞腾。"

"三世轮回，一佛出世。"这女道鄙夷地拎过金禅杖，"有这棍子，却也省些麻烦了。"

"小老儿前头开路，万望真人垂悯！"

"权且贷你一死罢。"

这女道挥剑挑出梅花针，小长老闭眼尖叫。针眼并不冒血，那眉间却鼓起一个肿胀的紫包。小长老望着落地的梅花针，又伸手摸那红枣样的肿包，他立时便吓得面如土色。

"啊呀呀！这梅花针有毒！今番我却是休了！"

"若无解药，就是必死无疑。早则三日，迟则一七。"

"真人菩萨救拔！"

小长老的眼神确如望见真人菩萨一般。他正欲扑地长叩，无奈眉间有那肿包，便双手护额，将头轻叩在手上。

"穷三代，富三代，世人单看一张皮。林公子也舍不得这身金皮么？"

这女道冷冷地瞟我一眼，这是一种胁迫的眼神。我避开她的眼神，却也能领会她的意图。小长老带路进宫，这张金皮就该披在他身上。我进宫是为救父献宝，这女道居然也要进宫。若为夺取这宝匣，她此刻便可杀死我和小长老。很显然她是另有企图，我不知接着会有怎样的变故。

这女道背转过身，我与小长老换回各自的衣袍。小长老又将毗卢帽戴回自己头上，却让那鼓包露在帽沿下。

这女道捧起宝匣掂量一下，似为估测内中的藏物，神情似是有些讶异。她随即又将宝匣放在台基上，又朝地上的悬贴瞥一眼。

"韩熙载礼佛不持戒，难免也会自个儿开便门。这女道踱到墓壁前，仔细察看那些青砖的接缝。

她招手让我跟过去，又用那木剑比划几下。我忽然看出，这堵墓壁的底部隐隐有一个砖砌的塔形。七层青砖垒成七级佛塔的形状，虽只是同样厚度的砖块，这塔形却与那金塔有着一样的轮廓和高度。

"记得你是怎生进来？"

我退后几步跃起身子，猛力一脚踹向那塔形。砖塔后倒，立时便现出一个洞口。这砖塔原是一道门！

"虚室生白，也算是。"这女道微微一笑，我却难解其意，我只能想到这是史虚白的衣冠冢。

洞口传来细微的滴水声。

这女道并不理会我，只是冲小长老瞪一眼，她是要小长老率先爬进去。小长老得以饶命，虽有狐疑之色，倒也并不畏葸。他先打掉洞口周边松动的砖块，又将金杖伸进洞中摇晃几下，身子就跟着钻进去。这女道又示意我抱起那宝匣，我迟疑片刻，本想将其装进背囊，忽又想到背囊中的秘图。我是不该将此二物放置在一处，如此万一有变，亦不至于二者尽失，至少我还能保住一件。

这女道显然是看出了我的迟疑，而她只是不动声色。她又拎过我的灯笼，就跟在小长老身后钻进去。

我抱起宝匣跟着爬进这洞穴，立时便感觉凉气侵骨。弯腰前行几步，又觉脚下有些湿滑。我虽不知这暗道如何幽深，虽不知其通往何处，但也有了脱险的期望。

这暗道曲里拐弯，地面却又缓缓向上斜展，走过一阵子才略显开阔些。这女道拎着灯笼走在中间，前后数步都有光亮。灯光照亮这些湿滑的青苔和碎石，也将他们的身影投射在岩壁上。

岩壁上飘浮着幻象般的身影，这其中也有我自己的身影，这些身影晃动成一片，显得如此奇怪而迷乱。某一个瞬间，我看见自己的身影竟是如此之巨大。

他们带我一道逃生，皆因我有怀中这宝匣。螳螂捕蝉，黄雀在后，而我仿佛就是这只蝉。他们决然不会等我将它献与国主，出洞之后定然会另一番抢夺。三人之中必有二人送死，而我很难是那存活的一个。

这日夕间我已见识了死亡和流血，我自忖已有足够的胆气去杀人。这是我能看到的一线生机。此刻我的身影竟是如此之巨大，仿佛是一个力大无穷的魔怪。这毕竟是我自己的身影，这身影给我以胆气。

我悄悄摸出匕首。她的右手举着灯笼，这匕首正可从她右腋刺入。我屏息敛气，握刀前冲，又猛举起握刀的右手。岂料这只手刚一举起，匕首就被踢落在地！

我并未看到她踢腿的动作。她回身怒视着我，右手依然举着灯笼。

"好身手！要跟老姑玩这儿戏么？——看掌！"

小长老正举杖朝她打去。我失声惊呼，未及放声，就见她疾速出掌，又闪身一避，就见小长老杖飞人倒，软瘫在地哀嚎。

小长老如被点穴，腿脚已是动弹不得。

"这你也就老实了。"这女道只是微微冷笑，如电的目光又向我射来。

我冷汗直冒，避开她的眼神。倒不是为这笨拙的偷袭而害臊，我只是为这偷袭失败而不甘心。既已决意拼死，我也就不再有惧怕。

"这宝匣我要自个送！"

"就凭你这点手段么？你想我会劫走它？若要拿走，我如何又要等你来？"

我顿时愕然无语。或许她真的能早些拿走它，或许她真是在暗中救护我。她也在给我以指引。这种种境遇，仿佛皆为她的造设。

我惶惑地望着她，提醒自己切勿轻信她的话。我要挣脱这圈套。

"我也是为救林统军。"

"这又何以见得？有那……有那朱紫薇……"

她的神情立时有些讶异。她微微摇摇头，随即就有一丝苦笑。

我望着地上的匕首，不知是否该捡起它。

"护身它还用得着。"她撂下这话，就又转身前行。

我捡起匕首塞进靴筒。小长老与这女道视线相触，就立时止住了号叫。他的身后有一个岔洞口，那岔口通往另一个方向。我听见那边传来细微的滴水声。

小长老伏地求饶，这女道便往他肋下微微一推，似是穴道被解，小长老立时就支撑起身子，又爬到前边捡起那禅杖。

"既为钦使，就再便宜你一回罢。"这女道微微扬头，示意小长老继续前行。

小长老乖乖地往前走。我朝那个滴水的岔口瞥一眼，便又紧跟上小长老。他低头曲背走在前头，我忽见他那受击的腋下落有一个掌印，那红罗衣已被击出一个掌形的碎块。（四年之后我在汴都得遇德明和尚，某一日我无意中说到这掌印，德明和尚解释说，那红罗销金衣自是刀刺不破，只因耿真人纯阴内力甚是了得，是以拍出了那掌形的碎块。若非耿真人手下留情，那掌击之下小长老当该立时毙命。）

小长老执杖走在前头，忽又爆出一声尖叫。他的右脚踩到了一只老鼠上。那只老鼠也发出一样的尖叫。

前方有微光透来，空气也变得更为清爽。这微光又使我想到宫中的命灯。父亲的性命。母亲的悬望。我恍若看见一阵冷风掠过，那团灯火摇摇欲灭。

这位不戴黄冠的道姑走在我前边，她步履轻捷，长发披散，神情中总有那样一种冷意，也有一种神秘和野性。她早知秘藏就在那墓室，却只为等到我来取。

或许她是因泄密而负疚。秦蒻兰说这女道将秘息透露给了朱紫薇，那么，朱紫薇为何不知这藏处？也许她并未将更多实情说与朱紫薇，也许那只是无意中泄露的口风。

或许她并非是有意的出卖，而只是为情所俘。秦蒻兰说韩熙载得知这女道泄密后，她就再也未登韩府，甚而整个金陵城都不再见其踪影。

或许真正的祸根是樊若水。大司徒说樊若水从北方带来了"要命的机密"。这或许就是指史虚白从北方带来的宝物。史虚白传与韩熙载，韩熙载传与林将军。国主欲得这宝物。父亲拒不呈交。

岩洞更为开阔，小长老手拄金杖前行，此刻他不必再弯腰探路。这女道也挺直了身子，灯笼只是拎在手上。前方就是这岩洞的出口，我能感到洞口涌来的清冽的夜气。

小长老忽然又是一声惊叫，又怯怯地退后几步。他趴倒在地，从那洞口朝下探望。

洞口有根青黝的岩柱，那岩柱合抱不交，底部套着一根粗麻绳。这女道提起粗绳查看。

小长老发出呜哇的怪声："这可是去哪？"

"下地狱！"这女道冷冷地放下那粗绳。

我正要迈向洞口，这女道一把拽住我。我蹲身俯视，就见对面是一片林山，下方是危岩峭壁。我腿软欲坠，顿感一阵眩晕。崖壁之下浓雾弥漫，似是深不见底。

"也不过是数丈深，哪个先下去？"这女道目光锐利地逼视小长老，小长老头摇得像个拨浪鼓。

我的双腿也在抖颤。她的目光又冷冷地扫过我。

"新换的绳索，三条命也还经得起。若是好汉子，这就不待我说。"

小长老装聋作哑，我也躲开她的眼神。

"罢了！竟还要老姑打头阵！"

她忽又向我伸出双手，我惶惑莫名，身子也在退缩。

"不怕小老儿抢走，你就自个抱着，似这般你怎生下得去？"

我只得将宝匣交与她。她又伸手要那金禅杖。小长老正在犹豫，就见她一把抓过，又顺手朝洞口扔下去。小长老又是一声怪叫。

这女道朝小长老艮一眼，便左臂夹紧宝匣，右手抓着绳索。她先从洞口探下脚去，那只手就顺着绳索下滑。转瞬间，这洞口就不再有她的身影。

我探头下望，就见她的身体正在顺绳下滑。绳索贴近岩壁，她的双脚也蹬着岩壁，那只抓绳的手虽在下滑，却也很受力。

她的身影坠入那片浓雾中。

小长老倒吸一口冷气，又与我面面相觑。我双腿发软，牙关也在打颤。

"菩萨保佑！小僧只好掉头了……"

"那……禅杖你也不要了罢？你得用它开路。"

"这个不消说得，金杖贵重，抵不过小的一条命。"

"她若不给你解药，你也休想保命。"

小长老登时瞠目结舌。我也并无回头路可走。女道人带走了那宝匣，我只得随它下山。纵使粉身碎骨，我也别无他途。

"这绳索倒也足够结实……"我望着这微微摆动的绳索，"我这就下去，实在也算不得一回事。只是你别紧跟着，总要待我落地才好。"

绳索不再摆动，想必那女道人已触地。我朝小长老点点头，就闭眼深吸一口气。我默然发愿，像是再度为命运抽签。我凝神内视，渐觉风生袖底。我睁开眼睛，双手抓紧那绳索。

我已记不起探脚下去的那个瞬间。那个瞬间的记忆是一片虚空。

那虚空中仿佛是有一种叫喊。那只是我胸腔内的叫喊。那叫喊声中有一种疯狂。我在那瞬间的疯狂中将自己的身体交出去。

我双手抓紧潮湿的绳索，就让身体带动双手往下滑。我并不闭眼，也不往下看。我的双脚蹬着岩壁，也尽力让绳索贴近岩壁。我依然紧咬牙关，但我的牙关不再抖颤。

眼前是绝壁，身下是云团，云团之下是深渊。我的身体在哪里？六合之内一片虚空，惟有这绳索是实在之物，还有我的手。这虚空中似有一种神力，亦有一种悲壮。

这是我从未有过的一种悲壮。这天色，这风声，这日夕间的磨难予我以杀人的胆量，这悬崖和绳索也予我以死的勇气。我的成年礼因一场惨祸而放弃，我也不再需要那样一场成年礼，不再需要那衣冠楚楚的虚套，我不再希求别人为我加冠。

这一刻我不再有生死之忧。天地之间惟有这样一条绳索，我的性命就在自己手上。我可选择活，亦可选择死。六道轮回，一念解脱。我不再怕死，也不再怕活。

我要这样的成人礼。

她张开双臂朝我走来，那是我不曾见过的神情。一种欢心和喜悦。她带着这样的欢喜拥抱我。这是一种久违的拥抱，这种温暖只存留在幼时的忆念中。我想到母亲。母亲在家等待父亲归来，而父亲依然生死未卜。

宝匣和金杖都在她脚下。这悬崖之谷有一条小路，路边停着一辆双马篷车。

小长老从绳索上滑下来，他先是瘫倒在地，随即又冲着崖壁猛磕一个头。那怪物又是一声尖叫，他磕头碰痛了那肿包。

穿过一片丛生的茅苍，耿先生疾步走向马车。那是她预先备好的马车。

"小老儿请为前导！"此刻的小长老金衣金杖，立时便又神气活现。他利索地跳到车夫旁，车夫睁大怪眼瞪着那金杖。金杖即是符节，由小长老带路进城，就不必担心夜行犯禁，也不必担心城门遇阻。

耿先生拉我坐进车厢。车夫掉转马头，马车驶上乱石嶙峋的小道。

这荒僻小道远离韩府，远离韩府门前那条进城的马路。

马车在山间绕行，路旁是朦胧的山景。不远处就是梅岭冈，那里是韩熙载的墓地，也曾是东晋名士谢安的墓地。谢安生前是东晋名相，韩熙载死后也被追赠为相，他们身后都有"文靖"的谥号。谢安入土两百年后被掘墓，掘墓者只是为抢占那宝地。我刚从史虚白衣冠冢逃出。我在那里找到了这秘藏。但愿这就是最终的秘藏。我无法想象自己再度进入另一座墓穴中，即令那是韩公的阴宅。我也难有耐心再去解读另一篇墓志铭。（编者注：韩熙载墓中确有徐铉所撰《唐故中书侍郎光政殿学士承旨昌黎韩公墓志铭》，其铭曰：猗嗟韩公，有蔚其文，俊才绝俗，逸气凌云，高名直道，玉振兰薰；猗嗟韩公，天赋忠规，君臣之际，言行俱危，其身可辱，其节宁亏；猗嗟韩公，屈亦能伸，松寒益茂，玉焚始真……）

山崖在夜幕中远去，马车向着城区疾驶。我回望聚宝山上的韩府，我看不见那些尸体和援兵，我能看见的只是那道蜿蜒起伏的高墙。透过暗夜的雾霾和树丛，那高墙呈现出一种暗沉孤寂的轮廓。那座幽秘的园林，迷宫般的园林，那只是一片渐渐隐去的风景。

　　我听见城楼传来四更的鼓声。

NAME
OF
THE NUN

无尽藏

【卷七】

耿炼师

在徐铉奉太宗皇帝敕编撰的十二卷本《江南录》中，耿先生事迹被写入"方术传"。徐铉在《耿炼师》一节中有如此这般的描述："耿先生鹤发鸟爪，姿首妖冶，尝着碧霞帔，飘然若世外人，世人莫测其由来。然晦迹混俗，素以道术修炼为事，且能拘制鬼魅，其术不常发扬于外，遇事则应，黯然而彰。尝雪夜拥炉，索金盆贮雪，又令人握雪成锭，投诸火中，片刻徐举出之，皆成白金，而指痕犹在……"

徐铉笔下的耿先生俨然方外异人，而令人费解之处在于，徐铉对其世间真人的一面竟不着一字。南唐寖灭，徐铉以降臣之身追录前尘旧事，虽忘远取近，亦未免过于疏略。不干时忌，不涉隐曲，那部《江南录》不过是他的一番呓语。明哲世故如徐铉，其实是有意为之。今朝的史官遵奉的自是今朝的官家，身为降臣而为旧朝修史，他们聊可追记的亦只是风花雪月的余韵，他们惟恐因触忌而得罪。儒以文乱法，侠以武犯禁。徐铉写耿先生尽隐其侠风，写朱紫薇则惟彰其官德。朱紫薇虽为书法大家，但却并非博识高才之辈，与韩徐等饱学鸿儒相比，他的诗文实也无足称道，徐铉乃备述侈饰其尽忠职守事。朱紫薇清慎明著，克尽厥职，徐铉将其列入"循吏传"。如此作史方能投新主所好，惟因历朝君王无不倚重这等辅臣和循吏。所谓正心诚意，所谓修身齐家，终来不过维系在一个官运上。朱铣三世寒微，端赖合族人积垫，方有一朝登入龙门，而家族之荣枯亦维系于他一人。孤身在外为官，祖地却有合族百口人靠他照拂，朱铣断不敢少容松懈，亦不敢有半点闪失。名为济世拯民，实是为食禄养家。盖因动辄得罪，百慎一疏，即或有诛夷九族之祸。如此便有徐铉所言："博练政体，兢兢自保。才优匡国，忠至灭身。"徐铉笔下的朱紫薇足可为天下榜样，然对于朱紫薇"忠至灭身"的真实情由，徐铉却语焉不详，仅以寥寥数语带过："铣率兵剿贼于玄武，不幸为贼所虏，或传贼以化药解尸，身首遂失其下落。"

我却知晓朱紫薇身首之下落。他的尸身并未被化解。尸解即可成仙，朱紫薇实无这福分。我也知晓朱紫薇以身殉职的实情。徐铉的《江南录》为新朝君主所嘉纳，太宗皇帝亦将其视作南唐一朝的官修正史。我却深知这位史官所隐蔽的真相。《江南录》付梓时他尚在人世，我也与他略有过往，但我强使自己钳口不言。我甚至强使自己放弃质疑他的冲动：开宝六年那个中秋，是谁向朱紫薇密告了我的行迹？

那天清晨父亲被拘之后，我最先求助的就是这位德高望重的徐尚书。而在此之后，便有两位画师在我抵达之前遇害。我在舍利塔前偶遇耿先生，她以那样一种闪烁之辞告诫我勿求他人，那时她已知我去过妙因寺边的徐府。

深稳练达的徐铉，他也隐蔽了那场皇宫灾变的实情。在他那部钦定传世的史录中，那场灾变只有轻描淡写的几个字：宫禁失火。

而我分明是在那火光中看到了一种宿命。那正是朱紫薇舍生忘死而必欲掩盖的真相。朱紫薇以一己之死保全合族百十口，那是足可彪炳史册的至孝。天下杜口，以言为讳。身为主控舆情的重臣，朱紫薇秉心贞亮，查秘籍，禁谣传，亦可谓防民防川，守土尽责。国主追赠他的谥号是"文忠"。

徐铉虽在《江南录》中将朱紫薇归入"循吏传"，却又誉其为"烈士"。

世道沉沦，人心已是不可收拾。忠孝两全者稀有，忠孝复又忠烈，朱紫薇不枉徐尚书笔墨！而我决意保持缄默。我虽念其可叹，却也知其可悲。朱紫薇至死都未能见识那真相。

那真相亦非他以烈士之死所能掩没。

马车在清冷的官道上疾行，小长老在驭座上执杖开路。寂寥的夜色中不见人影，只有几条野狗在觅食，又有人家的孩子在啼哭。啼哭声从长干里那边传来。长干里曾经有座长干寺，传说那寺塔中供奉有佛顶真骨舍利子，如今那地带却只有一片粪秽遍地的民居。那粪秽之下会有一个地宫么？那地宫中会有怎样的秘藏？我情愿国主不复他求，情愿他所要的就是我眼前这宝匣。（编者注：历史上长干寺曾数度兴废，数易其名。2008年7月，南京考古人员在明大报恩寺塔原址开掘地宫时，意外发现该地宫实属于宋真宗年间的长干寺，而地宫铁函中的佛舍利乃是今人所能见到的惟一的佛顶真骨舍利子，这枚舍利子如今供奉在南京栖霞寺。）

车过长干桥，那暗处忽然传来一声哀叹："老天爷！这可叫人咋活啊！"

前方就是那重楼高耸的朱雀门。

"天使回宫，速速开门放行！"那车夫学着官腔吆喝。

我撩起窗帷仰望谯楼上的大鼓，此刻无人擂鼓。我也不想听到那催命的鼓声。

掖门缓缓开启，守卒在旁拱手迎候。小长老合掌颔首，守卒向他交还铜符。马车顺畅地穿过这门券。

城市仍在沉睡中。车过朱雀桥，我朝不远处的太学和贡院望一眼，也朝那乌衣巷望一眼。前方即是笔直的御道。御道的两侧是散从官营和民宅，也有鳞次栉比的坊市，有鸡行、米店和油坊，有酒肆、茶社和药铺，也有花行、丝行和银行。雨后的御道不见积水，砖铺的路面泛着幽光。

车厢在微微颤动。我与耿先生相对而坐，宝匣就放置在两人之间的金漆方案上。车厢如此狭小，我与她之间却似隔着遥远的距离。那个拥抱的感觉早已消失，那只是瞬间的温情。此时此刻，她的神态又复归于那惯常的冷淡。我已说出自己的好些个疑问，而她只以简短的话语作答。岂只是冷淡，这简直就是冷若冰霜了。这问答的间隔便有难堪的静默，马车正在穿过夜色，夜色也是这般的静默。这静默令我感到压迫。我不时地撩起窗帷望着街景，而她也不时地瞄一眼宝匣。宝匣虽有些沉重，匣壁却未必很厚实。这梅芯锁却是异常坚固，我不知谁会有锁匙开启它。

"看好它，或许你就是下一位护法了。"

她低声说出这句话，眼睛并不看我，我却能感觉到她眼神中的阴影，隐约闪现的阴影。我的头皮便立时有些发紧。

"可我……我都不知这是何物……"

"你能找到它，你也就配得到它。"

"我不要得到它。这是我父亲的秘藏。"

"他们也是为防万一。"

我最怕这万一的事情发生。我一时语塞，不知能否以这宝匣换回父亲，也不知该如何说话。她也不再言语。她侧身望着窗外。在这幽暗的车厢里，我看不见她的表情，只有那张苍白冰冷的脸在颤动。

如此难堪的静默，不再有视线的交会，她甚至也不再有那讥讽的冷笑。她说我配得这秘藏，言下之意即是说，她自己早已不被信任，甚或可以说，此时此刻她就是我的敌人。我深知自己仍处在她的掌控中，假使她愿意，她随时可以抢走这宝匣，也随时可以取走我这条小命。虽有这番遇合，我却依然难以辨清她的本相。这昏暗的车厢在晃动，而与我对坐的似乎只是一个人影，只是一袭长发和长袍。

她曾是韩熙载和我父亲的同道，后来她却成了朱紫薇的情人。我亲眼看见樊若水掐死了王屋山，樊若水却说郎县令和陈博士是凶手。大司徒既与王屋山有奸情，却又对其死因不予深究，而舒雅和李家明也是形迹可疑。他们之间究竟有着怎样的勾当？

我正这样想着，就见她撩动一下长发说："舒雅宣州人，李家明庐州人，樊若水池州人，张泊滁州人，小长老淮北人。"

我蓦然一震。如梦忽醒，那确是无以名状的惊悸！那一刻我现出的是怎样的一副蠢相！她这读心的神通是从何而来？

"是有那么一党。"她似是在喃喃自语。

"淮党。"我几乎是脱口而出。

"朝官中不少是淮党，这几个又为这宝物而结拜。"

"既已结拜，如何又有这番螳螂捕蝉？"

"小人结党总会如此，那女魔头不是说灭就灭么？"

"王家少妇王屋山？"

"你可知她胃口有多大？"

"学生请愿，也揭发王屋山独揽天下铜矿，就是倚仗大司徒的势要……"

"由是大司徒才要除掉她！她手里把柄多得是，你也知淮党拜盟是在哪？"

"风月楼？樊若水却跟她看似并不熟……"

"这倒不然，他们也是早就有过首尾的，那婊子只是做戏给你看。"

"可樊若水也还是灭了她……"

"那就只怪她多嘴了，其实也是难怪，不过是那么个贱坯……那钓鱼的事也只是樊若水自知。"

"可那李家妹的事又怎么说？"

"你想说是我灭了那粉头。"

"正是！你却将她移尸风月楼……是恐她招人去往藏书楼……"

"你也还不算笨。"我能听出她这语气中讥嘲的意味，但我确也有自知之明，我知自己并非蠢人，我确是说破了她的隐秘。

"你道我何以要有这番事？"

"你以为那里有秘藏。"

"才说你还不笨！其实是因你在那里头，就在那客室。"

我一时错愕无语。如此说来，她暗中杀人移尸是为我。我不曾想到她会这样做，我确是不够聪敏。这却使我愈感到困惑，我难以相信她这样做真是为了救护我，我看不透她究竟是何意图。我直感到自己很蠢笨。我要学会掩饰这蠢笨。我要主动出击。

"你却未必非得杀了她，她也未必是那样的邪货，究竟她只是受了兄长指使……"

"糊涂！他们哪是甚么兄妹！"

我陡然吃了一吓，见她这般声色俱厉，便自知犯了大糊涂。那位陈博士不也说他们本就不是亲兄妹么？那位大司徒不是也曾说，李家妹也为那鱼肚帛书作证么？

"早年也不过是一营妓，装娇撒痴是拿手好戏，弹曲讴歌却是仗着李教坊调教。"

　　"那画轴上有诗句，像是在说……说我……"

　　"一个装娇撒痴，一个自作多情。怕是另一个狎客也会想，'像是在说……说我……'"

　　我并非狎客，此刻我却无力辩解。我也不在意她的嘲讽。另一个狎客也会那样想。装娇撒痴的伎俩。罪当遭灭。

　　同是天涯沦落人，相逢何必曾相识。那个搔首弄姿的女子，那眉眼盈盈处有着怎样的一场旖旎和缱绻？那波荡的芦苇和撩人的琵琶声，那意境可曾勾起我可笑的诗情么？"彼美人兮"，"彼君子兮"，"巧笑倩兮，美目盼兮。"在这个吟风弄月的国度，诗情本是文臣们的专利。他们摇唇鼓舌以显其忠，妙笔生花以炫其才。他们以词邀宠。他们专修的术业是藻耀。"林仁肇攻城夺寨，骁勇无敌，然终不过是一介武夫！"——他们的讥嘲也曾激起我的愤恨，而父亲却只有隐忍和沉默。十二岁我初学骑马跌落，父亲便禁止我走近那球场。父亲甚至收缴了我的雕金双弦小弹弓，就在那样一个天真未凿的年龄，父亲为我指定的去处是书房。读书出仕，那是天下有志者必走的正途。我却见识了那些得志者的嘴脸。父亲是要我做一个曲学阿世的文臣么？文人们无不以辞章谋利禄，我却不愿苦练那吟诗作赋的技艺。我也自知酒量有限，实难应付那些酒社诗坛的唱酬。我注定成不了李青莲，也成不了杜少陵。即或遇到那样一个琵琶女，我脑子里冒出的也还是白香山的诗句。年齿徒增，才学了无长进。我愧对父亲一片苦心。

　　御街两旁不再有坊市和民宅，代之而来的是一些有牙兵把守的高门深院，这便是诸司衙门和江宁府的官署了。

刑部大狱就设在这官衙里，父亲就在那狱中。此时此刻，父亲是在倚墙而坐么？

这天街的尽头是虹桥，虹桥之后是皇宫。

"若能见着黄保仪，倒也让你长些见识，那可是宫中女学士。"耿先生若有所思地望着我，"那才是绝世姿容，寒梅一品，大小周后也没得比。"

"我再也不想见甚么美人……"

"这也不用说与我听，见不着反倒是好……"

"这黄保仪是何人？"

"她呀，虽是贵为保仪，却因小周后专房苛妒，多年不得进御。可怜她如此青年，却只是为国主掌图籍。虽处冷宫，却也难掩那十分才情。还有她那蔷薇水……"

"我是要见着她么？"

"就恐你把持不住……"

我恼怒地瞪她一眼。此时此刻，对于这样的玩笑，我确是无动于衷。

"她也差人为那命灯添油……"

"家父……见过她么？"

"元宗朝灭闽灭楚，她父亲本为楚将，而令尊本是闽将。父亲国灭身亡，小妮子便被掳来宫里。"

耿先生望着前方那隐约可见的皇宫，那皇宫之上笼着沉重的阴云，那阴云之上是更为沉重的夜幕。我这颗心立时又悬起来。进宫后万一遭遇不测，我还得再次逃命么？

　　我双手抓紧这行囊。《夜宴图》仍在，我不知留它还有何用。父亲脱难之后，我会郑重地送还他。那时父亲定会对我刮目相看。他会亲手为我斟满一杯酒，而我也将不带愧疚地一饮而尽。

　　耿先生望着我的手。我的手从行囊里摸到了诗签。这诗签致使我经受了如此一番历练，假如我当初抽到的是另一枚诗签，那又会导向怎样的结局？

　　她显然已看穿了我的疑惑。她从袍袖中抖出签筒。我接过签筒察看这些诗签，立时便愕然僵住。

　　这些诗签上皆是一样的诗句！无尽藏女尼的开悟偈！"梅"字右上方也都有一个点！

　　"那么……那四方神象又当何解？究竟这是怎样的应验？你在我身上写字，青龙白虎朱雀玄武，顾闳中死在东边，周文矩死在西边，我来到韩府，也因朱雀在南……"

　　"我也只是偶然路过，与你祛除那鬼风疹。"她淡然一笑，并不多言解释，似乎那只不过是一种巧合。

　　"偶然路过么？你向孙二娘问我喝药的事，此前你定是来过了。"

　　她并不回应我的话，却又旋即正色道："一饮一啄，莫非前定。岂必大事才是天数，小事便不是么？"

　　"玄武在北，城北有玄武湖，该是不必去那边了。进宫见了国主，不就万事大吉了么？"我低头望一眼方案上的宝匣。

　　"但愿如此，此刻也正是在北行，皇宫也正在北边。……不过也难说，没准也还得走一遭。"她语带玄机，声音也有些低沉。

　　"也是……四方神位自是以皇宫为中央，那皇宫就不算是北方……"

"林公子好悟性！"她朗声一笑，我的神志为之一爽。

那笑声转瞬即逝。我忽觉这是我头一遭听到她的笑声，她竟然也会有这样的笑声。

小长老也为这笑声所惊动，他回头朝车厢里张望。耿先生朝他摆摆手，小长老便有些释然。他又指一下自己的额头，那印堂处的紫包是愈发肿胀了。耿先生冲他晃晃手中的签筒，小长老这才放心地转回身。

"如此说来，进宫之后事还没完么？"

"该说的我都已说过了。"

车近虹桥，迎面窜来一伙吹铁笛的巡警。小长老晃动一下金杖，那些无赖巡警就不再阻拦。

前方就是宫前广场了。

死寂的广场。不再有人长跪请愿，不再有人顿足呼号，不再有人引火自焚。那登闻鼓只是一个虚设，国主听不到这鼓声。

夜风打着呼哨，将落叶和纸片刮进虹桥下的河道。那些纸片是白日的残片。

马车驶过广场，驶过虹桥和横街，皇宫的正门前已有一队禁军在恭迎。官前的铜驼已不见踪影。

"荆棘铜驼，也还是老故事。"耿先生低声自语。

小长老躬身施礼，禁军交还铜符。金钉掖门缓缓开启，马车穿过长长的门洞。

禁兵跟在车后，马车长驱直入。国主深居后宫，这前朝的殿堂制度壮丽，却无一不是朱门紧闭。

前朝的主殿是昇元殿。烈祖皇帝登基之日，这殿前曾有群象拜舞、百官嵩呼的盛况。那时有契丹使者以羊马入贡，有渔夫进献天降雨粟，烈祖皇帝仰天祝赞："吾朝初肇，天赐祥瑞。华夷咸若，骏奔结轨。皇哉唐哉，文德信威。仓颉四目，吾孙重辉。天雨粟兮——"

天雨粟。鬼夜哭。余生也晚，自是无缘见识那上天雨粟的奇景，当今的国主定然亦无真切的记忆。烈祖立国时的新生儿，那个目有重辉的国主，此刻他正在皇宫深处等待我。

这玉陛金阶的大殿，此刻也不再有祥云瑞气缭绕，殿脊两端的鸱尾亦早已被拆除。自元宗皇帝到当今国主，国势日削日危，仪制亦一再降损。元宗皇帝自去帝号，当今国主又自削国号。"唐皇帝"变为"唐国主"，"唐国主"又变为"江南主"。在大宋皇帝看来，"大唐"已不复存在，南方这片疆域只是他的一个臣属国。

国主已对宋帝执诸侯礼，国主上表愿受册封，宋帝不应。他要江南国主北上请降。国主心有不甘。有长江天堑阻绝，宋军实难渡江。"江南却还有一个林仁肇！"父亲威名远扬，亦为大宋皇帝所忌惮。而此时此刻，林将军却被自己的国主抛在死牢里。

去除鸱尾的大殿不再有天子居所的神威，那殿脊上却依然有祥云般的花朵，那是五颜六色的鸡冠花。这夜幕中的大殿依然有阴森狞厉的凶相。这大殿和皇宫乃国家中枢，每一道生杀予夺的谕令皆是从这里发出。那些蟒袍玉带的权臣就是在此值守。

此时此刻，这待漏院无人待漏，不见绛纱灯火，不见宝鼎香云，我却恍若听见爆竹般的静鞭声。马车在这金砖路面上前行，我能听见车轮碾压地面的声响，那仿佛是来自地下的呻吟声。

我望着殿前那些有光亮的廊庑，那是中枢衙署的所在。枢密院已降格为"光政院"，尚书省降为"司会府"，中书省降为"内史府"。那个有着"紫微省"雅号的中书省，那衙署的后院依然有一片紫薇树么？那个官声显赫的朱紫薇此刻在哪里？

耿先生也在神情漠然地望着窗外。我略微往后缩下身子，右手仍旧撩着帘帷，以便她从我这一侧望见那紫微府。

她不肯显露出自己的本相来。我固执地直盯着她的眼睛，不惧她因我这唐突而恼怒。她却有意忽略了我的唐突，只是不动声色地望出去。

"那不是紫微省么？"我终于按捺不住地抛出这疑问，"为何闭口不提那个朱紫薇？"

"这倒也不消说了，左不过是些老套的故事。这却不是饶舌的时候。"

她仍在回避我的诘问，她的神情也有些许漠然。我就不敢再造次，也不敢与她对视。她那漠然的神态使我忽又有些疑惧。是她带我逃离韩府，是她正在带我进宫，她说国主所要的是秘藏。一切皆是任由她摆布，我已然成了她的猎物，而她却仍是避谈那个朱紫薇。秘藏就在我与她之间的方案上，而马车业已进宫。而所有这些会否是一个更大的圈套？纵使我已变得更机警，恐也难以挣脱她的掌控。

"人说有情人最难绝情，既然你是过来人，也能给我说说这个么？"我再度固执地旁敲侧击。那疑团仍未解开，我依然疑惑不安。

"不待说你是破了那一关，这你是该记着我的功德。"

这话我似懂非懂，忽然间也似有所悟。我想到日间在孙楚酒楼的那一幕，那时她似是说我要破的是羞怯关。此刻我向她提起这有情绝情的话题，在她看来就是过关的明证了。

"你的功德我自然记得，只怕我心里很不屑。"

"虽说六根具足，但若不经人事，你就算不得有情。"

"父亲正在受难！我不要这般做作！"

"这就是了，可这亲情也不过是常情。我说的有情是恋情，这个有了，就才会有大担当。"

"我想问的正是这个，你的所谓有情，还有这担当。"

"爱别离，怨憎会。时来你自可领略。"

马车戛然停下，前边就是前廷后宫的界门。马车在此停住，后宫只能步行进入。马车驶过前廷，这该是异常的破例了。内侍监就在界门内侧迎候，他就是那个去林府宣旨的老宦官。宫灯照着他那张惨白的脸。他的身边停着两辆羊拉小辇车，他的身后跟着几个小黄门。

小长老招呼下车，又嘱禁兵送马车出宫，俨然一副主人的派头。我抱起宝匣随耿先生下车，小长老又为难地盯着那桃木剑。

"耿先生……这凶器……恐是有违宫禁……"

"宫禁许你男人留住么？林公子不也得进去么？一柄破木剑，权作护身符。"

"罢了罢了，单为你这解药，小老儿自有担待。"

小长老挥手让内侍监先行通报，那人便跳上一辆羊车，小黄门簇拥着羊车离去。

小羊车只容一人乘坐，小长老请耿先生上车，耿先生摆手作罢，小长老便自己坐上去。他轻摇一下羊鞭，一手拉紧铜辄，三只小山羊便奋蹄前行。

这后宫更像是一座御花园。在这黝蓝色的夜幕中，这御花园不见有气象威严的大殿，也不见有中正对称的楼宇，一些个精巧的院落散布在湖光山景间，惟有那座百尺楼凌空高耸，仿佛是这后宫孤单的守卫。曲径萦回，花树蒙密，这些奇花异木于靡丽中透着一种阴柔和幽凄。烈祖皇帝抑武崇文，元宗皇帝性宽仁有文学，当今国主善属文且工书画，这国主的后宫便无处不是诗情画意，那些诗笺曾被燕子衔出宫外，也曾沿御沟流出宫墙，那些艳词久已为人所称赏，也为那些士人所传玩。"细雨梦回鸡塞远，小楼吹彻玉笙寒。"这本是元宗帝留下的佳句，此刻小长老正指着一栋小楼冲我嚷："吹彻的便是那小楼！"

我朝那小楼瞥一眼，忽想到那位大周后本是为元宗帝伴宿的宫嫔，元宗帝曾经赐与她一把烧槽琵琶，又将她赐与儿子成婚。我又想到那位武则天也曾是唐太宗的才人，后来却又成了唐高宗的皇后。

我随耿先生走在这羊车后，双手紧抱着这宝匣。小长老俨然是这后宫的向导，而我这游客却是了无情趣。这后宫是他们的后宫。他们以墨笔写诗词，他们也以朱笔夺人命。这后宫似已不再有霓裳羽衣的乐曲，也不再有春恨秋愁的咏叹，此时此刻，这花树间只有一片冷寂。

我隐约听到一阵轰隆隆的响声，仿佛是一阵自远而近的闷雷。

"花明月暗笼轻雾，今宵好向郎边去。刬袜步香阶，手提金缕鞋。……"国主的艳词在宫外流传，这首词原本写的就是他与小周后偷欢。大周后擅音律，小周后擅歌舞。那时小周后尚不是国后。大周后寝疾，这妹子入宫探视，国主便成了她的檀郎。"画堂南畔见，一晌偎人颤。奴为出来难，教君恣意怜。"

"咦，瞧见那粉楼没？"小长老鞭子指向湖边一栋幽暗的小楼，"画堂幽会。那边便是国后的瑶光殿、柔仪殿，还有红罗亭……"

"国主是在画堂么？"耿先生猛然间厉声喝问。

"哪还有这心思！眼下是在澄心堂了。"

"那你就省些噜唣罢！"

小长老冲我伸伸舌头，就闭口不语猛挥一下羊鞭。耿先生的神色已有些焦虑。

我又听到那沉闷的雷声，那雷声仿佛是自地下传来。一道闪电照亮宝匣上的文字：非大变勿启。

耿先生遽然止步，怔怔地望着前方。前方是一片幽暗的花树。我们本要穿过这花树间的小路。

"你说该是几更天了？"耿先生像是在自语。

"这时辰……尚不到五更。"我望一眼远处一盏琉璃灯，不知她何以这样问。

"那天光就不该这般亮。"

我循她的视线望去，就见那树林后分明有一片亮光，就连那片树梢也比别处更亮些。那片树木之上本是一片乌云，此刻那乌云也泛动着微光。

小长老也拉住缰绳，呆呆地朝着那边望。

"澄心堂！"小长老忽然一声怪叫，"祸事了！"

这时间有号角声传来，那是宫中有事的警报。

"万一散失，我到哪里去找你？"我突然间冒出这样一句话。

"你有急难，我自然会来。"

澄心堂已为一片烟气所笼罩。火自后堂燃起，后堂的殿角已在燃烧。殿前却不见明火，只有滚滚黑烟从门窗涌出。号角声更为急促，又有人在角楼上敲锣。一群黄门卫士冲出抱厦，他们簇拥着一个月白色的人影。

那个月白色的人影就是国主。

那国主身披睡袍，衣发散乱，想必是刚从火中惊起。他的右脚无履无袜，左脚却穿一只缕金靴。

小黄门拎着国主的另一只金靴，国主却似浑然不觉，只是仓皇奔下那丹墀。

如此仓皇，如此落魄，不再有堂堂国主之仪，也不再有玉树临风之姿。

内侍监拉住国主。他们呆望着丹墀之下的来客：小长老执金杖，耿先生持木剑，最后那个手捧宝匣的便是我。

小长老倒身下拜，耿先生略一犹豫，也就跟随跪拜，我也双膝着地叩首。

"释迦老师免礼，耿先生平身卸剑，林公子近前献宝——"

内侍监话音未落，小长老和耿先生便立将起来。沙门不敬王者，小长老本也不必跪拜。仙家不拘俗礼，耿先生本也不必跪拜。

小长老和耿先生都已起身，我却依然长跪不起。虽不能抬头直视国主，此刻我却要高声说话。

"小人进宫献宝，只为救家父一命。"

"圣上恩准，林公子献宝，林仁肇开释。"

"小人必要当家父面献宝。"

我抬头望去，就见国主慌乱地回望一眼，那殿窗已有明火透出。

隔着这样的距离，我看不见他那传说中的重瞳。国主又奔下几级玉阶，似要逃离身后的烟火。内侍监慌忙对他耳语几句，国主已是一副欲哭无泪状。小黄门欲请国主穿靴，却是畏缩不敢近前。

"林公子诚意献宝，伏望圣上垂纳！"小长老举步向前，语气中似是带有威吓。

"速请林将军来见！"内侍监冲小黄门嚷一声，小黄门便调头跑开。

"国主如何开启这宝匣？"耿先生剑指宝匣梅蕊锁。

小长老立时有些发懵，耿先生冷笑着摇摇头。

"那班废物如何做得？耿真人必有法术。"

"也不过是这把剑。"

"这可是密阖的金匣……"

"我自有道理。"

小长老便面现喜色，他顿下嗓门便冲国主喊："耿真人带剑为开宝匣，国主放心勿疑！"

耿先生立起宝匣，便用木剑在匣盖接缝处比划。

"家父尚未见着……"我轻扯一下她的袍袖。

"终究是要打开，但且先看一眼。"

我恍然领会了她的用意。这是献与国主的宝物，此前不能预先打开，而此刻就算是当着他面了。此处与他隔有数丈距离，我是该自己先看一眼。

就在我这悟想的刹那间，木剑中刷地掣出一道青锋！耿先生身影一闪，剑起剑落只在瞬间，宝匣已是訇然开裂！

这宝剑异常轻薄，仿若一片细长锋利的竹叶。

宝匣的接合处被劈开，匣盖掀起，梅芯锁却完好如旧。

宝匣中有画卷。无裱无轴的画卷，两卷发霉的古画。

"怪哉！"小长老失神地叫一声，似是大失所望。他眉脸蹙紧，疑惑地望着耿先生，"活见鬼！这就是活着见鬼了！"

耿先生俯身看画，那边一片喧嚷。禁兵们匆匆奔来，内侍监喝令他们去扑火，又要他们护卫国主。他们被烟火所驱离，又在朝这边逼近。我正欲低头看画，耿先生却已将画放回宝匣。

"长老先去禀报，公子随后献宝。"

"你是该给我解药了。"

"我要见过林统军。"

小长老朝国主奔去，他们不再朝这边进逼。耿先生迷惑地望着我。

"这恐非国主所要……怕是不济事……"

"那……家父现在哪？"

"那定是另有所藏了……看来我也是，知其一不知其二……"

"家父是有意隐藏么？"

"他不想献与这国主，或许是要留给你……"

"耿先生止步，林公子献宝——"内侍监又在催叫。

"这时霎逃不出，只好相机行事了。你先献上这个。"

我再次抱起宝匣，耿先生合上匣盖。耿先生原地不动，那宝剑早已收回木鞘。

我紧抱宝匣拾级而上。他们就在那丹墀上等候。

百尺楼上传来火警号角声。国主的身边已有禁兵围护。小黄门将靴子递与内侍监，内侍监只是盯着国主的脸色。另有一些宿卫和女尼在扑火，他们也从殿前的金缸里取水，但显然已是无济于事。风助火势，澄心堂已是一片烟火。我这才看到国主身后的女人，那女人戴花冠，披罗衲，手持一柄金如意。想必那就是国主的小周后了。那本该是母仪天下的国后，此刻却只是一个哭啼的小女子。

小长老从我手上接过宝匣，将其齐眉高举，等待国主验看。
国主凑前近视，内侍监突然跪地叩首。
"陛下圣明！臣恐天机不可泄漏，宝匣非大变勿启！"
"澄心堂失火，这还不是大变么？"小长老鄙夷地朝大殿瞥一眼，"这宝匣已是打开了！"
国主的视线从小长老的印堂移开，又呆呆地盯着匣上的文字：非大变勿启。
这时我看见了他那传说中的重瞳，龙睛凤目的重瞳，那重瞳确有某种迷离的光芒。他在烈祖登基之年降生，烈祖为他取字为"重光"。

——吾朝初肇，天赐祥瑞。仓颉四目，吾孙重辉。天雨粟——

鬼夜哭。

在此仓皇之际，他那双细手仍是捏作佛印状。他手触匣上的文字，小长老忽然迷惑地望着那只手，似是嗅到某种异味。那只手有些黏湿，内侍监也怪怪地望着那只手。就见一个小宫娥羞怯地挤上前去，将手中丝帕塞给小周后。小周后回过神来，便利索地擦干国主那只手。

那只手缓缓揭开匣盖。

两卷帛画。有蛀眼和霉斑的帛画，仿佛是从别处揭下的画幅。

他缓缓展开第一卷。此乃一幅开基盛典的场景。天地之间紫气缭绕，大好江山有红光万丈。宫殿巍峨，国君冕旒高座，百官额手称庆。御座之前有仙人献桃，野人献禾。丹陛之下有群象拜舞，万民讴歌。这画题的文字是"太平盛世"。

"烈祖开国，普天同庆！"内侍监赞叹一声，便从国主手上取过画幅，将其重又卷起放回匣中。

国主默然不语，又欲展开第二卷。内侍监便又慌忙跪地谏阻。

"陛下万万不可！当年史虚白献图，烈祖帝一看这第二图就……"

国主不听劝阻，执意展开第二卷。这幅画题的文字是"群小当政"。朝堂深广，却是一片乌烟瘴气。御座虚悬，笏板弃地，一群狐鼠在扭腰撒胯吹喇叭。这些狐鼠抬着官轿，也都戴着官帽。轿中的大官人峨冠博带，却是面目不清，他双手抱着一个小孩儿的骨架在啃噬。

国主惶骇变色，似要中风晕厥，两个小黄门慌忙挽住他。

"这必定是元宗朝事了！行年在坎，五鬼临身。元宗朝就有那'五鬼'！这坐轿的当是宋齐丘。元宗帝宾天前，韩熙载也给他看这幅画。可是一看那第三图，元宗帝就……"内侍监又收卷起这第二幅。

"第三图！第三图今在何处？"小长老放下宝匣急问。

"恐是无人见过……"内侍监朝澄心堂回望一眼。

澄心堂金缸的水已被舀干，救火者已退避到远处。风势愈加
猛烈，大殿的木窗已在燃烧。火星随风飞扬，我能感觉到热烘烘
的火气。

浓烟滚滚涌来，小周后给呛得猛咳，她弯腰咳出嘹亮的嗓音。国
主已是六神无主，他茫然四顾，又呆呆地仰头望天。小长老便暴躁地
冲他嚷："快快释放林将军！小老儿正在活受罪！"

正在此刻，我隐约听到一个女人的笑声，那笑声似是自空中传
来。他们也都交头寻望。我侧耳谛听，忽觉那其实并非笑声，而是一
种奇怪的哀哭声。那哭声隐隐传来，有几分凄切，亦有几分瘆人。那
哭声随风飘忽，似夜鬼啾啾哀泣，又似女人嘤嘤啼哭。那哭声似乎就
在不远处。众人循声望去，却是不见人影。内侍监顿足沉喝："禁内
深严，谁人在此夜哭！"

国主忽然面如死灰，他伸手指向远处，旋又悚惧收手。众人循指
望去，就听小周后拖着哭腔嚷："麻衣人……"

那哭腔从她的歌喉发出，虽非放声高叫，却足以令所有人听见。
我也跟着朝那边望去，却不见有那麻衣人。此时此刻，我的脚下有微
微震动，他们也都觉到了这震动。我又听到那隐约传来的轰隆声。小
周后面色煞白指向一边，侍从们便叫嚷着追去。内侍监正欲为国主穿
靴，国主却踉踉跄跄地跟着众人跑起来。

我俯身抱起这宝匣，两个禁兵挟持我跟着他们走。我扭头寻找耿
先生，就见她正持剑拦住国主。

"林统军在哪里？"耿先生厉声叱问。

国主朝那内侍监瞟一眼，内侍监却只是垂了头。耿先生持剑逼向
内侍监。

"先捉鬼，后放人！耿先生正有桃木剑！"小周后像是遇见救星，立时就面有喜色，便叫嚷着奔向耿先生。"麻衣人……在……在那儿！"

"麻衣人？那会是谁？"耿先生冲那内侍监喝问。

小周后拉着耿先生就要往前跑，耿先生略一愣怔也就随了她。众人也都跟着朝那边跑。众人穿过火巷、茶房和鹰房，又经过了一处精舍，最后止步在一处院落前。

"眼见她跑来这边，怎的倏忽不见了……"小周后张皇四顾，两眼又死盯着那院落。

这院落并无粉墙花窗，周边只是以树篱作围。篱围内却是荆棘葳蕤，峭石森严，似是一个人迹罕至的处所。此处只有一栋昏暗的小楼，那门楣上刻有国主的颤笔书：无尽藏。

楼门紧闭，兽环上挂着一把白铜锁。掌钥宦官拿一串钥匙哗啦啦地开锁，几把钥匙试过，那铜锁却是难以打开。掌钥宦官惶急地望一眼国主，国主却已是跑得气喘吁吁了。内侍监望一眼那片荆棘，便又跪地为国主穿靴，那只脚似已磨得肿痛，国主龇牙咧嘴，靴子却难以利索地套上脚。国主猛一脚踢开内侍监。

国主痴痴地望着那片荆棘丛，那里有一只倒伏的铜驼。

耿先生走到楼门前，伸手抓住那把锁。众人诧异地望过去，又见她轻轻松开那只手。只在这转瞬间，那白铜锁已被她攥成了碎末！

耿先生揎开门扇，就见一道黑气滚将出来。黑气冲空，倏然间又四散开去。

耿先生仰望房梁，似有所见。内侍监慌忙摆手，几名禁兵便跟耿先生进入，而国主、国后和宦官宫娥暂且留在门外。我依然被这两个禁兵所挟持。我想耿先生跟着来捉鬼，定是在寻找带我脱身的时机。小周后说先捉鬼再放人，她是这后宫的主人。

那关上的楼门再度敞开，耿先生托着一个木匣走出来。众人立时都死盯着那木匣，国主忽又惊骇欲倒，侍从慌忙将他搀住。或许只有我才觉察到，那几个禁兵并未跟着走出来。

耿先生将木匣放在地上，小周后便高声急问："麻衣鬼在哪？"

耿先生指一指那木匣，众人便惊慌后退。耿先生挥起木剑，内侍监正欲阻挡，木剑已劈裂了那木匣。

木匣中不见鬼祟，却有一卷帛画，一卷有轴头的古画。

内侍监慌忙跪地，再次叩头谏阻："上天预示，是为秘藏。陛下春秋鼎盛，万寿无疆，此画万万不可看！"

国主已是状若痴呆，他一把抓起这轴画。神色木然，面如纸灰，他用颤抖的手指展开这画卷。

"大事恐是去了……古人有话说，荆棘铜驼，天下……"内侍监自己吞回了后半句。

这原是一轴有三幅画面的长卷，前两幅已被揭去，画心只留有两片空白。我忽然想到周文矩那幅《子牙垂钓图》，那是由三张画纸接合而成的长卷。我低头看着手中的宝匣。此时此刻，没有谁能阻挡我走上前去。

我径自走上前去，将这前两幅画铺到图轴的空白处，它们恰好填补了那空缺。三图合成一轴，这长卷便立时呈现出其全貌：前段乃"太平盛世"，中段是"群小当政"，末段是……"天下大乱"。

这"天下大乱"的末幅画的是大厦将倾的景象。烟火弥漫的背景，兵将弃甲丢戈，国人呼号奔逃；画中的前景则是国君被发跣足，仓皇乱走。画中的国君一袭白衣，面目惨然，好似一具行尸。

他们木然呆立，个个瞠目结舌望着眼前的国主。这国主与画中的国君竟是何其相似！一样的面貌，一样的白袍，一样的被发跣足。此时此刻，国主是右脚徒跣，而画中的国君也是右脚无靴！

此时。此刻。此地。此身。姜子牙、张子房、史虚白、韩熙载……

国主惊怖欲绝，此刻他已是面无人色，整个身形都在簌簌颤抖。他闭目仰天，嗒然若丧。这时又有那瘆人的哭声飘来，那哭声时近时远，若有若无，仿佛是为这夜风所驱使，仿佛是来自阴曹地府的悲咽。

他们侧耳谛听那哭声。国主颓然欲仆，又在绝望中颤声自语："天雨粟，鬼夜哭。天命不可违……"

这时间忽有一阵狂风，又有猛一阵地动。阴风飒飒，雷声隆隆。地上的人都摇摇晃晃，如在醉步中扭摆。地上的画轴被风卷起，向着夜空悠悠飘去。我感觉脚底在塌陷，我又听见那更响的轰鸣声，我看见国主正在摇晃着倒下。

我无力从那遥远的记忆中分辨出那些身影和声响，那是突然爆发的混乱。我并非是一个旁观者，我就置身在那场混乱中。就在国主摇晃着倒地时，内侍监倏然腾空，一把从风中夺回那画卷。他急急地引火点燃那画卷，就见耿先生扬手展袖，便有一股劲风直朝那火苗扑去。耿先生箭步跃出，又飘然飞身，一把就夺过那画卷。内侍监正欲反扑，就见那宝剑冷森森寒光一闪，剑锋直直地戳进了他胸口！

禁兵们一拥而上。耿先生左手持画，右手运剑，她腾挪闪跳，如有神助。那宝剑疾如旋风，快如闪电。转瞬之间，那些禁兵便倒地毙命。

　　那宝剑曲展自如，柔韧无比而又锋利异常。我从未见过如此神奇的宝剑，我甚至都没看清她是何时将其收入木鞘。

　　耿先生飘然落地，就猛地拉我一把，我便拔腿跟她疾奔。我全力跟上她的飞步，我的身体为她所挈带，似乎自己也变得身轻如风，仿佛两脚不曾点地。先是穿过一条火巷，接着又跑过那座漏刻院，又跑过一片鬼影般的花树，前方不远处就是那宫墙。耿先生忽然收步望着宫墙。那墙头上呼啦啦冒出一片禁军，他们张弓搭箭，严阵以待。

　　耿先生拉我退后几步，指向一条花石小路："尽头便是蔷薇院，黄保仪自会接你！"

　　我不知如何是好，也感觉一时逃不出这后宫。这时前方又冒出一簇禁兵，他们举着火把寻来。耿先生又推我一把说："去！申屠令坚带你出去！"

　　禁兵在朝这边射箭。耿先生袍袖一扬，就有数片柳叶镖飕飕飞去。那些禁兵立时发出一片惨叫声。

　　我撒腿沿这林中小路奔跑。禁兵的箭矢仍在追赶我。我边跑边回头望一眼，就见耿先生正在将追兵引向别处。我不敢停步，耳畔惟有呼呼风响，惟有箭矢破空穿林之声。眼看就要跑出这树林，我忽觉右臂猛然一沉，身体便跟着栽倒在地。

　　身后又是一片惨叫声。我的右臂正插着一支竹箭。剧痛彻骨，我浑身抖颤，却是不敢拔出这箭簇。我左手托着右臂往前跑，额头的汗珠在滴落。

　　小路的尽头就是蔷薇院。一处幽隐的红墙小院。我咬牙跑到园门口，就一头倒在那花架下。

我在昏厥前朝远处瞥一眼，就见那墙头的守军正齐刷刷倒下，又见耿先生飘身而起跃上墙头，那身影倏忽间就飞到了墙外边。

朦胧中有琴声飘来，琴声铮铮，如泠泠流水之音。熏风习习，罗帐微颤。这熏风中有蔷薇的幽香。琴音清澈，俄而又有一种颤动，如冷泉咽鸣，隐约中亦有一种凄怆。伴着这清幽的香氛，我欠身寻觅那琴声。

那琴声忽又悠远低沉，缠绵中似有依依惜别之情。朝雨轻尘，离愁万绪。我为这琴声所撩动，忽然就想落泪。

锦幔翠帏，绣衾香枕。我在这琴音中醒转过来，我正躺在一张象牙床上。右臂箭伤处已敷了金创药，伤口却依然热辣作痛。我望着墙上的字轴。澄心堂纸，大回鸾锦，"建业文房之宝"御印，这显然是国主的赐品——

涉江采芙蓉，兰泽多芳草。
采之欲遗谁，所思在远道。
还顾望旧乡，长路漫浩浩。
同心而离居，忧伤以终老。

这本是古代无名氏的诗句，字迹却是当今国主的御书。这是他自成风格的颤笔书，这些笔画颤抖而扭曲，似为某种外力所牵扯，又似有无限情思纠结。

那女子在水晶屏风后低首抚琴。透过床畔的纱幔，我望见她那高髻广袖的侧影。桐琴置于湖石琴台之上，那女子指尖拨动琴弦，那琴弦泛动着幽幽的亮光。

这女子救了我。她也托人为那命灯续油。她是国灭身死的楚将的女儿，而我父亲的故国也是为人所灭。我望着这青烟袅袅的香篆，这香氛中分明也有我故国的一缕花香，这是闽地建阳出产的茶油花。

我望着这个梅花形的铜盘，盘内是名为"五朵祥云"的香篆。五瓣梅花各绕一圈香印，每一瓣梅花上都有一片祥云。篆烟盘桓，如缕如雾，望着这些香箸、香铲和香帚，我从这印香上推算出眼下的时刻。天色将明，我已不再指望那命灯燃到天明。那命灯想必已消失在澄心堂的大火中。国主还会以命灯消失为由赐死么？经过那样一场灾变之后，明日的国主还会是国主么？耿先生说申屠令坚将接我出宫。我期盼他不只是为接我出宫。申屠令坚眼下是吉州刺史，他是从吉州专程赶来金陵么？当年出援寿州时，申屠令坚与父亲同破城南大寨，国主即位后，他也曾掌亲兵。我期望他是为救父亲而来。

"来日大难，口燥唇干。今日相乐，皆当喜欢。"她在屏风后轻吟一首汉乐府。

环珮之声随风飘来，那袅娜身影施施然转过画屏，仿佛是从那画中现身。她款款走来，我立时为其美艳所震摄。耿先生所说的绝色女子就是她，而我正躺卧在她的绣床上。

高髻凌风，蛾眉染黛，珠翠疏散，风姿傲然。眼波流转，妩媚中别有一种冷艳；神韵撩人，幽雅中又有几分温馨。与这位保仪相比，那位小周后虽也有花容月貌，却终归不过是寻常俗物。

望着她那高绾的云髻，我无端地听见自己的心跳。她用银钩挽起绡帐，就在这床缘侧身而坐。暗香盈袖，目光迷离，玉手纤纤如春笋，那指尖轻轻划过我的右臂。她用银片轻轻拂拭我的伤口，我强忍着钻心的灼痛，我的身体在微微发颤。她轻轻按压住我的臂膀，又在伤处涂上一层白色的药粉。我屏声静息，不敢直视她那摄人的美目，也避而不看她那桃红色的抹胸。新药敷完，而她并未起身离去，那只手也并未移开。

我的身体依然在微颤，此刻却并非是因这伤口的灼痛。我极力掩饰这窘态，视线却无着落。我望着她那薄如蝉翼的披帛，又望着她的另一只柔手。那纤指轻轻落在我的胸口。

夜风吹动她的罗裙，我能感觉到那条玉腿的触碰。我微闭双目，默默地嗅着这沁人的幽香。她的手指轻柔地拂过我的上身，我的心跳也如擂鼓般沉重。

我尚未跟她有言语。我从昏迷中醒来就躺卧在这床上。我在此处等申屠令坚带我出宫。这女子就这样静静地靠近我。隔着这柔滑的罗衾，我能感觉到她的温热。这香衾之下是我赤裸的身体。她的手在我身上游移，又轻轻揭去我上身的覆盖。

香气馥郁，我忽觉一阵摇神荡魄的窒息。她的手在轻轻下移。我喉咙发紧，额头隐隐灼烧，下体也在勃然躁动。

那清凉的一滴落在我胸口。我缓缓睁开双眼，就见她正在倾身注视着我。她的泪珠落在我胸口。那秋水般的美眸泪光闪烁，而她并不拂去那泪水。

丰神艳冶，体态妖娆，如此迫促的亲近，我已真切地感受到她的香息。鬓发鲜润，情意灼灼，那柔嫩的纤手猛然抓紧我肩头。我目眩神迷，欲情难抑，便慌乱地扯去她的抹胸。香肌半裸，绛唇微启，那迷蒙的眼波依然泪光盈盈。

"我是你姐姐，记着我。"她在我耳畔低吟，那声音带着温热的气息。

云鬟散乱，玉颊飞霞，那丰挺的双乳沉压下来，而我已是魂飞魄散……

开宝六年那个悲凉的秋夜，那女子让我初尝了性爱的欢愉。而今在这行将就木之年，我已心静如水。我不避诲淫之嫌追述这番云雨欢合，只因那是我此生不再有过的欢情。

那是我不曾在书卷中获得的感知。那些书卷写满做人的道理，但却不曾传授这样的体验。那些书卷不曾写明，一个女人的身体能够引发你的颤栗和眩晕。那些书卷不曾写明，当你扯开她那桃红色的抹胸时，你的手会是怎样的慌乱和笨拙。那些书卷也不曾写明，那激情崩裂之后你会陷入怎样的虚空。我曾无数次试图回到那一刻，而我看到的只是那冰肌玉体的幻影。那是一片虚空中的幻影，我在那虚空中听到了父亲的死讯。

肝肠寸断，五内俱焚，我在天崩地裂的震骇中哭泣。我双手掩面放声嚎哭，我能听见自己嘶哑的哭声。

她的一只手放在我颈后，另一只手轻拍着我后背。她默默地为我舔去泪水，那舌尖掠过之处，我的身上像是被涂了麻药。她以这样的麻药为我止痛，又以温暖的身体抚慰我。

倘若我预先得知这噩讯，我就绝难与她有这番缠绵。父亲落难丧命，我本万无生理，如此苟且必遭天谴。

"寂寞更长，欢娱夜短。今夕偶遇，后会难期。"她整衣理鬓，黛眉微蹙，似是强作镇静，似有不胜怅惘之情。

她的粉颊已为泪花所污湿，我为她忧伤的神情所触动。我不忍大声斥责她。我的嘴上依然有咸涩的泪水。

她说父亲已饮鸩而死。那盏命灯早已熄灭。有人为父亲送去了毒酒。她本已派贴身使女为那命灯添续了上好的灯油，那些灯油足以燃到天明燃到正午。万没料到有内侍监的心腹小黄门在监视，宫女离去后他就倒空了灯油。我想到那内侍监已被耿先生刺死，但这远不足以为父亲抵命。

灯灭人亡，他们竟是如此之迅速！灭灯的是那内侍监，那派送毒酒的又是谁？

她说前年随国主去妙因寺进香时，机缘巧合，国主恩准她与我父亲有过片刻面晤。她的父亲本是楚国名将，当年楚为唐所灭，身为唐将，我父亲却与黄将军惺惺相惜。黄将军阵亡前将爱女托与我父亲，父亲遂收她为义女。岂料那伐楚主帅边嵩将她献入皇宫，这义父义女便隔绝十几年不得谋面。

她说父亲在那舍利塔前有所托付，父亲并未说那秘藏为何物，也并未明说其所在，只说自己若遭不测，她就是那秘藏惟一的传人。我说父亲何以不传与我，她说父亲恐我年少无知，而况那也并非家传秘藏。

父亲从未对我言及他有这样一个义女，母亲也从未对我说过。或许父亲也从未对母亲言及此事，或许这只是父亲无数次征战中的一桩小事。胜败双方两位将军之间的一桩托付，似是一件微不足道的小事。而这看似微不足道的小事却有着深奥的机缘，睽违十几年后，这义父义女之间便有了另一番托付。

她说父亲只留给她一把团扇。

她转身走回香室，从琴台上取过那团扇。

命运再次出现在我面前。

这团扇已有些破旧，绢面上题写着诗句。依然是那首比丘尼的开悟偈。

我默默地指着这个多出一点的"梅"字，而她显然早已破解了这秘密。

"二十四番花信风，梅信第一。或许……或许另有一棵梅树。"

"你要我再找一棵梅树么？你要我再去向国主献宝么？我要找的是父亲的尸身！我要找到那杀害他的人！我要拧断他的头，再拿到父亲灵前去祭献！"

这丧父之痛使我变成了另外一个人。我从未有过这样的狂怒，虽然我是冲着她，其实更是冲着我自己。我自己也为这狂怒而震惊，这该是来自父亲遗传的血性。这是我从未有过的血性。

她的惊愕变作了赞许，那赞许中亦有痛楚和哀伤。狂怒使我再次流泪，她再度温柔地拥抱我，像是姐姐拥抱成年的弟弟，像是女人拥抱她的男人。

"父仇必报，可目下有父亲遗命。他也嘱我待机将这秘藏付托于你……我困在宫里等死，而你能活着出去。"

"那秘画显然并非国主所要……"

"父亲定是另有所藏，而他宁死拒献，最后却留与你我。这血仇迟早要报，这也是我要报的家仇，可目下最紧要的却是这嘱托。"

　　我默默地望着这香篆。香印成灰，这香灰也是梅花的形状。我没能救得父亲，这香篆显示的时刻不再有意义。我只等申屠令坚接我出宫，而我并非是为自己逃生。我要出去完成父亲的遗命。

　　她说也许某处还另有一棵梅树。她为国主掌墨宝，她本人也是擅书的才女。父亲留给她的只是这团扇，而她也只看出这"梅"字的特异之处。除却这个"梅"字，这扇诗确乎不再有别的暗示。

　　父亲只是粗通文墨的武将，想必不会设置过于难解的字谜。他在那样的场合将秘藏托付给义女，既是郑重托付却又不说所藏为何物，那就不会留下过多的迷障。

　　我靠着偶然的指引找到了韩府那棵梅树，而她要找的却是另一棵。这金陵帝都有无数棵梅树，韩公墓所在的梅岭冈也有满山的梅树，我如何找到父亲指定的那一棵？

　　耿先生在我身上写下四方之神的文字，她说只是为消除我的鬼风疹，我却阴差阳错地找到了那秘画。若说那只是偶然的发现，那么，另一种偶然又会导致怎样的发现？

　　父亲最先付托的人是她。后世明智的有心人啊，你们当会看出这个"她"指的是黄保仪。她是李后主的"保仪"，可她又是我的什么人？在那样一个悲凉的秋夜，她与我有了那样的肌肤之亲，而她也是我父亲的义女。请恕我这支拙笔无以写出得体的称谓，依我有限的学识，我也无法从先贤的典籍中找到一个合适的称呼。我确实难以在此后的忆述中将她称作"黄保仪"，倘若使用那样的称谓，我就感觉写的不是她。姑且暂用这个"他"字吧，且为避免这种拙笔，我将尽快结束对她的追述，而她将是我铭心刻骨的记忆。（编者注：原著这段文字中用的是"他"字，而"她"是现代文学家刘半农先生所创的新字。一九二〇年九月，刘半农在《教我如何不想她》的情诗中首次使用了这个"她"字。现代白话文运动遭人诟病，但这个"她"字却是为人称赞的创造，有人甚至认为这是白话文运动惟一值得称道的成果。）假如我不是如此这般偶遇她，我就全然不知父亲对我还另有一重托付，父亲要我找到更重要的秘藏。

她要寻找的也是一棵梅树，但显然不会是韩府的那一棵。或许她要找的梅树就在这后宫，但若在这后宫，那就更像是给她的托付。我来到这里，只是一种偶然。

"归来笑拈梅花嗅，春在枝头已十分。"她若有所思地把玩着诗扇，"这'归来'二字怕是大有理解，莫非是说……是说回到原先的那梅树？"

"曹溪？若说原先的梅树，那就是在曹溪……"

"念佛参禅数如尘，认得曹溪有几人！"

"可是南汉已亡，岭南已是宋国的地盘，听说宋主赐名'南华禅寺'了……"

"有时我也思想，那秘藏会否就是无尽藏的真身？人说那女尼真身还在曹溪，然则又一想，就算还在，也只是个肉身……"

我望着她手中的诗扇，这是父亲留给她的诗扇。栖霞山上，舍利塔前，义父义女匆匆相见。他们等待了十几年，而片刻之后或许就是永别。我想象着他们相见的场景，那经幡，那风铎，那塔室倚柱上的偈语。我也曾经站在那里，那个女道人将我唤住，那时我正站在舍利塔前的一株梅树下。女道人在那里送我一枚诗签，父亲在那里送义女一把诗扇，而诗签和诗扇上皆为同样的诗句。我从那里开始了这番找寻，而她也是在那里领受了这重托。我想象着父亲向她赠扇时的情景，我看见兀立在她身后的那棵树。

"你与父亲会面时，你身后就有一棵树。"

她惊愕地望着我，我却故作镇静地拿过那诗扇。我右臂的伤口依然在隐隐作痛。她满含期待地望着我。

"你确是想到了，我想也是的，这'归来'二字实有所指。"

"那是一棵梅树么？"

如梦幻泡影。如露亦如电。在这衰迈枯槁之年，我的忆念笼罩在一片梦幻中，亦因那真切的经历恍若一个梦境。蔷薇院就是那梦境。我在昏迷中醒来，就发觉自己躺卧在那绣床上。我与那女子交欢，浑然忘却外边的世界。直到那侍女庆奴回来，我才从那梦中惊醒。

庆奴说禁军在宫墙外发现了我的尸身。那里发生了一场鏖战，耿先生带林公子出逃时，有几十号禁兵被杀，林公子却也没能逃脱。那些禁兵的尸体有的顺着护龙河漂走，更多的就堆在那宫墙下。他们发现了一具面部摔烂的尸体，小长老确认那就是林公子，他能认出那衣袍，因他曾与林公子换穿过。庆奴说罢便冲我挤挤眼，我立时就明白了她们的用心。

"难为你送去那脏袍子。林公子已死，我可以从此隐身了。"

"只是难为耿先生了，只为让你隐身，她却成了逃犯。"

"不知耿先生往何处去了？"

"奴儿听说……听说追兵去了城北……"

我眼前闪过耿先生那飞跃宫墙的身影。她本是早就能够轻易脱身的。庆奴送去我的衣袍，那显然是在我昏迷之后，也许是在她们为我拔箭疗伤之后，如此看来，耿先生定是又重返那宫墙外。她来去自如，自然也不会轻易暴露自己的行踪。追兵北去，或许是她的有意误导。倘是如此，难道这只是为掩护我逃命么？

　　耿先生也曾说，对于史虚白、韩熙载和林将军之间的秘传，她也是只知其一不知其二，而今三位护法都已离世，那墓中谶图也非最终的秘藏。耿先生引我找到了那秘图，而今她又以这易装之计使我隐身，她依然对我有所期待。

　　此时此刻，她确是在为我作掩护。

　　"此一去天各一方，未知相会却在何日……"那女子哀伤地站在一旁，噙泪望着庆奴为我换上禁军的箭衣。

　　三名禁兵已来蔷薇院接我。他们就站在那蔷薇架下，那花架缀满深红色的花朵，那些花叶沾着晶亮的露水。在这离别之时，我这颗心却因伤痛而麻木。

　　我匆匆走过花径，走出院门，竟也不曾回望一眼。

　　国主的后宫仍是一片混乱，有人在百尺楼上敲锣，有人在花树间乱窜。澄心堂仍在燃烧，禁兵们便破例进入后宫巡值。灾变并未终结，我难以料想接下来会有怎样的变故，而我要尽快赶往栖霞山。

　　申屠令坚曾任禁军都虞候，三名禁兵接我出宫，这自是他的安排。我与他们走成一列，抄捷径快步走出这后宫。

　　他们在后宫前廷的界门处并不停步，那守门禁兵恭敬地放行。我随他们疾步穿过前廷几重殿廊，又走过太医院和御马监，前方便是皇官的东门。

门楼上响起五更的鼓声。伴着这沉闷的鼓声，远处传来报晓的鸡鸣。

宫门外停着一辆双马大车。车厢高大沉实，外壁包裹着防箭的铜皮。他们一径将我送到马车旁。

厢门打开，里边就是那虬髯阔口的黑面大汉。

我右臂受伤无法向他行叔侄礼，而他伸出大手一把将我拉进了车厢。这浓眉巨眼的申屠令坚，此刻他面色铁青，眉额紧蹙，满脸憔悴忧煎之气，双眼发红似要冒火。他一把按我坐下，我看见前边的长案上有几只盐水鸭。我强忍着不要哭出来，申屠令坚性如烈火，而此刻他只是恨恨地磨牙裂眦，那大手又猛地抹了一把泪水。

"吃！"他强忍悲恸塞给我一块鸭腿。

"侄儿要先去妙因寺，还得劳苦世叔。"

"随你去！耿大侠说你长成人了。"申屠令坚探身冲着驭卒喊，"栖霞山！一径东去！快快！"

申屠令坚声如响雷，这个豪爽朴直的黑大汉，他曾在林府的球场上放怀大笑，我想今生是再难听到那样的笑声了。

"吃饱再说……"他的声音忽然有些哽噎，他又从案下拽出一壶烧酒。他已是满身酒气，案上的两个酒壶早已倒空。

我咬一口鸭肉，竭力使自己平静些。他仰头猛灌一气，又把那酒壶递给我。

"去过妙因寺，我就回家看阿母，不知她眼下……"

"有你婶母在陪着……夜来她不茶不饭，水米不沾……"

"我要回家去……"

犹如万箭钻心，我强使自己不哭出声来。我垂首无语，泪水模糊
了我的眼。当我从家中的复壁惊慌逃离时，母亲也是强忍着泪水。母
亲就站在那栀子花树边，她只是缓缓地伸出一只手，那手势像是要拭
泪，也像是在向我挥别。（那时我竟未想到是诀别，不然纵使为救父
亲而逃亡，我也绝然不会那样匆匆离去。那时的我竟是如此的愚钝！
我至死都难以饶恕自己这罪过。）

"我不能放你去送死！"申屠令坚在大口吃肉，转瞬间他就吞下
了一只盐水鸭。我抱起酒壶喝一大口烧春，这才感到略有些神智。

在这颠簸疾行的马车上，申屠令坚对我说起这场灾变的原委。给
父亲派送毒酒者不是别人，而是大将军皇甫继勋。皇甫继勋与内侍监
相串通，他们惟恐夜长梦多，而国主又是优柔无断之人。申屠令坚带
人劫狱，岂料还是迟了一刻。

父亲遇害当在二更三更之间。那时刻我走下韩府的柳堤，灯笼的
烛火忽然腾起尺余高。那时我恍若看见父亲接过一樽毒酒，又看见他
双手摘下头盔，摘下自己的头颅……

烛火为一阵阴风所吹灭。那便是父亲的离魂之征了。

我望着车座上的头盔，这是为我预备的行头。林公子从此已成死
人。此刻我身着禁军箭衣。他们再难辨认出我是谁。

那本该是万无一失的营救！申屠令坚说起他与耿先生的几番筹
划，那些筹划不可谓不缜密，我忽然想到她在山上和酒楼两度现身，
她在史虚白墓室再度现身，我曾疑心她的诡秘无踪，而她其实是在
为营救父亲而奔走。申屠令坚劫狱失败，他却不知彼时耿先生正在韩
府，而待他得知耿先生带我进宫，便先是派人在澄心堂放火策应，尔

后又按约接我出逃。

耿先生竟也有如此的失策！她本以为内有宫人为命灯添油，外有申屠令坚带人劫狱，而劫狱者既有申屠令坚原先的部属，亦有她本人结纳的江湖好汉，这番营救应是有绝对的胜算，是以她虽明知那宝匣所在之处，只因劫狱时刻尚早，便仍要给我那番历练。

而我依然疑惑不解，耿先生究竟为何要带我进宫？难道是为让我送死么？

申屠令坚说，凭耿先生的神力，那些禁兵决然不是对手。耿先生带我进宫是为面见国主，即使劫狱有万一的意外，她仍可说动国主手下留人。耿先生自恃与元宗帝有交情，她实指望国主能顾及先皇的情面。（编者注：据吴淑《江淮异人录》记载，元宗皇帝曾召耿先生入宫，特处之别院，且尊其为"先生"。"先生幸于元宗有娠，谓上曰此夕当产神孙圣子。夜半烈风震霆，室中人皆骇惧，是夜不复产。明旦，先生腹已消如常人。上惊问之，先生曰：昨夜雷电中生子，已为神物持去，不复得矣。"在编者看来，耿先生与李煜父皇的交情确非寻常。林公子叙述至此却有意省略，虽无伤大雅，但也难免有为尊者讳之嫌。抑或是，吴淑所记只是道听途说。）

我说最早告发父亲的人是朱铣，申屠令坚便猛一拳砸下："杀！"

申屠令坚忽然脑袋一沉，立时就有鼾声大作。从吉州到金陵足有两千里，这位北方大汉竟是三天三夜驰至，驿马累倒数匹，终来却是一场徒劳。父亲本是神武军统军，申屠令坚也曾是神武军都虞候，前方战事吃紧，国主却欲节制武将，先是调林统军兼南都留守出镇洪州，后又委任申屠令坚为吉州刺史。（编者注：吉州即今江西吉安。）父亲遽然接旨回朝，申屠令坚恐有不虞，便晨夕兼驰两千里来救。有这样的生死之交送别，父亲当感欣慰。

天色破晓，栖霞山依稀在望。苍峰翠屏，逶迤连绵，云天相接，景色空濛，望去好似一轴山水。那伞状的山巅雾霭缭绕。那伞峰之下究竟遮蔽着什么？

梅树就在那里。我的命运就在那里。我望见它在雾中的身影，那是显现在晨雾中的虬枝和疏影。这并非梅树的花时，那苍劲的枝干虽有冰姿玉骨，远望却像是一棵枯树。枝柯横逸，风姿夭矫，那风姿中亦有一种清冷。山风袭过，那树影愈显荒寒和孤绝。

似曾相识的景物。我曾见过这株梅树。就在那幅《栖霞无尽图》的立轴中，就在那幅画面的近景，就在那座石塔前。这是我所忽略的画笔，我曾看见过画中的这棵树，但我并未看清这是一棵梅树。

此时此刻，展现在我眼前的景色正是那幅《栖霞无尽图》。梅树，石塔，寺院，山峦，云气，还有那溪水。

栖霞无尽图。这是画轴中的栖霞山，也是我眼前的栖霞山。或许这并非董北苑有意为之，画师只不过是画下他眼见的山水，也画下他心中的山水；或许这只是父亲的选择，他选择了一幅最合适的画留给我暗示；或许这只是我愚蠢的推测，但我确也难有别一种破解。那画题中的"无尽"二字分明也有含义。三百年前的那位比丘尼，她的法号是"无尽藏"，她的禅诗出现在耿道人的诗签上，出现在韩熙载的诗轴上，也出现在父亲留下的诗扇上……

我沿着清澈的溪流走近这风景，三百年前的那位女尼，她在寻春回来时拈花微笑，那时她就站在清澈的溪流边，那溪流会是眼前的这道溪流么？那梅树会是眼前的这株梅树么？

寺院老住持对我说，这是一株晋代的古梅，那位南齐隐士舍宅为寺时，这梅树就已在此地了。老住持说，那位隐士号为"栖霞"，此亦即栖霞寺名的由来。

这确是一株古梅，非有数百年时光，树干便难有这般的苍古。

既是一株古梅，树下就未必有秘藏。韩府那株梅树下也无秘藏，那梅树将我引向近旁的墓丘，我在那墓室里发现了金塔，那秘图就在金塔的地宫里。那座金塔与眼前这座舍利塔形制如一。如此看来，这梅树或是要将我引向这白塔，引向这石塔下的地宫。

我无法进入这石塔的地宫。这是父亲十几年前主持改建的石塔，当年改建时也并未打开地宫，这地宫里该是藏有隋文帝从神尼手中得到的舍利子。佛骨固然是旷世宝物，但栖霞山佛骨并非世间惟一的珍存。隋文帝将舍利子分送与八十三州寺院供奉，而普天之下也有更多高僧大德的舍利子。父亲拒献的恐非是这佛骨。父亲原本也是奉旨改建此塔，这寺院本就是皇家的林山。

地宫之上的这座舍利塔是实心塔，若想进入地宫，恐是要推倒这石塔。这七级八面的石塔凌空高耸，这也是天下最高的舍利塔。我难以想象父亲会指望我推倒这石塔。这石塔亦非人力所能推倒。

巨石雕凿的构件，它们严丝合缝地接合成坚固的塔身。仿木造型的密檐，刻琢精细的雕像，须弥座式的塔基，这石塔的表层也难有藏物之处。

我沿着这八角形的塔基缓缓绕行，八面基坛是八面浮雕，这是一些有忍冬花镶饰的精美浮雕，这些石雕刻画的是释迦牟尼八相图：投胎、诞生、出游、苦修、降魔、成道、说法、涅槃。

申屠令坚并不近前，此番上山他只为保护我，却也并不探问我要找的是何物。此刻他正坐在那梅树下犯困，他的身边放着一柄八棱紫金锤。

我绕塔三匝，默然伫立。我仰望塔身这尊披坚执锐的武士像，这武士扬眉怒目，胡须飞扬，一手攥拳向上，一手前伸紧握，这身形酷似一个执凿挥锤的石匠。我恍若看见父亲的身影。

父亲离家前那最后的姿势。

这是我似曾相识的姿势。

石匠的姿势。

我又细察这幅释迦牟尼涅槃图。这位默立于卧佛身旁的菩萨，正是我能认出的弥勒菩萨。释迦牟尼是现世佛，弥勒菩萨是来世佛。弥勒的神态令我想到父亲拿走的那尊金佛，一样的敛目低眉，一样的妙相端严。我望着这色泽黝亮的弥勒像，就见他的衣纹中隐现出几个小字：立地成佛。

这阴刻的小字并不醒目，却是显得很怪异。我再回看前边七面浮雕，却都并无类似的题刻。而更奇异之处还在于，这是父亲的笔迹！

这显然是新刻的文字，笔道粗重的凿刻，虽是未经精细打磨，我却依然能确认这笔迹。父亲是行伍出身，平素从不轻易以字示人。他的书法虽不能与那些文雅之士相比，却也刚毅凝重，自有一种劲峭沉雄的风骨。那么，这几个字是父亲自写自刻么？父亲投军前也曾做过石匠……

——立地成佛！

我的眼前骤然闪过一道电光，电光中忽现一个巨大的身影。父亲一手握锤，一手执凿，似是在对我微微额首。这是刹那间的显形。我仰面谛视，但却看不见他的神情。这身影在天空中瞬息一闪，便又倏忽远去。

我被这电光所击中。我惊悚伏地，一边望着父亲的背影，一边连连叩首。我听见一声绝望的哀嚎。这是我自己的声音。

申屠令坚疾步奔来，一双大手猛力搀起我。

我已泪流满面。

父亲被绑走的那一刻，他一手执佛，一手握拳，那拳头猛力地砸下。那时我只是懵懂地点头。——父亲想说的其实是石匠！

立地成佛的石匠。

父亲就是石匠。

舍利塔的后山就是千佛岭，那里有古代无名石匠留下的杰作。我快步走过一片荒草和碎石，申屠令坚拎着大锤跟在我身后。申屠令坚说自己是粗人，这千佛岭他从未来过。我是该对他略作解说，却又不知从何讲起。这些缘山而凿的佛龛层层叠叠，佛像形态各异，小仅尺许，大至数丈，或一二尊一龛，或三五尊一窟，或十多尊一室。山石静默，雀鸟惊飞，风振松涛，如泣如诉。我带申屠令坚在岩壁间穿行，我要找到那最后一座佛龛。

　　"没谁数得清是不是有千佛，或许更多，或许更少。我要说的是那最后一尊佛。那时雕凿期限将至，石匠们数来数去只有九百九十尊，最后一尊屡雕不成，众人便临杀戮之祸，就有一位石匠急中生智，他一跃跳进那洞龛，就这样化身为像，立地成佛。"

　　"立地成佛……那成佛的石匠在哪？"申屠令坚显得有些童稚气。

　　我退后一步站立不动，申屠令坚忽然两眼发直。面前就是这佛龛，千佛岭的最后一个佛龛。这佛龛其实离舍利塔很近，本有捷径可走，我却因记性有误而绕远。

　　这佛洞酷似一个窄狭的竖棺，洞口上有片石横裂欲断，石匠的雕像就在洞中，像是竖棺中站立的人身。

　　这石匠造型魁梧，身材与父亲的体形相仿佛，仿佛就是他的一尊等身像。他左手执凿，右手握锤，一足前踏，一足后蹬，分张的双腿似也在用力。此时此刻，佛龛上方笼着一片阴影，我难以看见他的神情。

　　我仔细检视这佛龛，石匠的身体是一块完整的石雕，洞龛中似乎并无异象，惟是佛龛内壁上有些缭乱的题刻。

　　如如不报。

　　笔力峭劲，凿刻深重，粗朴中别有一种气势。这是父亲的手迹。

　　即使混杂在这些缭乱的题刻中，我也能立时辨认出来。申屠令坚也认出了这手迹。

石匠手里的凿尖也直冲着这字迹。

这四字刻在内壁的一块方石上。这是一些垒砌规整的方石，这些石块接合严密，间不容发。这块刻有父亲手迹的方石，当是佛龛中惟一的异常之处。

即便是申屠令坚这般力拔千钧的大力士，也休想拆动这块压在下方的岩石。

我望着申屠令坚的八棱紫金锤。

申屠令坚忽然长吸一口气，就大吼一声抡起大锤。伴着一股旋风，紫金锤重重地砸在方石上。方石轰然一声破裂，紫金锤却也砸进了洞壁。申屠令坚用力过猛，身体也被拉向洞壁。他怒骂一声，就见大锤是被这方石所咬住。

这方石是一块空心石！

这是嵌在洞壁的石匣。

这石匣中藏有一个青金宝匣，重锤之下，这金匣也被击裂。这翠蓝色的宝匣龙纹盘绕，裂缝中有幽幽的光芒透出。这匣盖上有几个组成印章的古字，一种颇难辨认的鸟虫篆。

这些篆字在一片翠蓝和龙纹中闪动。如鸾翔凤舞，如鱼跃蛇游。我试着辨认出头一个字，而几乎是与此同时，我也认出了所有的文字。我顿感头昏目迷，地转天旋。

受命于天，既寿永昌。

秦丞相李斯的鸟虫篆！徐尚书的书斋里曾有这字轴，那小篆却并非这样的鸟虫篆。大司徒张洎曾让我说出这八个字，他也以卞和献璧

秦鸟虫篆印：受命于天，既寿永昌。

的典故试探我。我望着宝匣中的五色锦袱，这锦袱里就该是秦始皇的传国玺了。若是一方玉玺，这宝玉定会是价值连城的和氏璧。

自秦始皇至汉高祖，从隋文帝到唐高祖，这传国玉玺乃是历代帝王受命于天的信物，亦是他们独制天下的法宝。那些帝王的手曾经触摸过这玉玺，这玉玺在他们手上流传了上千年，最后一个触摸过它的人是李从珂。后唐末帝李从珂携印自焚，这传国玉玺便泯然绝迹。

我竭力从这晕眩中恢复镇静，我双手颤抖地从金匣中取出这锦袱，又小心地解开这三重包裹，就见一方大可盈握的玉块，这玉块的一面刻有文字。这确是一方玉印，一方玉玺。这玺文正是李斯的法书！——秦相李斯的鸟虫书！

这玉石精光内蕴，而又烁烁生辉，这宝物似非人间所有。我蓦然想到韩府藏书楼天幕上的流星，想到那颗岁星的坠落之地，也依稀记起《录异记》中的那段文字——

岁星之精，坠入荆山，化而为玉。卞和得之献楚王，后入赵献秦。始皇一统，琢为受命之玺，李斯篆其文，历世传之为传国宝。

正而视之色白，侧而视之色碧。——我至今都不知该如何描述玉石的质地和色相（石之美者为玉。君子比德于玉。古人云真玉有五德：润泽以温，是为仁；鳃理自外，可以知中，是为义；其声舒扬，专以远闻，是为智；不挠而折，是为勇；锐廉而不忮，是为洁），这是凝聚天地魂魄的造化，而那时我面对的或许就是荆山之玉，就是那传说中的玉中至宝和氏璧。我能确认这玺文，这确是秦丞相李斯的鸟虫书：受命于天，既寿永昌。

这鸟虫书专用于玺章和旗帜。这方玉玺钮交五螭，印面镌刻的就是这鸟虫篆。秦以前，民人皆以金玉为印，以龙虎为印钮，随其所好而用；秦以来，天子独以印称玺，又独以玉制玺，臣民莫敢再用。李斯为秦皇制玺，所用玉石即是和氏璧。

天雨粟。鬼夜哭。龙潜藏。我默默地望着这方璀璨的玉石，望着这宝玺上的螭钮和篆文。这就是传说中的传国玺。这天下至宝就在我手上。这正是父亲舍命以保的秘藏。

我无意对申屠令坚有所隐瞒，他却兀自背对我站在洞龛外。

申屠令坚不识这印文，他却能听懂我的话。我勿须从那始皇帝说起，我只想说出父亲是为何而死。我说父亲从军前是石匠。

申屠令坚突然一声长嚎，就见他猛然拜倒，冲着那石匠哭喊："哥哥啊！这皇帝老子咱也做得！"

那些冠冕堂皇的禅代，那些掀天揭地的大业，那些血雨腥风的江山，史不绝书的征战和篡窃，新主们必欲夺得这通天法器。天赐国宝，此乃皇权正统的符命，亦是统驭万民的神物，他们必欲据为己有，必欲传承万世。九五之尊，真龙天子，他们无不宣称拥有这天命。这天命只是他们的秘藏。

欲得未得之物。这便是国主所要的秘藏。这秘藏关乎社稷安危，关乎国主的性命。那位大司徒曾说，国主寻求这宝物，是欲用来讨价还价。向北方的宋主讨价还价。

天下至公，非一姓独有。

这秘藏就在我手上。我看出这玉玺上有火烧的痕迹。我看见清泰三年（编者注：公元936年）洛阳玄武楼的那场大火。后唐末帝李从珂携印自焚，传国玉玺自此不见踪影。后唐国都是在北方的洛阳，史虚白韩熙载亦是在洛阳进士及第。三年前的那场夜宴前，韩熙载也曾跟我说起那场火。他说彼时他与史虚白同在洛阳游学。一年之后烈祖李昪登基，史韩二人渡淮来奔。

我在这玉玺上看到那片火光，那片火光使我看到了宝玺南来的秘踪：李从珂，史虚白，韩熙载。

这即是樊若水自北方带来的机密，他把这机密带给国主，而大司徒和小长老也是为此来韩府。

他们何以盯上了我父亲？多年之后我才获知，宋太祖欲借唐国主之手除掉"林虎子"，唐国主果然就中其反间之计。那个双面间细便是樊若水。自古道：来说是非者，即是是非人。那时我尚不知樊若水是敌国的间细，更不知他本是唐主派往敌国的间细。那时我想到的只是朱紫薇。

朱紫薇向国主告发，他猜想到的秘藏是那谶图，国主想要的却是这玉玺。史韩二位已过世，朱紫薇的告发遂使国主盯上了林将军。

耿先生不知这玉玺，朱紫薇自然也不知情。他要追寻的只是那秘谶图，他必欲竭力阻止其流传。那是他效忠国主的职守。

为救父亲一命，我将那秘图献与国主，那或许违逆了父亲的本意。父亲望我找到这玉玺。我不得不再度违逆他的意愿。我要将这玉玺献与国主。这次我是为了救母亲。国主徒劳无获，势必会再行加害。那班奸佞小人不会罢休。

这旷世之宝我可放弃。我只求母亲能逃此一劫。

北国屡屡逼降，国主的胞弟被质押，国主或可以这传国玉玺作筹码。拥有这玉玺，或许他就能获得偏隅江南的苟安。

父亲在天之灵会宽恕我。

马车驶出寺院时，我又扭头望着僧寮前的井台，这一度沉入井底的宝玺如今就在我手里。无尚之宝。天命所归。

那凶信再度将我击倒。申屠令坚先是对我隐瞒，惟恐我过早被击垮。父亲的死讯使母亲昏倒在地，但却并无水米不沾的弥留。母亲再也未能醒来。（那时申屠令坚并未对我说，那些恶徒向林府放进了一万只毒蝎子。那本是大司马大将军皇甫继勋夺人产业的惯技。）

马车在山道上行驶，道旁掠过烟霭缭绕的景色。我泪眼模糊地望着窗外，我已难以分辨那些天地和山林，我的眼前只有一片死沉的阴影。

　　我心如刀割，我想即刻回家，我要为母亲守灵。申屠令坚说我不能回去，他说林府已被皇甫继勋查抄。

　　我恍若看到皇甫衙内的身影，此刻他就在林府的球场上跑马，那马蹄溅起一片沙尘和血水，他是以人头作马球。我闭眼挣脱这幻觉。

　　皇甫继勋绝非善类。他以父荫得高位，身为神卫统军、侍卫诸军都虞候，一人总统水陆军马，他却怠忽军情，镇日忙于置地营宅，击鞠不辍。老将亡殁殆尽，国主竟拜这皇甫衙内为大将军。北师来伐，大将军只图保惜自家赀富，惟恐国主不速降。这皇甫衙内疆场无寸功，球场上却是有常胜将军的声名。此番查抄林府，实为谋夺那球场。

　　申屠令坚说母亲的后事他去料理，父亲的冤仇由他去报。他要杀大司马皇甫继勋，也要杀紫微郎朱铣。我必欲眼见他们被杀死，申屠令坚却说我眼前的去路是逃亡。

　　这一日本是我的成人礼。这一日我成了孤儿。

　　爱别离苦，天人永隔，而我不曾向母亲道别。

　　母亲在栀子花树边向我挥别，那是我记忆中最后的身影。那是母亲的最后一个秋日，冬日的雪天也还会如期而至，母亲却是看不见雪中的梅花了。

　　申屠令坚要我远走他方，他要我携带这宝玺逃亡。我已无亲可寻，无家可归。普天之下，莫非王土，何处又会是我的逃生之地？

　　林公子已死。逃亡者其实是另一人。无人知晓他身上有宝物。

　　申屠令坚说耿大侠已为我觅得去处，而他自会送我至平安地，尔后返城料理父母的后事。

他说耿大侠仍在掩护我。

"耿……耿大侠眼下在哪里？"

"真武湖那地带，禁军已杀了过去。"

真武湖即玄武湖。青龙，白虎，朱雀，玄武。城北定是要有一场恶战了。那边送死的会是谁？

在我随耿先生进宫时，我曾说到这四方之象。我说该是不必去城北了，她说没准也还得走一遭。她说在我身上写字只为除那鬼风疹，似乎这都不过是偶然与暗合，而此时此刻，在这驶往城北的马车里，我再次觉悟到一种冥冥之中的巧设。

玄武在北。城北有玄武湖。此刻她就在那边。

申屠令坚又打起响鼾。三天三夜目不交睫，此刻他已困乏之极。我望着这个威猛的莽汉，就见他的黑脸在抽搐。突然间他狂呼乱喊，一拳砸在我身上。他的双臂在剧烈挥动，似在挥拳猛击，似在与人搏斗。

此情此景我今生难忘。（徐铉入宋之后奉敕编撰的《江南录》中并无"义死传"，他也不曾述及申屠令坚的义死。饱学广识的徐铉再度令我寒心，他在我心目中变成了一个"小人儒"。我在稗官野乘中看到了那个真实的山东好汉，那个朴野犷直、粗莽躁暴的义士，那是我所熟知的申屠令坚。金陵城破，国主于"北归"途中谕其顺命。申屠令坚誓死不降。他与袁州刺史刘茂忠相约抗战。兵败被围，申屠令坚义不求生。他一连三昼夜未合眼，忽有短寐，梦中又在与人搏击，醒来即长叹一声，拔剑自刎。也是在那些野录杂记中，我看到了恶有恶报的一幕。大将军皇甫继勋惟盼速降，闻败绩则窃喜，又自度罪恶日闻，便加意防范戒备，出入皆是甲兵簇拥，申屠令坚终不得近身。

申屠令坚募敢死之士御敌，却为皇甫继勋所杖拘。皇甫继勋飞扬跋扈，恶贯满盈，终致军情忿患，百姓切齿。国主于是不再优容，遂将其收付大理，发其罪恶。那一日皇甫继勋始出府门，众军士便将其千刀脔割，顷刻而尽。申屠令坚闻讯哀叹："恨竖子不死我刀下！"）

申屠令坚鼾声如雷，一番搏击之后，又一把抓住那半空的酒壶。申屠令坚并非有勇无谋之辈。他也曾亲口对我讲，自己年少时无赖好斗，专干那劫富济贫的勾当。一日为官军捕拿械送京师，他却买酒灌醉解差，兀自破械而逃。

我不知父亲欲将这宝玺留给何人，我期盼申屠令坚有朝一日得天下，他当配得这宝物。他那一声哭喊真可谓惊天动地，那一刻林木震摇，落叶纷飞，山洞嗡嗡作响，那余音依然在我耳畔回荡。

烟笼秋树，雾锁苍崖。车行山中，马蹄踏过古旧的辇道。回峦秀峰迤逦北去，我确知出山之后就是玄武湖，但此刻我仍为这云苦雾障而躁急。马车在旧有的车辙上颠行，申屠令坚仍在呼呼大睡。我曾来过这覆舟山游玩，那时却未曾留意这些辙痕是如此之深。这片山岭周回三里，状若覆舟，自古就是皇家钟爱的郊苑，也几度充作义军的屯兵之地。乐游苑，台城柳，仙楼琼阁，梵宫琳宇，几多歌咏流连，几多黯然伤吊。"六代覆辙今犹在，三主依旧恬嬉游。不见真武不见水，谁说此地是覆舟？"

那片湖泊碧波浩渺，周遭连障叠翠，天水间却有一片肃杀之气。这玄武湖曾经几度繁华，而今又成一片荒僻之地。波光云影间，那几个荒洲若隐若现，仿佛是蜃景中的仙山。

马车沿长堤西行，这道路废弃已久，岸柳萧疏，如乱发披拂。车轮在荒草泥泞中颠荡，荒草中不时有灰鼠和野兔蹿出。

这长堤是一条断头路。马车在路断处刹住。驭卒打一声忽哨，就见芦花荡中划出一只轻舟。那只小舟转瞬间靠拢过来，申屠令坚便拉我登舟。我紧抱行囊，生怕那玉玺坠落湖水。

渔人奋力打桨，轻舟破水疾行，直奔那仙雾缭绕的小岛。那小岛名曰蓬莱洲。

申屠令坚不再犯困，发红的两眼又似在冒火。

那小岛远望一座青山，近观一片林丘。那是一处林木深郁的幽境，那幽境中定是别有洞天。耿先生将禁军引至此地，定是别有玄机。

迷雾在我眼前飘散，那仙岛已是越来越近了。

那荒洲一侧泊着一艘艨艟战船，那战船足能容纳数百兵。凝目望去，就见禁兵们正在向那山头蠕动。他们围成一个密密麻麻的圆阵，那圆阵正在渐渐收缩。那山头树木茂密，我望不见耿先生的身影。

申屠令坚忽指着那湖洲码头给我看，那片绿莎般深色原来是一片浮尸！那是被杀死的禁兵的尸体。再看那禁军的圆阵，那圆阵看似密密麻麻，其实也只有百十兵的阵势。那该是岛上残余的禁军了。他们胡乱地向那被围山头射箭。

那山巅忽然飞下一片黑雨，那片雨点急骤地扫向禁军的圆阵。

"飞蝗石！"申屠令坚失声大叫。

禁兵们阵脚骤乱，有的立时倒地，有的掉头鼠窜。那高处的树冠中又有更密集的飞蝗石射出，那些逃窜者纷纷倒地。

隔着这样的距离，我听不见他们的喊叫声。小船漂在湖面上，申屠令坚并不急于近前。

我看见又一片飞石射向那所剩无几的逃窜者，又见那高处的树冠在风中起伏波荡，仿佛有人在波浪上舞蹈。

"耿大侠好个手段！"申屠令坚击掌称快。

那艘泊在码头的战船正欲逃离，就见一个黑球悠悠飞去。黑球自那树冠上飞出，像是一个拳头大的石块。那黑块飞向战船的桅巅，又坠落到甲板上。就听轰然一声巨响，战船登时炸腾起一团火焰。火焰立时吞没了桅帆，战船也变成了火船。

我从未见过这样的火器。我也从未听人谈说过。世间竟也有如此神奇的兵器！鸭梨大的那样一个黑团飞出，霹雳般一声巨响，霎时便将那帆船炸成了火船！

"好宝贝！"申屠令坚也是直呆呆望着那火船，一时难以回过神来。

虽是久经沙场的猛将，他却也不曾见过这般神器。沙场血战拼的是剑戟刀戈，凭的是勇猛和力气，那是硬碰硬的冷兵器。人头落地，如斩瓜切菜。寒光凛冽，虽也能砍击出火花，但却不会有这种轰然炸腾的火团。（编者注：史载宋灭南唐时即已使用火枪和火箭，而在更早时的唐哀宗天祐初年，即有"发机飞火"用于战事。原著者未经沙场，故其想象中似只有冷兵器的交战。）

那些禁兵尽皆毙命，岛上似已重归平静。申屠令坚猛劈一下手，艄公便奋力划桨。小船直奔那小岛。

战船烧得正旺，小船从旁穿过，我嗅到一股呛人的气味。这是硫磺和芒硝的气味。

　　晓风残月，岸柳烟波，眼前的湖岛已是静寂无声。透过那片风中摇荡的树丛，我望见耿先生那孤单的身影，此刻她正独坐在那岩石上饮茶。申屠令坚带我穿过禁军的尸体走近她。

　　耿先生起身怔怔地望着我，那眼神中有我从未见过的哀痛。她急急地向我奔来，又紧紧地抱住我。我在她的怀抱中失声恸哭。

　　当她看到这传国玉玺时，她的神情因震惊而有些木然。玺钮交五螭。底刻鸟虫篆。我望着她眼角的泪痕，望着她额头的汗珠，而她只是轻轻摩挲着宝玺上的火痕，一时间只是在喃喃低语："史虚白，果真是史虚白……这就该是他的大事了。我也是……知其一不知其二。无怪乎李煜小儿要得到它，无怪乎林大人要舍命以保……"

　　受命于天，既寿永昌。始皇帝一统天下制传国玺，此乃万玺之王，镇国神器。为了夺取它，他们不惜伏尸百万，流血千里。

　　"那火器好力道！就这么轰隆一声，兵船就炸了！"申屠令坚仰慕地望着耿先生。

　　"不过是炼丹，何期炼出这么个怪物。"耿先生的语气却是很淡然。

　　"好稀奇！那……那火器可有啥名目？"

　　"还能有啥名目？你也不妨是唤它作'手雷'。"

　　耿先生默默掬茶，她双手端起瓷盏递给我，我看见她的手在微颤。

　　"道高一尺，魔高一丈……适才我已祭过林大人。"

　　我望着她前边草叶上的水珠，就默默地接过这青白色的茶盏，我将茶水缓缓洒在草地上，申屠令坚也洒下他手中那盏茶。

　　耿先生又为我们斟茶。申屠令坚忍不住又要落泪，便生气地说这茶盏太细作，就起身去往一旁的山泉边。

　　这山茶温润且有清香。耿先生只是默默地望着远处，眼神中依然有深沉的哀伤，神态也有几分疲惫。

　　"跟我说你是在哪儿找到的。"

　　"你果真是不知那藏处？"

　　我默默地掏出这诗签，这是我在栖霞山上抽到的诗签。她接过诗签疑惑地望着我。我指着签诗中的"梅"字，指着"梅"字的那个墨点。

　　"那山上有一棵梅树，就在那里你给了我这诗签。"

　　"荒诞……这却真是有些荒诞了……"

　　我从未见过她有如此疑惑的神情，她疑惑而探究地望着我。

　　"可你的诗签都是一样的诗句……"

　　"原本是有好些个签筒，出门时我只是随手取了这个，若是取了另一种，也就不是这意思了……"

　　我不由得望着她的手，望着她这修长的手指，就是这只手随意取了这一个签筒，这诗筒里有这首《寻春》诗，而于我而言，另一种诗签便预示着另一种遭际。

　　"这是你的命。"

　　我从未来过这湖中的荒岛，我没想到此处也有山岩和泉水。山泉自岩石上流下，那岩洞隐藏在一片茂密的草丛中。我惊异地望着那幽

深的秘道。那是一个女阴状的洞口。（我在回忆中看见那个少年因窘
迫而脸红，纵然是在那样一个悲伤欲绝的时刻，纵使我的心已然变得
麻木而不觉。而今我将这般奇景形诸笔墨，绝非是要有意唐突后世读
者的眼目，我只是想写出这自然天成的景致，只是想写出与耿先生最
后相处的这场景。她说出门时随手取了这签筒，我却不知她的住处在
哪里。我是冀望她有一个属于自己的安身之所，虽然我至今也难以断
定，那蓬莱仙岛上的秘洞会否就是她的栖身处。我记下她身后这个女
阴洞，也要记下她眼前这个炼丹炉。）

这青铜丹炉实是一座三足圆鼎。鼎炉形体巨大，口沿处錾刻的兽
纹粗犷狞厉，腹部的波纹却是流畅飘逸。底下的炭火烧得正旺，鼎盖
处已是热气腾腾。一阵凉风吹过，我嗅到一缕肉香。

"我原以为你不会再害羞的……你须记着她。"

我愈加羞赧地低了头，幸好耿先生也只是点到为止。她轻轻摩挲
玉玺的字迹，又将印身的烧痕示给我看。

"李从珂携宝自焚……这你可知是在哪？"

"洛阳。史虚白韩熙载彼时也在。"

她先是惊讶地看我一眼，又默默地再为我斟茶。这素雅的茶盏泛
动着天青釉色，细嫩的芽尖在水中舒展漂沉。她拿过身边一个竹筒，
这是一个新竹做成的竹筒，一端是原有的竹节，另一端是扣合的竹
帽。这竹筒的表面依然是翠绿的原色，我能闻到这新竹的清香。

我在父亲的佛堂里找到了那画卷，那画卷隐藏在一节竹轴里。我
不愿看到眼前这竹筒里藏有另一个画卷，我惟恐再见那"大难之日"
的字样。

她默默地拔开竹筒的圆帽，这竹筒里确是有我不想见到的东西。

这是我献与国主的秘谶图。

我默默地展开这画卷。

我在史虚白墓中找到了前两幅，耿先生从宫中无尽藏院取出了第三幅。她已将这三幅图画裱合成一体，这是一轴完整的三联画：太平盛世；群小当政；天下大乱。

这"天下大乱"的一角已被内侍监烧毁。

"这数百号人就是为此而死么？"其实我是想让她对我说说这画卷的来历。

"天可怜见！他们只想毁掉它，不让天下人见识。但若天下人不解这道理，便会有更多人枉死。"耿先生卷起这秘图，将这图卷装回竹笥，又将竹笥递给我。"是以你应善自护持，择机将其流布四方，示与一切众生。林大人令你找到它，想必也是这番用意。"

"耿先生道力高深，做来自然是轻而易举……"

"你当老姑会长生不老么？就使再多活十年，不过三千六百天。只因你年少有根器，且经了这番磨砺，也就有了这指望。"

耿先生期待地望着我。她的目光从未有过如此的热切。

"好香！要我吃一顿才好！"申屠令坚闷声闷气地吼着离开那幽泉，此时他已饱饮了那泉水。

"我还想要你知晓，史虚白当年给周文矩看过这画卷，周文矩判定为顾恺之原迹。你别忘了，顾恺之也是这金陵人。"

"顾恺之是东晋时人，这就是有五百年的古画了……"

"陈后主也曾见过这秘画，给他看画的是江总。看罢他就跳进了胭脂井。"耿先生眯眼望向远处，那胭脂井其实就在不远处。

"周文矩画楼里有幅垂钓图，那鱼篓里也是有一卷图轴……如此说来，周文矩也该是知情者……"

"周文矩至死缄默，其实也算是盟友了。这谶图已成绝学，但也流传有序，周文矩也还考证出，顾恺之这画竟是前汉时的摹品。"

"韩公曾对我言及前汉张子房，那时我却不解其意。若说是摹品……"

"那祖本实是更远了，你再回推八百年……"

"回推八百年是……是周朝。……姜子牙？"

"周文王梦得姜子牙，遂有八百年基业。姜子牙却又梦见了后来事。"

时光在疾速倒流，就在我的眼前，一如这奔流的云水，一如这倒卷的画轴，这画轴中有庙堂有山林，有朝臣有隐士，有一场又一场的杀身之祸，也有一个又一个的朝代兴亡。茫茫往代，渺渺来世。人法地，地法天，天法道，道法自然。天道回旋，万古如斯。古老的秘密。先师们的绝学。他们所要传递的无非是这样一个自然的道理，一个被蒙蔽的道理。如此简朴，而又何其深切！

"那么，史虚白、韩熙载，还有我父亲，他们何以不将其公示于天下？这秘藏……"

"你说林将军拜的是哪尊佛？"

"弥勒佛。"

"这就是了。弥勒佛出世是为解救愚迷众生，可谁知还要等多久！"

"韩熙载也信弥勒佛，史虚白却是你们道家中人。"

"究竟根本，释道本也是一家。明道本为救世，叵耐人心沉沦，

草民自贱，委实已是无药可救了。既是听天由命，也就不配见识这道
理了。"

　　我望着那些禁兵的尸体，它们横七竖八蔓出我的视野。我想象
着视野之外更多的尸体，一望无际的尸体，哀鸿遍野，饿殍满地。
或死于劳役，或死于税赋，或死于苛政，或死于征伐。他们听天由
命，而天命出自公门，出自廊庙。那是文臣们代拟的圣旨。翻云覆
雨的圣旨。

　　世衰道丧，史虚白遁隐不仕，韩熙载意兴阑珊，士大夫苟且
自谋。修齐治平，那内圣外王之道不过是为官家保天命，令草民
顺天命。

　　这宝玺便是帝王们的天命，而这谶图势必危及这天命。而于享国
者而言，这秘谶无异于洪水猛兽。他们必欲厉行禁绝，严防其流传。

　　这秘图就在我手上，就在这清新的竹笥里。

　　"不有人祸，必有天刑。地狱不空，真理不绝。那就拜托贤侄
了，那将是你的成就。"耿先生淡眉轻舒，粲然一笑，"但愿你能待
到那时日。"

　　我会待到那时日么？我望着她那深不可测的眼神，又望着手上的
竹笥，内心隐隐感到一种迷惘和绝望。普天之下，众生芸芸，谁能读
解这秘谶？

　　那时我只能想到申屠令坚这等人物。曾经的草莽豪杰，那时他却
身为官家的使君。或许有朝一日他也能做皇帝，那时的他还能读懂这
谶图么？

　　鼎炉高过头顶，申屠令坚只是闷闷地围着炉火转悠。肉香扑鼻，

他却无法近前。他呆呆地舔着嘴唇，眼巴巴地望着这蒸腾的热气。

"刺史大人还是这般贪吃么？时光有限，就不会说些正事么？"

"这倒也有！"申屠令坚闷闷地挠挠头，"亏着有你这神通，这一船禁军全灭了，就不知带兵的是谁人！"

"紫微郎朱铣。"

耿先生淡然一笑，神情立时有些黯然，这黯然中有一丝感伤。

"那他人在哪里？"

耿先生缓缓抬起一只手，手指指向前方的鼎炉。

申屠令坚瞠目结舌。我也只是木然呆坐。耿先生的感伤转瞬即逝，她又旋即恢复了素常的淡漠。热气缭绕之中，这圆鼎的四方隐现出我熟知的神象：青龙，白虎，朱雀，玄武。

玄武在北。城北的死者是朱铣。

我无力还原此前发生的那一幕。我也未能亲见那一幕。申屠令坚带我上岛，而当我见到耿先生时，所有的一切都已归于平静。那时耿先生正独自坐在树下饮茶。

那死者是她曾经的爱人。我不忍向耿先生发问。纵是如此，我仍能推断出朱紫薇上岛是为了那秘图。耿先生从内侍监手上夺走了那秘图，朱紫薇便带兵追到。他至死都以为国主欲得之物就是那秘图。

对于君主而言，朱紫薇实为不世出的忠臣。他必欲毁掉这秘图，以免其成为妖贼反乱的借口。而为尽忠职守，他不惜向自己的旧好下手。（那日护送我离去时，申屠令坚回望湖洲显得很悲悒。那时申屠令坚对我说，朱铣与耿先生绝交是因耿先生与妖贼有牵连。所谓妖贼，实为民间一些个劫富济贫的义士。他们依草附水，夜聚晓散，他们也曾在这蓬莱洲密谋起事。只因有朱铣的密报，那些团伙迅即被剿灭，而朱铣也以此晋升为紫微郎。）

有虔秉钺，如火烈烈。那纯阴之火已将朱紫微化为乌有。那传说中的秘情也将化作永远的秘密。那仿佛是属于一个更古远年代的秘情，那情景一如这青铜古鼎上的兽纹，何其狞厉，而又何其神秘。

我无端地想象着他们最后的对决。当耿先生从那桃木剑中抽出三尺青锋时，在那生命最后的片刻，紫微郎朱铣该会留下怎样的遗言？

"为人臣者，身非我有，死君之难而已。"

我想象这是他最后的一句话。这是他生前最为人所称道的名言，我在太学读书的年月里就已熟知他这名言。文士为官，总要以巧言妙语邀宠扬名，他们生前以此赢官声，死后以此得不朽。

雨后空山，有孤云出岫，有松涛隐隐，天水间一派苍凉。钟声悠悠传来，这是玄武门报时的钟声。这该是朝官们点卯的时辰了，而我将从此与仕途绝缘。他们显亲扬名，他们封妻荫子，而我已无家可归。不再有父母。不再有家国。我的去路是逃亡。

此地不可久留。耿先生已为我备船，申屠令坚将送我一程。江湖路远，关山幽隔，此一别或将是永诀。我不愿就此匆匆作别，耿先生神色也有些怆然。我惆怅无语，便默默地望着那把剑。我只是望着那桃木的外鞘，我看不见那木鞘之内的青锋。

一切有命者，不得故杀。是菩萨应起常住慈悲心，方便救护一切众生。若离杀生，即得成就十离恼法，命终生天，得随心自在寿命。

　　佛法戒杀，耿先生虽为江湖道人，却也分明是在修菩萨行。我望着她手中的这把剑，这青锋利剑自可劈开一切爱锁情枷。我又想到那右手持剑的文殊菩萨，那宝剑是明惑之剑，是智慧之剑，文殊菩萨用那宝剑断灭愚痴和覆障。

　　我的内心涌起一种沉重难言的眷恋。我一向讷于言辞，在这离别之际，纵有千言万语，此时竟至于无语。我心绪如麻，神志一片昏沉。这昏沉中亦有一种空虚。这宝剑也还将是她的随身之物，我便随口问起这剑名，其实只为掩饰这无语的空虚。其实我想问的是，这把剑还会用来杀生么？

　　耿先生凝视我一眼，就立时看透了我的心思，也看出了我的疑惑。她便说这剑名为"玄女剑"。她说她有三把剑，一断贪嗔，二断情缘，三断苦恼。她说早年她即用过那第一把剑，适才又用过了这第二把剑。我正感困惑不解，就见她剑指那丹炉。我问第三把剑在哪里？她说第三把剑是无形之剑。

　　她将那传国玉玺装进我的背囊。

　　她说她刚用过的即是这第三把剑。

　　无形之剑。她用无形之剑斩断了苦恼。这苦恼却成了我的背负。

　　"缘起缘灭，倒也不着迹象。"

　　"斩断苦恼可得成仙么？"

　　"成不了天仙就成地仙罢，反正也没多少元酒喝了，本来也还想多活几春……"

　　我凛然一震，看她的样貌似是并无一丝老态，依然是冰颜雪肤，依然是神清目朗，但这飘萧的长发分明是透着岁月的风霜。我望着她发际的一滴露珠，那露珠在微风中颤动。

"也还有些时日……"她似是以这话宽慰我。我说不出那些感激图报于异日的套话，我甚至难以向她以礼叩别。此时此刻，她那深潭般的碧眼漾着一种温情，那温情中亦有一种哀矜。她缓缓伸出双臂，默默地拥抱我。

申屠令坚在催我上船。耿先生浅浅一笑，又轻吻一下我额头。

"万里云天，皆非心外。你这就去罢。"

我强忍泪水望向远处，望着那片苍茫迷蒙的烟水，那一叶扁舟将会把我带往未知的远方。山水迢遥，何处将是我的落脚之地？我望着那烟水之上的沉重的阴云，我在那天水之间看见一个漂泊者的身影。如此寂寥。如此沉重。申屠令坚只是送我一程，而耿先生或将永不再与我相见。

我再次向她转身，而她已悄然离去。风起雾涌，林木萧萧。在那松风深处，她的身影消失在一片轻雾中。我听见雾中传来一声幽叹——

"清静！今儿个也是清静！"

NAME
OF
THE NUN

无尽藏

【卷八】

李后主

　　四十年来家国，三千里地山河。凤阁龙楼连霄汉，玉树琼枝作烟萝，几曾识干戈？

　　一旦归为臣虏，沈腰潘鬓消磨。最是仓皇辞庙日，教坊犹奏别离歌，垂泪对宫娥！

　　这亡国的骊歌沉郁而哀切，我却不为这灾变而伤怀。国破君虏，情何以堪！而这家国是他们的家国，山河是他们的山河。纵使在那社稷垂亡之际，纵有群臣痛哭流涕劝谏，享国者却依然拒下罪己诏。帝王们的社稷只是帝王们的天命，他们或取之以反，或得之以篡。当年先主篡吴得逞，遂将杨氏皇族幽禁一地，令其男女自行匹配，蠢若犬豕。至其子中主时，又将杨氏遗男六十余人悉数斩杀，并沉江灭迹。天命攸归，如今是大宋朝的天下。这个目有重瞳的后主，是他亲手断送了祖宗的基业，他也如其先人所愿成了一代"文王"。这"文王"远非仓颉式的"文圣"，这只是一个擅填词牌的国主。开宝八年的那个冬日，当李煜在归降途中写下这首挽歌时，他会想到这是命定的报应么？

　　开宝八年十一月二十七日夜半，金陵城陷，李煜肉袒出降。二十九日，李煜号哭登舟。三十日，李煜随宋使北上。

　　亡虏李煜在北上途中写下了这首《破阵子》。

　　他说他是"垂泪对宫娥"。这词句或将为后世文人所传诵，而那些死去的宫娥看不见这眼泪。

　　那些赴火而死的女子也看不见这眼泪。

　　我难以确信那场火确实发生过，我更难想象她会为那样一个国主而殉死。我甚至期望有朝一日再度遇见她，而那些不期而至的传闻使我放弃了这期盼。

人说李煜本与净德院众女尼有约，约定城破之日以宫中举火为号一同自焚。众女尼积薪以待。那一日黄保仪受命焚毁宫藏书画，女尼们望见宫中起火便当是国主相约。她们燃薪自焚，八十多人无一肯逃脱，岂料她们的国主却绝然不想死。

人说那些书画点燃之后，黄保仪就默默走进那火场，有人看见她在火中垂首抚琴，那清冽的琴音听来像是《广陵散》。

人说她在火中展开一卷秘谶图，有人看见图中有那清晰的文字：太平盛世；群小当政；天下大乱。

人在羁旅，我无从辨析那些传闻的来路。那卷谶图就在我身上，就在耿先生送我的竹笥里。莫非宫中另有一卷同样的秘图？

我并不在意宫中是否会有那样一卷图，我只是不愿相信她是死在那火里。

"天不佑江南，人主死社稷！"——那本是国主的一句昏话，一句戏言，一如他的眼泪，那注定只是昏君贻人的笑柄。女人们却为此而丧生。

我恍若看见皇宫深处的那场火，我却看不见火中抚琴的女子，我看到的只是那灰烬。我看见灰烬中抽搐的琴弦，我也听见那琴弦飘颤的余音。我也看见净德尼院的那场火，那些火中尖叫的女子，她们为国主的一句戏言而枉死。

爽约者不只是国主，也有那位大司徒张洎。张洎与陈乔在南唐末年执掌政柄，他们本已相约以死谢责，那一日陈乔在政事堂投缳自尽，张洎却并无效死之意。张洎食言惜命，面对国主却依然振振有词："臣久受国恩，死不足报。时事至此，不死何为？然徒死终是无益，臣恐宋帝或责陛下久不归命之罪，我若与乔俱死，他日谁为陛下辩解？臣不死是为护驾，愿从陛下入宋朝！"张洎随国主降宋，宋帝责其以密书交通契丹，张洎便又神色自若争辩："此臣在国所为。良犬为主守家，人臣为主分忧，桀犬吠尧，何计不为！今来请罪，死生惟命，倘有一死，亦是尽臣之分！"

太祖皇帝坦然不疑。张洎再度以口舌得逞。太祖皇帝褒嘉其诚实无欺，不愧为社稷之臣。我为陈乔之死扼腕，陈乔也曾为我父亲的冤死而悲叹："事势如此而杀忠臣，吾不知死所矣！"

我在大宋国的江湖上游荡，张洎在这新主的朝堂里爬升。在南唐诸多降臣中，果然又是这小人得位最显。潘佑当年誓死不与奸臣杂处，我亦当远避这奸人得势的朝堂。（编者注：公元996年，宋太宗任命张洎为参知政事，职位相当于副宰相，次年赐上柱国清河郡开国侯。）

人说这又是一轮太平盛世，那位华山隐士大笑堕驴的传闻亦是瑞征。那位隐士乃道高有德之人，能辨风云气色，更以一睡数年而闻名，自朱温篡唐数十年间，每闻一朝革命，他便摇头哀叹数日，及闻赵点检受禅登基，他便心生欢喜，以手加额，又在驴背上大笑。人问其故，隐士朗声笑道："天下从此定也！"

华山隐士陈抟由此而成皇朝上宾，即使在他拜辞归山之后，这皇城依然不时有他的传闻。

官家欲与士大夫共治天下。官家勒石锁置殿中，那石刻上有一条戒律便是"不杀士大夫"。官家偃武修文，一如南唐烈祖李昪。昔日挥师平江南，官家最为垂青者即是其衣冠文物。

五代之乱，礼乐崩坏，文献俱亡，而儒衣书服独存于南唐。人说斯文之未丧，抑或为天将有所寓。典章炳焕，辞藻绮靡，南唐文脉为这大朝所延续，南唐文人也为今上所礼遇，而今他们都摇身成了"归明之士"，他们依然有玉堂金马的仕途。徐铉以散骑常侍之衔修史，张洎有望官拜大学士，舒雅亦将知舒州。

海晏河清，天下太平。官家不杀士，邪曲小人便如鱼得水。他们深相结纳，互为奥援。他们依然是巧言令色，或以词邀宠，或腼颜机对，他们以觚管小技攫青紫，于揖让周旋间据高位，那锦绣文章中不再有宇宙天下的情怀，惟有莺歌燕舞的矫饰。

端赖官家有仁德，那些为南唐送死的武将尚不被遗忘。在官家为李煜开具的罪状中，枉杀良将即是一大罪。那被杀的良将即是我父亲。李煜无道，连杀贤臣，那本也是官家出师讨伐的口实。

那昔日的国主亦为今上所优容。虽被封为"违命侯"，这爵禄却足以保他衣食无忧，他自可在那幽闭的府第里饮酒填词，浅吟低唱。

人身难得，佛法难行。那么多好人都已死于非命，那些作恶者却仍无祸报。那位小长老亦未遭报。当年他鼓动李后主广施梵刹，大起兰若，名为体会佛国华严之美，实为虚耗南唐财力。金陵被围，中外震恐，后主仓惶召他问祸福，他说北兵虽强，却难抵他的佛力。小长老登城呼令僧俗军士齐诵救苦菩萨，一时间满城沸涌，声如江涛。未几，北兵梯冲环城，矢石乱下如雨。传闻他因诵佛无验而为李后主所鸩杀，而今他却成了汴京大相国寺的寺主。

　　那一日我隐在瞻礼的人流中望见他，我看见他那印堂处仍有凸起的乌青。或许是耿先生手下留情，或许是这丐孙合该命大。小长老既于我无私仇，我也便无心出面招惹他。

　　人子无不以尽孝为大事，舍此一事，无有功业可言。生而为人，我深知自己的心志。我未竟的志业是复仇。我复仇是为尽大孝。

　　大司马皇甫继勋已遭寸磔，紫微郎朱铣已被炼丹，于我有私仇者只剩那个樊若水。

　　樊若水已更名樊知古（樊知古的独眼令我想到了樊若水，也令我想起秦蒻兰的那只小猫），官家赐名以彰其平南奇功。樊知古架桥建功是实情，我父亲为他所害亦是实情。那反间之计为当今朝野所称颂，他们不知林将军后嗣还在人世。

　　林公子已死。而我还活着。两年来我隐姓埋名晦迹山林，只为等待一个时机。

　　如如不报。

　　我的这番等待或许有违父亲的遗意。父亲的遗言刻在那石匠洞的石壁上。父亲是嘱我不报血仇么？或许他是望我保藏那秘画和玉玺，那是更为紧要的付托。我却绝难放弃这复仇的执念。我留着性命多活一日，就要向那仇家更接近一步。杀父之仇不报，我又有何面目在这浊世间偷生？

　　孟冬时节，便有陈抟老祖来朝的风闻，汴京百姓无不翘首西望。陈抟老祖以期颐之年来朝，堪称盛世奇观。（编者注：史载华山处士陈抟觐见宋太祖，太祖叩问长生之道，抟说方今天下太平，圣上贵为四海主，当以致治为念，勿应在意那飞升黄白之术。太祖留抟阙下，与其晨昏论谈，特加礼重。太祖欲拜其为国师，抟坚辞不受。三日之后，太祖放抟归山。）

不几日，宫中便有秘闻传出，说是明君出，宝玺现，那失传已久的传国玉玺出现了！据说陈抟老祖在华山得遇耿真人，耿真人向他出示那玉玺，而那位耿真人云游四方，翌日便不见了踪影。

这传闻似是毋庸置疑。官家已密谕州府寻访耿真人。寻访抑或是悬拿。

我并不疑心陈抟老祖所言，我甚至也相信他见耿真人是实情，只是那有关宝玺的消息不能不令我起疑。

这传国玉玺分明就在我身上。这是父亲舍命以保的秘藏，申屠令坚助我起获的秘藏，耿真人亲手放入我行囊的秘藏。

莫非耿真人另有一件这样的玉玺？

莫非那宫中另有一卷同样的谶图？

宝玺就在我身上。谶图也在我身上。它们就在我的行囊里。这行囊里也有父亲留给我的那卷《夜宴图》，也有申屠令坚送别时塞满的封银。

想到那位道深行逸的耿先生，想到她那无形之剑，我便立时恍然：她是欲以这样的传闻保护我！

她用那无形之剑斩断苦恼，她将那不祥之物装进我的行囊。那些觊觎者从未死心过。他们无奈放弃，只因林公子已死。设若林公子复活现身，那必将引发另一场争夺和杀戮。陈抟老祖带来这玉玺的消息，这或许是耿先生有意为之。如此一来，耿先生便将祸端引向自身，林公子便可得以安生。

那火中抚琴的女子，风华绝代的女子，她以如此决绝的姿势焚身毁图，那身后的传闻也是为我而留么？

苍天在上！我何德何能配受这般眷顾！

我不配领受这样的眷顾和护爱。我宁愿她们不是为我而做。她们如此这般地护佑我，只因我身负这重托。父亲也曾是受托者。父亲已为这重托而舍生。

如此看来，我的性命已不再只属于我自己，甚至也不再只是为复仇。血仇必报，但我还有更大的担当。要复仇，也还要活着。只因有这样的重寄，而这也是她们的信托。

开宝九年（编者注：公元976年）的汴京满城喜庆，那是一片歌舞升平的盛景。皇恩浩荡，百业繁庶，汴河两岸张灯结彩，坊市里巷车喧人哗。我在这垂暮之年漠然回望，仿佛是在回望一片遥远的幻景。那幻景就像是一出烟火戏，那些傀儡人物被发射升空，那夜幕中幻化出灼烁夺目的奇景，天雨金粟，地涌金莲，仙人献桃，群象拜舞。火灭烟散，我看见自己孤单的身影。那身影游离于一片盛景之外。那是一个刺客的身影。

那是死而复生的林公子。

　　我学会像北方人这样吃酒，也像市井无赖这样歪戴着皮帽，这歪戴的皮帽使我忘掉那个林公子，使我感到自己更像是个刺客，这狗皮帽也为保护耳朵不被冻伤，我要用这耳朵探听仇家的动静。

　　官家释兵权，兴文治，纵有南唐西蜀藏书十数万卷，却依然不得餍足。朝廷再度诏求民间图书古器，进献者可获官禄，可得科名。

　　我无意贪求这新朝官家的封赏。官家圣明仁德，既已褒扬刘仁赡尽忠所事，抗节无亏，又授其长子崇赞为刺史，且赐庄宅各一区。官家也为我父亲的枉死而抱憾，他也曾为此向李后主问罪。这虽是胜者惯有的姿态，我却不能不铭感于心。倘使林公子现身，官家定然也会体恤有加。我有顾大师这卷《夜宴图》。这图卷助我找到了那秘藏，于我而言如今它只不过是一卷图，而对于爱惜文物的官家而言，这将是难得的珍藏（我要对官家说出顾大师的死因么？顾大师以手中的紫薇花给了我暗示，朱紫薇为追索我手中的秘谶图而送死。杀死朱紫薇的是耿先生，而我情愿将此当作我自己的复仇。我是为父母复仇，也是为顾大师复仇）。这《夜宴图》是父亲的遗物，我并不想轻易转手给他人，但我想以此换取樊知古那条命。

　　而今在这耳聋眼暗之年，我不禁为那时的昏愦和偏执而愧汗。那时我既已深知自己身负重托，却依然难以放弃那复仇的执念。那是无以平复的悲愤。

　　那固然是必应清偿的血债，我却天真地寄望于官家的仁明。樊知古于我是私仇，他却正是因此成为官家的功臣，而我竟指望假官家之手除掉他！

　　我难以摆脱那执念。我所拥有的不只是那画卷。明知官家有戒杀好生之德，我却仍想以那传国玉玺作诱饵。官家确信那玉玺是在耿真

人手上，而我将使官家确信总有一天我会找到她。官家必会为那玉玺
而冷落樊知古，而我注定不会轻易献出它。我诚望官家会继而罢黜樊
知古，如此我便可得以刺杀他。虽我自知不具那上乘武功，却也不妨
雇人除掉他。

　　我之所以有这番自作聪明的筹划，只因我无法接近樊知古。樊知
古以平南奇功深受官家宠眷，自从南方百姓掘其祖冢，其自身防范便
愈加严密，入则门禁森严，出则缇骑环卫，非其亲信无以近身。我自
念献画会是一个两全的筹划：灭除樊知古，而我却不必因此送死。

　　开宝九年的那个深秋，我就这样陷入一种可笑的谵妄。樊知古虽
以殊功获赏，然他恶事做绝而又富贵享尽，倘若官家以天子之威赐他
以报应，倘若官家以雷霆之怒剪除张泊一班贪鄙诡佞小人，这官家就
该算是有道明君了。受禅而无传国玉玺，这实为官家莫大的心病。官
家自制"大宋受命之宝"，那终是出于无奈。天赐之宝惟有德明君配
享，我期盼官家便是这样的圣主。朗朗乾坤，清平世界，官家垂裳而
治，黎民安居乐业，这世道也就算是有太平之象了。官家果若能奉天
命而行天道，我将欣然献出这宝玺。

　　这传国玉玺乃天下公器，世乱藏于家，世治藏于国，这宝玺毕竟
是为人间圣主所用，而不应是永久的秘藏。或许我能等到那时日，或
许那时就会有耿先生的消息，而我将再度见到她……

　　杀死一个人并不难。樊知古尚未除掉，我便亲手射杀了王霭。
我至今仍为那冥冥之中的天意而暗叹。那个冬日的黄昏，我茫然走过
汴河的虹桥，就见河边又装置起了楼船高的烟火架，那些药线蜿蜒
足有数十丈。红日升空，普天同庆，紫气东来，六合同春……我正想

着他们是否又要上演这老套的傀儡戏，就蓦然想到那卷秘谶图：太平盛世；群小当政；天下大乱。假如夜空中依次爆炸出这样三幅画，即便是片刻的展现，也势必会有不少人看见，也势必会有更多人传说。我正这样想着，就见河边有个冻馁半死的人在乞食，人说那是南唐时的德昌宫使刘承勋。德昌宫使刘承勋，往日他盗用无算，家蓄妓乐百数人，而今却是不胜其苦。（编者注：富贵不过一世，此可谓"现世报"。史载刘承勋美风度，善数计，南唐烈祖朝由粮料判官迁德昌宫使，历三代国主后归宋，宋太祖却不予叙用。）我走过河边一家书坊，又走近一家裱画铺。那裱画铺紧挨着一家文绣院。就在我从那门楣下走过时，某种神力迫使我朝铺内瞥一眼。那是怎样的一种震惊！

父亲的画像就悬挂在墙壁上。这是父亲的一幅戎装画像。戴鍪铁面，威容凛然，这幅画像出自周文矩大师的手笔。这是父亲平生仅有的一幅画像。我记得这画像就悬挂在家中的厅堂里。（——不再有家！不再有父母！不再有跌落马背的林公子！）

这确是周文矩大师的作品，似此画笔非名手不能仿佛。莫非这是周大师自己的摹作？周大师却是罕有摹作。

我一头冲进裱画铺，拔刀猛插在裱案上。那裱匠便跪地告饶，说这是翰林待诏王霭的画作。我蓦然想到周大师临死前的绝笔，那个力透纸背的"王"字！我又想到他那揭画的姿势。我拔刀划开这画像的一角，就见这是一层薄宣纸，这果然是双宣纸的底层！这单层的宣纸依然绵软而柔韧。这裱匠又慌忙招供说，皇宫要建图画院，王霭将这旧作送来重裱，是为画院开张作准备。

如此切实的证据，此乃周大师原画的揭层。裱匠又供认说，王霭曾随使南唐，那时他尚不甚有画名。

那么，这便是一切的祸因了。

翰林待诏并无官阶，王霭的宅第也并无防卫。我也早已不再是那文弱乏力的白衣书生了。那一夜我摸黑去往甜水巷的王宅，那时他正为新获提升而举宴。我爬到墙外那棵榆树上，望着灯烛荧煌中那些簪花的人影，我张弓瞄准射出那一箭。

王霭一箭毙命。我冷冷地望着那些昏乱的宾客，他们抱头奔散，而我并不急于逃走。

这一箭是为我父亲，也是为周大师。

那份重托意味着漫长的等待，或许要待至白发暮年。我难以忍受这无所事事的期待。大仇未报，我就决无自在逍遥的理由。我一箭射死王霭，便是这复仇之始，我更不能放过樊知古。

人臣各为其主，樊知古已然以功业得赏，但那是他们的功业，那功业带给我的是灾祸。春秋无义战。既如此，我就不能不报这私仇。

我必欲追索樊知古的那条命，是为他那鱼肚帛书的毒计。

杀王霭易，杀樊知古难。

徐铉不信释氏，但却酷好鬼神之说，当我在其银青光禄大夫第现身时，这老儿直呼"活见鬼"。徐铉女婿吴淑也是好一番惊怪，此人也曾是南唐进士出身，他说正在修订自撰的《江淮异人录》。我来徐府只因徐铉是散骑常侍，藉由这样的身份，他或许能将我的意愿上达官家。

我说自己手上有顾闳中的《夜宴图》，此等宝物理应进献给官家。其实徐常侍见过这画卷，当年我曾在栖霞山徐府向他出示过。我说假以时日或许我能找到耿真人。

徐常侍说官家定会因此召见我。吴淑又向我探问耿真人的行状，看来吴博士虽是见闻广博，但也未曾见过耿真人。

我自然不会说出自己的心事，我也不会坦言我所经历的那一切。徐常侍面前的林公子只是一个献画者，他想以此换取官家的银两。这位林公子也是最后一个见过耿真人的南唐人，这或许能给官家以获取那玉玺的指望。

徐铉定是将我视作懵然无觉的蠢物了，他定然不会想到我早已对他起疑心，而我自然也不必说破。徐铉并不多问那些我不想说的事，他甚至也不愿与我多言语。我望着眼前这位声名远扬的大儒，这位大儒的身影在冷风中直颤抖。徐铉确是这样的体面人，汴京的气候不比金陵，这样的冬季干燥阴冷，寒风刺骨，他却矢意拒穿毛衫毳衣。他说士大夫着毛衣乃五胡乱华所致，此风断不可长，圣朝不宜穿胡服。

（编者注：徐铉终生拒穿毛衣，后以寒疾卒于邠州。）

我望着那棋枰上的残局，徐铉便送我一册《棋图义例》，一部官刻的棋书。这正是他在南唐亡国前所撰写的那棋书。徐常侍眼下正在编撰一部《稽神录》，他说稽神其实也是稽鬼。我忽然想到金陵深宫鬼夜哭的那一幕，但我强使自己闭口不言。我不想因此泄露自己的心事。

在我见过徐常侍不几日，官家便降旨召见我。官家召见本是我意料中事，我的诧异在于官家竟在那风雪之夜急召。

天交二鼓，内侍将我引至万岁殿的寝殿。地上积雪已有寸许厚，踏着这乱琼碎玉，我的步履已有些醉态。接旨时我正在城东酒楼独饮，虽是不胜酒力之人，有时我也会为御寒而饮酒。那寒风为我带来几分清醒。我要叩见的是官家，我亦是作为林将军的后人而现身，这就不可有失态之举。

深宫寝殿召见本就是特例，官家倒也不拘礼数。这寝殿密幄重帷，锦缦铺地，官家与晋王正在围炉小酌。晋王是御弟，内侍说晋王是在寝殿侍疾，我却看不出官家有龙体欠安的征状。晋王亦是开封府尹，他比官家年少一轮，却也曾助这位胞兄打天下。他们手足之情溢于言表，这也使我变得不甚拘谨。虽然他们姿态平和，但这平和中依然透着威严。我趋前礼拜，官家蔼然赐座，我却惶恐不敢受。官家深仁厚泽，他曾为我父亲的枉死而抱憾，我铭感于心，我情愿跪叩，情愿站侍。

官家赐我以锦墩。我在锦墩上跪坐，却依然垂首屏息，不敢仰视。

我听见女人的笑声。那是官家身边侍酒的美人。花枝招展的美人。我在进殿的瞬间瞥见她的芳容。我听晋王称其为"夫人"，想必她就是传闻中的花蕊夫人了。她本是西蜀嗣主孟昶的宠妃，国灭君降，而今她又是这大宋官家的宠妾了。人说这样的美人是尤物。"君王城上竖降旗，妾在深宫哪得知？十四万人齐解甲，更无一个是男儿！"都说是红颜祸水，她却写下了这样的诗句。这诗句虽是一种无奈的怨言，却也着实透着几分才情。

"帝王创业，自有天命，不可强求，亦不可强拒。先前周世宗得异僧传语，说是'点检作天子'，周世宗恐张点检有异图，就立马解了他军职。张点检也是与林将军多番交战的。来，朕今番代张点检敬林将军！"

官家令以大杯赐我美酒。我因熟知那故事,便立时生出悲欣莫名之感。张点检即张永德,此人本是周太祖的驸马爷,他与我父林将军曾有过屡次鏖斗。此刻官家隐而未说的是,周世宗将张点检免职,却又提升赵都指挥使为殿前都点检。周世宗不曾想到,终来依然是"点检作天子"。

我惶恐拜谢,接过这碧光粼粼的酒杯,忽然就感到头晕目眩。这夜光杯里并非是葡萄美酒,而是醇香冲鼻的烧酒。这或许是来自蜀地的剑南烧春,我看见那位来自蜀地的尤物在窃笑。我先是轻轻地呷一口,又强使自己举杯饮尽。权且是为父亲饮下这杯酒,权且是领受官家的这好意。

官家朗声大笑,我这才敢一瞻天颜。盛容丰神,方面大耳。人说方面大耳者有帝王之相,传说周世宗杀光了所有方面大耳的将士,而这位赵点检却是安然无恙,最终还是夺了周朝的天下。

官家挥柱斧拂退侍者,这时我见他面目微蹙,似是背有隐痛。

侍者退出寝殿,花蕊夫人便为官家和晋王斟酒。我望着那兽面象足的铜炉,又望着那热烘烘的炭火。

"我国家开万世之基,应千年之运,惜乎林将军不待我用,只是令堂大人可曾旌表过么?"

"陛下应天受命,吊民伐罪,天降雨露,不拣荣枯,只是敝门无福,先君含冤枉死,先母也……"我哽噎失语,便愈加低垂了头。

"这个如何迟得?民妇节烈尚且旌表无遗,何况是林将军夫人!刘将军林将军尽忠所事,仗节死义,为人臣有如此二人者,堪与古烈士比!"

刘将军自然是指刘仁赡。想当年中原大朝发兵淮甸,刘仁赡死守寿州以身殉国，南唐国主追封其为卫王，中原皇帝亦追赠其为郡王。寿州被围时，父亲也曾带兵策援。身亡国灭之后，他们也为敌国的君主所敬重。这确是得天下者的优容。

　　"人世间万事万物，惟有安身立命最为要务。忠臣良将遗裔，难荫亦非寻常。赠赏之典，所宜加厚。这个也是迟不得。"

　　我噙泪顿首，叩谢圣上垂怜。官家神色恻然，又说欲在江南为我父母立祠，四时香火祭祀。官家说来年春天他将南巡，届时他将亲驾致祭。

　　我忍泪趋前，双手献上顾大师的《夜宴图》。

　　官家开卷赏览，立时便击节赞叹。花蕊夫人也在旁娇声惊呼。官家从画中辨认出了韩熙载和林将军，因他早已获得这二人的画像。

　　官家龙颜大悦，立马便说赏我"《毛诗》十部"。官家确是风雅之主，我暗忖一部《毛诗》三百首，十部《毛诗》便是三千两官银了。我说名画当归明主，而我不必领受这奖赏。那面黑体肥的晋王便咧嘴大笑，说我可将赏银暂寄内藏库，许我随用支取。官家又勉励我矢志不渝，他说诗三百，一言以蔽之，思无邪。

　　话到嘴边，我却说不出樊知古的名字。我的头脑已有些昏沉。

　　官家又赐我一杯酒，是为我进献这名画。

　　我双手捧住这杯烧酒，不敢直视这酒液。我的双目愈加昏眩，面前的人影便在烛光中模糊起来。

　　官家赐酒我不敢不喝，也不应有为难之色。我闭目仰头灌下这杯酒，便将话题引向那玉玺。

　　官家本即是为此召我进宫，他也确信我说的是实情。传国玉玺现在耿真人手上，陈抟老祖足可作证。我是最后一个见过耿真人的南唐人，或许我有望来日能再见着她。

"皇天无亲，惟德是辅。寡人以揖让得天下，受禅为生民主，惟因宝玺未现，何敢有一夕安枕！而今宇内一统，风调雨顺，朕代天牧民，殷殷求治，万事惟以惜才为重。非常之功，必待非常之人。望你胸怀向上之心，速立非常之功，朕当不吝封侯之赏！"官家拈须展颜，开怀大笑。

官家问我有何欲求，我本该说仰蒙圣上于万机之暇赐召，得觐天颜夙愿已偿，圣上这般矜恤逾分，小人何敢复有他求。我却难以说出这般虚浮套语。借酒壮胆，我直接说出了自己的诉求。我说倘若来日寻获那宝玺，我惟求以此换取樊知古的老命，我必欲先见他死而后快。官家沉吟片刻，便说樊知古为国建功，不忍加害。我说陛下也曾以杯酒释兵权，樊知古亦可贬谪降用。我冒死说出了这句话。

我垂首静候，眼睛瞟着窗边那座精巧的夜漏。那须弥座上的漏壶状若假山，有角楼，有转台。转台有门，角楼悬鼓。那假山上有清泉流泻，我却只听到那计时的滴水声。

我本以为官家会动怒，不想他又赐我一大杯酒。他要我为此番成交而尽此一杯。他要以难荫为我加封职衔，他也冀望我辅翼小皇子德昭。

这时我忽然看见晋王愀然旁顾，那面色煞是阴沉。官家是冲着我说话，此刻他并未留意到御弟的脸色。

御弟呼我谢恩，便是要我告退。我强努着将这杯酒一饮而尽，便跪叩谢恩。我本不想领受官家的恩赐，但此刻我已无力言语。

"暂且退去，他日有诏。"官家挥一下手中柱斧，我看见那红穗飘忽一闪。

我起身摇摇晃晃地往后退，直退过一道雕龙纱屏才回转过身子。我本该即刻退出这寝殿，但却忽然迷失了方向。头重脚轻，两目昏花，眼前的一道道销金帷幕在旋转。我走向帷幕深处的暗影，那里仿佛有个出口。我顺着那帷幕倒下去。

我遽然为一阵吵嚷所惊醒。我定睛望去，就见那道屏风后烛影摇曳，又有晃动的人影投在这帷幕上。

"好做！好做！"

官家怒声叱喝。我从屏风的间隙望过去，就见官家正以那柱斧猛戳地衣，而晋王只是低头退避。那位花蕊夫人已是鬓乱钗堕，俯在那龙榻边不敢吱声。

"看你做这好事！"

官家怫然气噎，又以那斧柄击地。花蕊夫人的褒衣已被扯下，官家朝她瞟一眼，忽又因背痛而蹙额。

晋王虽在退避，那身影却有虎步龙行之势。他突然冲将过去，一把夺过那玉斧。官家正欲呵斥，那斧柄却已砸在他后背上。官家瘫倒在地，只是低声呻唤。晋王又挥斧猛击几下，官家便不再动弹，亦不再有声音。晋王俯身试其鼻息。

我惊恐四顾，就见自己躲在这厚重的帷幕下。我蜷缩起身子，将自己整个地隐在这帷幕中。

晋王将官家拖上龙榻，又为他解带加盖，摆出和衣就寝的姿势。晋王是以斧柄弑兄，官家的龙体并无血迹。（编者注："柱斧"并非斧头，而是有缨穗的拂尘，其柄或为金属或为玉石，可把玩亦可用于仪仗。）

花蕊夫人敛衽跪拜，那粉头就贴在晋王的脚板上。

漏壶水响，转台上北门开启，就见一只小鼠探头出门，又在那鼓面轻击三下。此时此刻，这寝殿是一片死寂。我看见晋王与那妇人做成了一团。

小鼠溜回角楼，小门复又闭合。我从这帷幕的缝隙望向窗外，就见大雪漫天，那夜幕浑如一片巨大的尸布。

太祖驾崩，晋王继位。太祖长子德昭死。太祖幼子德芳死。

我本不愿为本朝的历史作见证，惟因他们讳莫如深，我便想留下这实录。残年将尽，我也不再有何忌惮。（如是我见，如是我闻，后世史家可不慎乎？）

大宋朝的皇权旁落到了太宗一脉。太宗皇帝在灵柩前即位，又一反逾年改元的古制，即刻颁布"太平兴国"的新年号。在本朝史官所写的"实录"中，太宗皇帝治下的大宋依然是太平盛世。太平兴国二年，太宗皇帝诏令编纂《太平御览》，那部长编足有一千卷。太平兴国三年，太宗皇帝又诏令修撰《太平圣惠方》，其中载有无数个普惠万民的药方，但却未有任何毒药的记述。后来我才得知，太宗皇帝实为研制毒药的行家，而其助手便是翰林医官使王怀隐。（编者注：陆游《避暑漫抄》亦有记载，"……至内后拱辰门之左，对后苑东门，有一库无名号，但谓之苑东门库，乃贮毒药之所也。"）

我不必多说那一夜我是如何逃离那寝殿。或许可以说，那时我已有足够的聪明从那混乱中脱身：四鼓时分，晋王呼内侍进殿，内侍又传皇后，俄而就有一片恸哭声。我在那些杂沓的脚步和身影中溜出寝殿，又趁乱取一套丧服穿上。那时辰天色仍是一片昏黑，阴风回旋，雪雹交加，正应合着官车晏驾的事变。那夜幕本就酷似一片巨大的尸布，噩耗传出之后，殿堂和宫门又垂挂起素色幡幛。那宫门处也是一片惝惶，人进人出皆是为这丧事奔忙。我已身穿丧服，就跟着一拨髽麻戴绖的人溜出宫。

太祖皇帝英武睿文，创业垂统。太宗皇帝承继大位，亦以大唐朝的太宗皇帝自比。太宗皇帝比的是文治，我却想到那唐太宗本也是以弑兄戮弟而得位。

从三鼓至四鼓，那一个时辰秘不发丧，遂有那兄弟传国的所谓"金匮之盟"。

太平兴国元年（编者注：公元976年）的那个冬日，我再度蒙召觐见。那位晋王已是大宋朝的万岁爷。

官家是在便殿召见我。那龙床边有一个垂髫小儿在玩闹，那小儿正在扮演大元帅。官家说召见我是为先帝的许诺。他先是说起那三千两官银，许我随时取用，随后又屏退内侍，向我探询那玉玺之事。官家初登大位，更是急欲获得这宝玺。这次不待我开口，官家就说樊知古专恣横暴，武断乡曲，扰虐百姓，他迟早会以贪暴为由将其褫职削籍。官家说一俟我寻到那宝玺，他就立马将其赐死于路。

官家照例赐酒，我手捧犀杯忽觉一阵恶心。我想到那个烛影斧声的雪夜，那场醉酒令我目睹了那场杀戮。我手捧酒杯，立时又有惊悚之感：官家难道从未疑心我并未走出那寝殿么？

我正在忐忑之际，官家却又拿我的酒量取笑。他说内侍都知王继恩向他禀报说，那夜我甫出寝殿就吐了一地！

莫非是我酒醉失忆？我分明记得自己是躲藏在寝殿的帷幕下，我是在四鼓时分趁乱溜出那寝殿。我出寝殿时也并未呕吐，我神志清醒地取一套丧服，就在一片呜咽悲号声中混出了宫门。（多年之后我才知晓那实情。年迈的内侍都知王继恩过世前找到我，他说当年他是有意编造了那个我不在现场的说辞。而他之所以那样做，是因有德明和尚的托付。我若进宫有事，他自会尽力照应。王继恩说只此一事做过，他就不枉做了一世人。）

官家拿我取笑竟是如此开心，我倒也顿感有些释然。官家又夸我身为名将嗣子，才堪重任，当为皇家所用。他说欲要抬举我，望我辅翼那个名叫恒儿的皇子，他说不几年他将立恒儿为太子。恒儿就是龙床边的那顽童。我叩首辞谢，托词说当务之急是寻回那玉玺。官家深感嘉慰，他深信惟有我能找到耿先生，也深信华山隐士陈抟见过耿先生那宝玺，官家说他已诏赐陈抟号"希夷先生"。

我说此番追寻非旦夕可复命，或许要耗上三五载，我说可以三年为限。

官家慨然恩准，我再次顿首辞谢。官家又执意赐我以诰券，他说此事由不得我推辞，他说这赏赐自有大道理。

"朕闻怀玉抱德者忠以卫社稷，惠以安生灵。尔翁嘉猷远虑，藏天下至宝以俟真主，殉身舍家，虽九死而不悔，是谓功格天地，德侔日月。有大功德于世者，亦宜推恩于后。盖自结绳而为书契，自书契而为誓诰，君臣剖符，恩义永固。今天下归一，兆民称庆，朕受命以德，惟怀永图，是以铭之金券，兹与尔誓：长河有似带之期，太山有如拳之日，惟我念功之旨，永将延祚子孙，使卿长袭宠荣，克享富贵，持盈保泰，与国咸休。卿恕九死，子孙恕三死；或犯常刑，有司不得加责。於戏！朕既襃赏甚至，尔亦毋忘朕训。承我信誓，往维钦哉！"

这金券形如覆瓦，这丹书光色灿然，这是官家赐予我的"免死牌"。自古及今，皇帝赐予公侯勋爵的"免死牌"皆为丹书铁券，而官家赐我的却是丹书金券。这是怎样的旷古恩典！襃功免罪，世叨荣宠。这金券剖而为二，一半归我执作免死牌，一半付藏宫掖备验。

皇恩浩荡，圣意昭然。官家以河山之誓赐予我恩典，我却在这金牌上看到了血色。这券文中并无"谋逆不宥"的字样，而官家自可随意施加这罪名。先赐券，后赐死，持铁券而不得其终者亦早有先例。朱友谦助李存勖取天下，灭梁后李存勖赐朱友谦以铁券。朱友谦一门三镇，诸子为刺史者六七人，将校剖竹者又有五六人，恩典之盛，时无与比，而其合族二百余口终不免为李存勖所灭。

我本是为求杀掉樊知古，官家却以这金牌与我立誓。父亲的重托远比我一条小命更要紧，而我却头脑发昏领受了这信符。

官家自可为这盟约而庆幸，我却深陷从未有过的懊恼。樊知古不是也有开国勋臣的世券么？而今他却是难逃宰烹了。

天语纶音，质诸神明。官家必会履约贬除樊知古，而我却渐已有些意兴阑珊了。

一念方起，已成过去。我并非是要放弃复仇，只是不再为灭掉那样一条蝼蚁之命而躁急。

蝼蚁之命，纵有异勋奇功，官家亦可因细故而诛戮；纵是国之长城，国主亦可凭一盏命灯而决斩。

父亲是为朱铣所害，是为樊知古所害，更是为李煜所杀！

那昔日的国主不再是"违命侯"，官家已进封他为"陇西郡公"，那位昔日的小周后亦有了"郑国夫人"的封号。风传官家好色成性，郑国夫人屡屡入宫陪寝，陇西郡公便日夕以泪洗面。

"春花秋月何时了？往事知多少！小楼昨夜又东风，故国不堪回首月明中。……"

李煜的新词流传到宫中，官家便读出了另一番意味。官家虽是武人出身，却也以风雅自诩；虽非饱学之人，却也时常手不释卷。"春花"是易谢的桃花，是喻比薄命佳人，此即是指郑国夫人。"东风"乃"恶风"，这分明是说"东风"又在那小楼摧花！这"东风"又是指何人？

樊知古已遭贬降，其罪名是恃功不法，倚势凌民。官家严辞戒饬，如若骄恣如故，必将革爵夺禄，流配蛮瘴之地。

惟官家与我明了这原故，而樊知古本人只当是为权臣所陷。我不再刻意探听樊知古的传闻，或许我能等到他自生自灭。

我淹留在都，亦因我想索回父亲的遗像。那是父亲仅有的一张画像，我怕来日再也记不起他的模样。我杀死王霭，却并未从裱铺取走那画像，那时我担心他们会因此找到我，他们定会以取画者为凶手。而今那幅画像就在宫里，官家却拒不赐还我。官家效仿唐太宗建凌烟阁，那阁楼里悬挂着本朝名臣的画像。名将赐铁券，名臣悬画像，后者自是更为风雅之举。父亲当年身为武将与宋军交战，这本是今上的忌讳，而官家自是智量宽宏：既敬重其骁勇，又褒尚其忠贞。食君之禄，忠君之事。在那万岁殿的凌烟阁，在那些雍穆端肃的画像中，父亲竟是与开国军师赵普分居于两排画像的首位。我也深知官家的用意，他并非只为做给我看。他说待我寻到那传国宝玺，他将赐予我的不只是这画像。他说愿与我结为兄弟，同坐金殿龙床，他说他会以半壁江山换取那宝玺。

设若我真能得获那半壁江山，只恐迟早也会因此而搭上这条命。我已有这样的见识（我并非惜命，我只是不为那半壁江山而动心。如若献出这玉玺，即便不与官家平分社稷，我也断然能长享富贵，受用无尽。即便我不要这半壁江山，官家自会赐我以金山银山）。当年李后主必欲寻获这宝玺，本也是为保住他那半壁江山。"江南国主何罪之有？只是天下一家，卧榻之侧，岂容他人酣睡！"这本是太祖皇帝对徐铉所说的话，那时徐铉身为南唐使者，本是为求乞罢兵，他却也为自己预留了后路。今上比太祖皇帝更威严，卧榻之侧更容不得他人酣睡。

徐铉确是留有后路，身为棋坛国手，徐铉自有妙棋。浑朴藏势，圆融机变，一如他的书风。太祖皇帝斥责南唐国主久不归阙，徐铉却力辩南唐事宋殷勤无过，由此深得太祖皇帝好感。太祖皇帝也曾指斥李煜杜杀忠臣良将，忠臣即是指潘佑和李平，而他有所不知的是，潘佑李平曾为徐铉所排挤，他二人被杀也因有徐铉的挤对，而徐铉的同党就是那张洎。太祖所说良将是指我父亲，父亲遇害前我曾向徐铉求救，而今我早已对他的角色起疑。

太平兴国三年，我随徐常侍觐见。我随徐常侍从崇文院角门进宫（新建崇文院西面靠近大庆殿，故留有角门以便官家来此看书）。天下无事，官家好艺文，尝著《御制角局图势》数卷。是日官家先是赐我建州紫笋茶，那是来自父亲故土的贡茶。官家又以一盘棋势赐徐铉。徐铉说圣上的变势辟疆启宇，廓焉无外，奇妙高远，而又出神入化，昔抱朴子言善弈者为棋圣，陛下亦无愧棋圣之名。官家问徐铉此势有先例否，徐铉说陛下独步千古，驰突万状，天机秘密，与鬼神通。官家说此乃"对面千里势"。

官家捏弄着手中的水晶棋子，又问徐铉曾见李煜否。徐铉说未敢私见。官家便差他带我去探访。

我随徐铉去往李煜府。李煜原本住在利仁坊的礼贤院，近来已搬入新建的"山舍"。"山舍"中的李煜会是一副葛巾野服的扮相么？

我与徐铉并辔缓行，徐铉忍不住又说起张洎的传闻。张洎虽有高官厚禄，却仍不改那贪敛本性。他时常去向李煜索钱，某一日得钱不多，竟然顺手抄走了一个金脸盆！

"何妨！反正那李煜也是无脸见人，反正他也是以泪洗面！"我随口说出这句话，并未感觉自己有多刻毒。

徐铉凄然一笑道："人心险恶，莫此为甚！简直就是敲竹杠！可那小人又获提拔了！陛下以诗文考校，命题皆用险韵，臣僚应制赋诗，往往不能成篇，惟独那小人花俏流巧，连连中意。陛下喜悦，不升赏都难。"

我默然不语。时移物换，官场依旧还是那个官场。这仆马词章的较量，这见风转舵的争竞，这本是他们的食蛆之乐。

"空有大家之名，居然无才应制！徐某其实是不屑！不押险韵，不用奇字，惟求一个平易，一个真率！白香山亦不过如此！"

"好自为之吧！"我将当年他送我的这句话还给他。我懒得说出自己的厌恶之感。徐铉为官，圆融自如，事事了彻。那是他们狗苟蝇营的官场。他们望风顺旨，唾面自干，而我甚至不愿辅弼一个未来的天子。

我情愿拒受这丹书金券的不世之恩。

"贺者在门，吊者在闾。老朽也算活了个明白！"

我加鞭促马，不想再听他絮聒。风从西北吹来，马儿迎风躜行。李煜的"山舍"在城西北。大唐皇帝祖籍陇西，南唐皇帝自认是大唐苗裔，而今李煜又被封为陇西公，而陇西就在汴京的西北方，这昔日的国君该是有些回乡之感了。我正这样想着，就听徐铉轻吟一首古诗句："西北有高楼，上与浮云齐。交疏结绮窗，阿阁三重阶。上有弦歌声，音响一何悲！……"

李煜的"山舍"虽不阔大，却也有五进之深。太祖皇帝大度优容，恩推恶杀，那"违命侯"的爵号虽有羞辱之意，可毕竟也是列侯之号，有此封号，这亡国之君便可得享俸禄。太祖皇帝也授李煜以光禄大夫、检校太傅、右千牛卫上将军的虚衔。而今李煜由侯升公，更是官家格外施恩。李煜虽身为囚虏，这山舍却实为豪宅。

徐铉望门下马，对那守门老卒说愿见君公。老卒说有旨不得与外人交接，徐铉说是奉旨来见。老卒进院通报，我与徐铉立于廊下。

侍女在那檐下摆了三把旧椅，就见李煜纱帽道服出迎。徐铉欲行君臣大礼，李煜便慌忙降阶。徐铉又欲趋前拜，李煜急忙挽过他手臂。他们携手步上台阶，徐铉又欲行宾主礼，李煜说今日岂有此礼。徐铉仍不敢与李煜对面相坐，便将木椅拉偏少许。李煜不依，硬要扶正徐铉的座椅。正在相持不下，李煜遽然失声嚎哭。徐铉无奈扶正椅子坐下，李煜随即收止哭声。李煜哽咽落座，徐铉这才斜签着半臀坐下。

他们默然垂首，一时相对无语。

我就这样被晾在一边。自进门那刻起，徐铉就不再正眼看我，而我只是冷眼站在他身后，我也并不跟随他行礼。

徐铉不知我与官家有密约，他只将我视作以难荫讨生计的可怜虫。这是他们的拜见，昔日君臣的拜见，今日同僚的拜见。他们同食新朝官禄，而我只不过是一个落难的孤儿。

我确是一个可怜虫，但我不再需要他人的怜悯。父亲命如草芥，我也不值一提。他们也绝不会给我以怜悯。徐铉不为我引见，李煜也没多瞅我一眼。

"离菩提心，一切所作，皆为魔业。"李煜似是在自言自语。

"独立不惭于影，独寝不惭于魂。"徐铉也是在喃喃自语。

我杵在庭下望着他们，又听李煜喟然一声长叹。

"悔当初错杀了潘佑李平！"

徐铉默然缄口。当年杀潘李，与他徐铉也不无干系。

怒火在我心头聚积蹿动，李煜依然不看我一眼。

我忽然血气冲顶，就大步跃上台阶，我跨步近前，直冲那小儿怒吼："昏君死到临头！不为杀林将军悔么？"

李煜惊骇踣地，他以手遮面发出呜呜的怪叫声。徐铉慌忙将他搀起，侍女又将椅子扶正。此时此刻，这昔日的国主神色凄怆，像是一个惊厥吓懵的孩子。（那一刻我几乎就动了恻隐之心，几乎就要放弃这复仇的念头。倘若他也只是一条蝼蚁之命，我就不知自己还能否下得了手。我并非以德报怨的君子，亦非慈悲为怀的大德。只不过是这点怜悯之心，这就足以令我罢手。不杀樊知古，不杀李煜，杀父之仇不报，我将在永劫的沉沦中忍受这苦迫。）

如如不报。

我只要他说出一个"悔"字。

徐铉侧身对他嘀咕几声，李煜先是怔怔地望着我，随即又嗔怪地瞪着徐铉。徐铉回避他的眼神，却又恼怒地瞅我一眼。李煜嘴唇嗫嚅片刻，却并未吐出我要的那个字。

"我父亲要你说悔！"

他嘴唇紧闭，不再抖颤，不再有怯弱的眼神。他先是对我瞪目而视，随即又微微眯起眼。此刻我能看见他的重瞳，我在那重瞳中看到一丝寒光。那寒光不是文采，不是柔情，而是暴戾与冷漠。

那是来自权势者的冷漠，来自造恶业者的冷漠。那冷漠亦是一种实情，那实情发自本性。

他是不屑于说出那个字。

不杀者慈悲，杀者解脱。破一切相，归无余道。那么，我也该收起这可怜的善心了。杀因。杀缘。杀法。杀业。他们并不在意我的怜悯。我把这怜悯留给自己。我要听命于自己的血性，这是我在携宝亡匿的日子里所炼就的血性，也是我作为林将军之子所本有的血性。这血性终于激起我的杀念。不再卑屈。不再隐忍。我要报尽形灭的解脱。

　　河汉迢遥，夜凉如水。就在那个七夕之夜，我随秦王廷美去向李煜送贺礼。秦王乃官家胞弟，亦是开封府尹。秦王大驾亲贺，这使命自是非同寻常。（廷美本是叫光美，改名是为避太宗皇帝讳，因太宗皇帝叫光义；太宗皇帝当年也曾避太祖皇帝讳，太祖皇帝叫匡胤，匡义遂改作光义。为避太祖皇帝讳，南方的匡庐早已改叫作庐山。再说那后来的真宗皇帝，亦即太宗皇帝冀望我辅翼的恒儿，恒儿称帝，那天上的姮娥也不得不避讳，姮娥遂再次易名为嫦娥。前汉年间，姮娥也曾为避文帝刘恒讳而易名。）

　　那月宫里的姮娥姗姗来迟，又为一片乌云所遮掩。这样的七夕之夜，李煜也曾与小周后在金陵深宫玩那牛郎织女的游戏，那红罗亭中有月宫天河，也有扮作仙女的宫娥演奏《霓裳羽衣曲》。

　　这一个七夕自是非同寻常。这是李煜的四十一岁生辰。（编者注：虚岁为四十二岁。）

　　车驾驶近李煜的"山舍"，就听墙内传出了弦歌声，那歌乐声韵悠扬，听来却甚为凄切。那正是李煜新填的一阕《虞美人》——

　　"雕栏玉砌应犹在，只是朱颜改。问君能有几多愁，恰似一江春水向东流。……"

　　门卒传呼通报，墙内就停了歌乐。秦王不待李煜出迎，就径奔那夜宴所在的后花园。

　　李煜率郑国夫人跪迎，那些个盛装歌女也跪拜如仪。秦王代官家赐器币贺礼。李煜叩谢起身，又恭请秦王上座。那案几上摆着几样酒食和果品。

　　我捧出官家赉赐的鹿胎酒，李煜再度跪地叩谢。我取出随身携带的白玉杯，缓缓为他斟满一杯酒。我的手并不颤抖，此刻我是如此之沉静，仿佛周身的血液早已凝结成冰。我能听见那冰块破裂的响声，那是早春的河流融冰时的脆响。

　　我也听见这酒落玉杯的声响。我看见这昔日的国主在瑟缩中流泪。他自会想到官家赐赏的这寿酒非同寻常。此时此刻，他的手不再屈指作佛印状，这重瞳美目也不再有亮光。他从我手上接过这杯酒。这寿酒确是非同寻常。这美酒芳香四溢，似非人间所有。

　　"全一命，积一福；少一杀，少一怨。"我漠然地对他说出这句话。

　　他饮酒，倒地，默然无声。他手脚抽搐，四肢扭动，忽又弯腰曲背，头足相就，如被某种机制所牵引。原来这就是官家的"牵机药"！我早就闻知官家是制毒行家，如今眼见为实，仍不免为这毒药的奇效而惊诧。而我早已学会了不动声色，正如我也学会了借刀杀人。他们也都是这么干！天理良心，我这样做也是替天行道。不为那旧日的城郭和人民，我只为自己的父母，只为父亲的那个义女，也为申屠令坚，为那些死于火中的女尼，也为广场上那三个被砍杀的学生，也为那无名的自焚者。

　　昔日的国君就在我脚下，他的身体在猛烈地挣扎，他那额头上已是汗水淋漓，那广额丰颊曾是真龙太子的奇表，那曾经的玉树临风，曾经的形销骨立，此刻都已化作这扭动的一团。这蜷曲的形体也酷似他那书法的形状，一种由他独创的颤笔。

　　我在女人的哭声中望着那扇花窗，那窗纸上残留着他的绝笔，那是一片扭曲的醉墨：万古到头归一死，醉乡葬地有高原。

后世慧心明目的读书人啊！我要坦然写出这实情，这是那些史书讹传中所没有的实情。知我罪我，我已无从知晓。

那毒酒是真，那毒酒中的牵机药也确是太宗皇帝所研制，李煜也确是为太宗皇帝所赐死。我要坦言的实情是，那个暗中出手的索命鬼是我。

那日我随徐铉探访李煜，事后照例要向官家回奏。徐铉不敢有所隐瞒，遂向官家如实禀报：李煜为杀潘佑李平悔，是为错杀良臣悔。官家说亡国之君为错杀良臣悔，此乃人之常情。徐铉便说李煜不为杀林仁肇悔，可见他早已认命死心。他就这样说出我父亲的名讳，而他这是在为旧主开脱。我已怒不可遏。我霍然起身大声说："李煜拒不自悔，只因他未得那秘藏！林将军拒献宝藏，便是绝了李煜后路！"徐铉便袖手攒眉，惴惴不敢多语。官家沉吟不决，便又征询我的观感。我说陛下圣眷隆厚，那李煜虽已位列拱极之班，却是终日以泪洗面，不胜愁苦，因他暗里仍是违命之侯，因他心怀怨望有恨意，也仍有自视为江南主的妄念，有那"故国不堪回首"的词句为证，他说"雕栏玉砌应犹在"，他说"多少恨，昨夜梦魂中"，这便是他的《望江南》！那违命侯无时无刻不在神游故国，由是他才为杀潘佑李平悔。官家便说李煜知恩不报全无心肝。我又说江南有人为李煜立生祠，李煜竟慨叹说是人心不泯。江南人心不泯，李煜失国之恨不泯。"离恨恰如春草，更行更远还生。"这也是他写下的诗句！春草无际，荒草如烟。野火烧不尽，春风吹又生，那些草根和草籽不曾被烧死。陛下深宫安寝，那春风却是一夜吹过，一夜之间，那些枯草便满地疯长。陛下见识过江南的天气么？官家便发狠说要赐李煜死，就在这个七夕节，这恰好也是李煜的生辰。我说我来做。

太宗皇帝追赠李煜为"吴王"，并以王礼葬其于洛阳邙山。徐铉奉诏为李煜题撰墓志铭，他以生花妙笔将其旧主写成了仁主："惟王天骨灵秀，神气精粹，言动有则，容止可观。本以恻隐之性，仍好竺乾之教。草木不杀，禽鱼咸遂。赏人之善，常若不及；掩人之过，惟恐其闻。以至法不胜奸，威不克爱。以厌兵之俗，当用武之世。孔明罕应变之略，不成近功；偃王躬仁义之行，终于失国。人君莫不欲安，然而常危；莫不欲存，然而常亡。盖运历之所推，亦古今之一贯。德虽不竞，孰匪天亡。道有所在，复何愧欤？"

盖棺论定。这也是他们最后的君臣礼。

他们无悔无愧。我亦无悔无愧。

无悔无愧。无喜无悲。大愿已了，我已心无挂碍。

透过殿宇楼台间的迷雾，我恍若看见一片雨后的云山，我听见那空寂中传来的山泉声，我看见那女子谜样的身影。三百年前的那女子，溪水边的女子，她在寻春归来时拈花微笑。那是怎样的一种会心一笑？

终日寻春不见春，
芒鞋踏遍岭头云。
归来笑拈梅花嗅，
春在枝头已十分。

佛祖拈花，迦叶微笑。自性不归，无所归处。愚痴如我终于有了豁然开悟的刹那。如甘露洒心，似醍醐灌顶。明月当空，清风徐来，我顿感一种莫名的震颤。风吹雾散，月色皎然，我的内心涌起一种隐秘的欢喜。我在无明的昏妄中迷失已久，那是为复仇的执念所驱迫。我甚至已与官家有了那样的密约。官家言而有信，我已如愿复仇。官家许我以半壁江山，那是以传国玉玺为交易，还将以我的性命为代价。"非常之功，必待非常之人。"官家寄我以厚望，父亲也寄我以厚望。他们以这"非常之功"寄望于我，而我并非"非常之人"。

我并非"非常之人"，我已然看见自己本真的心性。见性明心。自性自度。或许我原本就不该为复仇而现身，或许我应再度逃亡，再度隐身。

我向官家乞假三年，承诺三年之内找到那玉玺，官家欣然恩准。我要逃离这人烟辐辏的京师。我从皇宫里取出那三千两银锭，这些银两足够我半生用度，我将其寄存在城南一座禅寺里。那禅寺的寺主便是德明和尚。开宝六年的那个罹难日，我去栖霞山访他未遇，岂料国灭之后在这汴京意外相逢。我之所以如此信任德明和尚，不因他是韩熙载生前好友（张洎之流不也是韩公的门生么？），只因是他安排内监都知王继恩照应我，而德明和尚说这是耿先生的托付。

我是在李煜死后不几日遇见他。那日我遇见他时，他正在那清寂的禅院扫树叶，那茶堂的窗下正煮着一壶水。我在槛外向他讨茶吃，不想竟是异乡遇故人。我虽不喜那禅寺香火的气味，但因有耿先生的缘故，我也乐意与德明和尚走动，其实我是孤身独处，无人可访，亦无人可与语。去者日以疏，生者日已亲。我尤爱禅院里那片栀子花树，那栀子花树令我想起母亲，想起她在花树边的最后的身影。

　　这馥郁的芬芳是我记忆深处的气息，德明和尚却说花香扰了他的禅定。六祖之后禅宗"一花开五叶"，德明和尚本系青原行思一脉，而青原行思本是吉州人。申屠令坚曾是吉州刺史，德明和尚说起申屠令坚家人的惨死，我忍不住又是一番唏嘘。德明和尚是局外人，他对那秘藏一无所知，而我也是缄口不言，可他却是无意中说到了另一种秘藏。他说六祖的衣钵或许依旧在曹溪。他说惠能和尚是中土禅宗六祖，但若从迦叶尊者算起，惠能应是佛传三十三世祖了。

　　佛祖的衣钵，秘传三十三代的圣物。我想到自己身负的秘藏，我实难想象它们未来会有怎样的归处。我难以想象它们还要等待三十三代人的时光。

　　我不知德明和尚是否看出了我的心事，但我还是忍不住要说出我的疑惑。既然耿先生曾经托他照应我，我就借这话题说起昔年的那一幕，说起耿先生在小长老僧衣上击出的碎块，但我还是有意避谈那事情的原委。我并未提及史虚白墓中的金塔和宝匣，当然也绝口不提那谶图和宝玺的秘藏。德明和尚默然寂坐，而待听完我这番绘声绘色的讲述，他便对我说起耿先生的纯阴内力是如何了得。不知他是否看破了我的有意隐瞒，既然他并不为此使我难堪，我便说出困惑已久的另一个疑问，那是耿先生本人一直避讳的话题。

　　"耿先生年岁究竟有多大？"

　　德明和尚轻掸一下拂尘，又微微抬起眼皮，就这样肃然望我一眼，以示这话题的分量。

　　"噢，中主朝她炼雪成金时，人问她年寿几何，她说是两个九了。及至后主朝佛道大会，人问她年岁，她也还说是两个九了。"

　　德明和尚结跏默坐，我也一时静默无语，如此这般对坐良久，我又转头望着窗外那片栀子花树。德明和尚便说白色的栀子花是禅友。我在栀子花香中听他讲解《弥勒下生经》。这禅室里也供有一尊弥勒佛。这尊弥勒佛法相庄严，嘴角微扬，于沉静中隐现出我无法参悟的神秘。

佛经说弥勒下生是在释迦灭度五十六亿六千万年后，那是我注定等不到的来世。

"弥勒佛究竟何时下生？"

"天上无弥勒，地下无弥勒。释迦世尊将入涅槃时，以右手摸弥勒菩萨头顶说，当来世后五百岁正法灭时，汝当守护佛法僧宝，莫令断绝。"

"释迦灭寂，而弥勒尚未成道，这世间不就是无佛么？"开宝六年的那个秋夜，我也曾对秦蒻兰发过这疑问。

"幸好还有地藏菩萨，地藏菩萨发大誓愿：地狱不空，誓不成佛；众生度尽，方证菩提。"

"地藏菩萨度脱一切受苦众生，见证大因果大报应，可家父的遗言却是'如如不报'。晚生实难领会，还望师尊特为解说。"

"如如不动，无妄无执。不报恩仇，自生自灭。"

德明和尚不动声色，似是不假思索的随口作答，我却顿时有些豁然。这老和尚跌坐不动，双手施禅定印于脐前。我默默地望着他眉间的光芒。这老和尚神色萧然，虽也低眉敛目，但却无碍与我说话。他与我说起地藏菩萨的安忍不动与静虑深密，说到过去庄严劫的那尊知众生平等身佛，也说到西方极乐世界的诸般妙相。我也与他说起那些风流云散的南唐往事，也说起韩熙载生前那最后一场夜宴，而德明和尚就在那画中。德明和尚在那鬓影霓裳中神色窘迫，顾大师如实画下了那情状。我也说起那些被劫掠的图籍和法帖，说起李煜焚毁书画的那场火，说起那位为国主掌管墨宝的宫人（我只是轻描淡写地说起，照例隐去与我相关的实情）。德明和尚说那位黄氏保仪兴许还活着。

"宫中起火是真，净德院女尼自焚是真，宫中却无人赴火身亡。"

"传说那火中有个人……"

"那场火确是烧了不少钟王墨宝，那火中却是绝然无人。"

"听说是那黄保仪……"

"那黄氏保仪定然是逃出了，其时离城破尚有一年光景。"

"逃走？……那不就是出宫么？"

"据说她是有了身孕。"

那女子还活着。那女子已有身孕。那女子早已出逃。

我难以掩饰自己的震惊。德明和尚困惑地望着我。那一刻，我对眼前的景物已视而不见了。那一刻我神思出窍，一缕悬念飘到天际。那天际有一缕随风轻飏的芳魂。我分明看见一个幻象。那幻象却是如此的真切。我看见母子二人行走在一片凄风苦雨里。我看见一个男子在呼喊着追赶。那男子总也追不上，那母子也听不见他呼喊。那风中的雨水是泪水。那个男子就是我。

那温香软玉的欢合，那是我此生不会再有的爱情。一朝离乱，万里系心。蓝桥幽隔，原本无期。那一场厄夜欢爱，注定是一生一世的情缘。

"起念断然有爱，留情必定生灾。山深水冷，三生路长。阿弥陀佛！"德明和尚黯然自语，默默地看着我流泪，又为我续了一盏径山茶。他对那些宫掖秘奥并不知悉更多。他也并未见过那女子，他只是听另一位高僧言及那件事。这偶然的话题足以决定我今生的命运。

那风姿绰约的女子，那生身无父的孩子，他们行走在一片凄风苦雨里。

九死易，寸心难。我无以逃脱这业力，我此生的命运就是要找到她。

再度逃亡和隐身，不再只为完成父辈的重托，也是为找到那女子，也是为找到那孩子。

我一日不死，就一日不放弃这追寻。

兔走乌飞，鸟啼花落，春去秋来忽焉三载。我在失魂落魄中山行野宿，我向那些燃着篝灯的驿站探询，也在那些驿站的诗板上留言。我走过无数个城邑和村落，也穿过一场又一场苦雨和凄风，我所寻觅的人却依然杳无影迹。

三年假满，我本应向官家复命，官家也定会与我续约。那宝玺仍在我所埋藏的秘处。我若不向官家复命，未来就是真实的逃亡。

光阴迅速，年命如流，三十载寒暑倏忽而过。

大中祥符元年（编者注：公元1008年），天下是真宗皇帝的天下。昔年太宗皇帝欲让我辅弼的恒儿，而今即是大宋朝的官家。

九五之尊，万乘之贵，他们皆是天纵神明，皆为天生天子。真宗皇帝自然亦是大有来历，本朝实录早有记载：恒儿生时左足有天字纹，太祖爱之，育于宫中；幼时尝登万岁殿御座，太祖问曰"天子好做否"？恒儿答曰"由天命耳"。

　　太祖启运立极。太宗励精图治。及至真宗之朝，天下俨然已有盛世之象。民无大乱，朝无巨贪，外以檀渊之盟与契丹媾和，边境暂息祸患。真宗皇帝登基十载，由而立至不惑，而我已是五十有五，已是满鬓青霜的年岁。天命已知，心力犹存，我却依然未能找到那母子。在此大中祥符元年，官家的盛举予我以最后的契机。

　　先是官家发梦偶遇神人，神人说上天将赐降"大中祥符"三篇，是为彰扬这太平盛世。新正初三，真宗皇帝对近臣说梦，遂于宫中速建起黄箓道场，不日便有天书现于承天门。官家召群臣拜迎天书，又见紫气如龙凤覆宫殿。那天书赞官家奉天庇民，居器守正，德修仁施，世祚延永。于是便有野人献嘉禾，州牧献灵芝，乌鸦逢盛世而变白，蝗过有德之地不食苗。春三月，泰山父老千二百人赴京请封禅，又有兖州并诸路进士等八百四十人诣阙请封禅。四月，又有天书下降，便有文武官、将校、蛮夷、耆寿、僧道二万四千三百七十余人诣阙请封禅。又有朝臣文思泉涌，连上五表恳请：汉武盛世封禅，唐宗盛世封禅，今逢三百年未有之盛世，当行三百年未有之大典。盛世封禅，乃太祖太宗夙愿。盛世盛典，自是天意。天既垂休，礼罔不答。

　　上苍已降天书，来而不往非礼。又有司天台奏曰："前岁周伯出氐南，煌煌然可以鉴物；去岁五星聚奎宿，郁郁乎文明日盛。德星高照，所见之国大昌。当兹昌明盛世，不封禅何以报天恩！"官家不再虚谦，遂诏令秋十月东封。（编者注："周伯"即周伯星，司天台所云"前岁"当指北宋景德三年。作为天体物理学专业的毕业生，编者忍不住要在此抖弄一点学问。景德三年亦即公元1006年，那颗周伯星名为"Supernova1006"，那是人类历史上记录最早的一颗超新星，也是肉眼可见的最明亮的一颗超新星。2006年，国际天文联合会和南京紫金山天文台曾联合主办"SN1006—千年"国际学术研讨会，隆重纪念一千年前的这一发现。在世界各地对这一奇异天象的记录中，尤以中国宋代的文献最为详实。那时汴京郊外有司天台属下的四个观象台，我们今天在《清明上河图》中看到的山顶高台式建筑，很可能就是那时的观象台。据《宋史·天文志》和《庆历国朝会要》等书记载，司天台于景德三年四月戊寅"初见大星"，但直到五月壬寅才奏报。此星"状如半月"，"煌煌然可以鉴物"。如此显见的异象竟在司天台那里压了一个月！其实真宗皇帝也未必没看见，他只是佯装不知。原因无他，只因君臣上下都无法断其吉凶。司天台丞周克明占卜的结果是"妖星为兵凶兆"，但他深知这并非皇上所要的说法，遂以出差在外为由拖延，最终呈上一个"周伯德星大吉"的解释。皇上遂龙颜大悦，当即提拔其为太子洗马殿中丞。周克明得意之余又向皇上提议："臣闻中外之人颇惑其事，愿许文武称庆以安天下心！"）

普天同庆，举国若狂。贡使络绎于道，他们来自高丽、女真和大食，也来自西凉和西南等蛮番。献礼者载歌载舞，他们自有官方的邮车驿马供驱使。

大中祥符元年，"太平天子"为这旷世大典而劳神，而他梦寐以求的却不是这些奇珍和异物。神人说将降三道"天书"，官家却不知这第三篇如何写，也不知该预置在何处。官家依然期待那最宝贵的祥符现世，他以十万两黄金悬赏耿真人，而那传国玉玺其实就在我手上。

受命于天，既寿永昌。

汉武盛世封禅。唐宗盛世封禅。汉武帝唐太宗都曾拥有这宝玺，倘若这宝玺在这大中祥符元年再现，那将更是太平盛世的天启明证，也定将使本朝官家千古流芳。泰山封禅，原本就是为千古流芳。

官家欲求千古流芳，而廷臣们亦将加官进秩，不枉一番辛劳。

天赐国宝。他们视其为圣物。我若拱手献出这圣物，即是与官家共襄盛举，亦是广告天下我还活在这人世间。官家必将大事张扬这盖世之功，官家的诏敕将会印在朝报上，那些驻京的进奏院官员自会将其誊抄成邸报，那些邸报将会快马传遍帝国的每一个州县，那些诏敕将会传作坊谈巷议的新闻。假若有了这样的广告，他们（那苦命的母子，倘若他们还活着）就有望找到我。

而这盛世只是他们的盛世，只是颂歌和谀词中的盛世。官家祈雨赈恤，我却看到廪粟为公人所贪；官家蠲赋役释系囚，我却看到民宅为酷吏所强拆；官家谕令诸路收瘗暴骸，我却看到河上有更多的浮尸；官家劝学举才，我却看到官以贿进，士子求官必先学做小人。

这确是他们的盛世好日子。四境平，户口增，官库盈。读书人争相传诵官家新作的《励学篇》："富家不用买良田，书中自有千钟粟。安居不用架高楼，书中自有黄金屋。娶妻莫恨无良媒，书中自有颜如玉。……"冗员塞途，文恬武嬉。官家诏禁朝臣非休暇例假群饮，他们便奏请设立一个天庆节。他们说天子门生躬逢盛世，天天都该过天庆节，而为天庆而饮即是效忠，即是尽职。（是年冬月，官家便诏令以正月初三为"天庆节"，因官家是在该日首言天书梦。）

瑞光庆云，一派祥和。他们颂圣以自献，借圣以自高。他们上下相蒙，惟事贪赃渎货，始蚕食，渐鲸吞，视万金呈纳如箪馈。他们说盛世无阙政，官家便明谕禁百姓告御状，禁庶民习天文，禁僧道言祸福，又废贤良方正直谏科，又令焚毁民间谶图纬书，传用惑众者剐，隐匿不报者斩。

而我藏匿的不只是那宝玺。那卷谶图足以让我送命（我几乎已忘记自己有太宗皇帝赐与的丹书金券，九死之中我至少可免一死）。南唐三主都曾见过那谶图。紫微郎朱铣更是想毁掉它。这大宋朝也有这样的紫微郎。

这远非我想见到的盛世。

大中祥符元年，我为这最后的抉择而煎熬。如若献出这宝玺，这或将是找到那母子的惟一指望。我已在日月交迫中苦寻三十三载。而若他们已不在人世，我的献玺之举就非但毫无意义，反且是违逆父亲的遗愿。我难以确定那母子是否还活着，我能确定的是父亲已殒命。

而父亲究竟是有怎样的意愿？在那李氏后主的末世，父亲拒不献出这传国玺，但若生逢当今这样的盛世（我姑且借用这说法，只是与李煜之世相比而言），父亲依然会宁死拒献么？

父亲予我以寄托，耿先生给我以历练，她也给我以信任，给我以救护。而今纵使相忘于江湖，我却依然感受到她的护佑。

我一夜之间长大成人，他们予我以重负，也将某种愿力传到了我身上。一切惟有听凭自己的决断，也惟有以独自之力承担。而今我已自识宿命，余生就更不可为官家所驱策。

锦鲤跃龙门，白象驮宝瓶。他们说这是太平盛世。南唐烈祖之世不也是太平盛世么？史虚白却不愿献出这宝玺，盖因那太平盛世已有宋齐丘在作怪。有宋齐丘尔后有"五鬼"，有"五鬼"尔后有元宗朝的宵小乱政。而在这大宋朝的太平盛世，我分明也看到朝堂中满是宋齐丘式的贼人。

我确信耿先生还活着，她老人家道法高深，自可逃避官家的罗网。万里层云，千山暮雪，纵是云山遥远，纵是游踪无定，我却依然能感觉到她的存在。"万里云天，皆非心外。"若要献出这宝玺，她定会设法传给我信息。

这宝玺不过是一块玉石，即便是以无价之宝和氏璧制成，即便这荆山之玉是岁星之精所化育，这印文也还是凡人的手笔。一人传虚，万人传实。千年传承已将其变作天赐神物。这是人间帝王至高无上的法宝，这法宝将使他们的威势更骄恣。

我将那传国玉玺封藏在黑暗中，就让它在黑暗中等待我无望看到的时世。我也将自己这颗破碎的心留在黑暗中。这黑暗便是此生此世无尽的折磨。

行走在凄风苦雨中的母子，他们听不见我的呼喊。莫非那只是一个幻影？

大中祥符元年，我因父辈的重托放弃了找寻他们的契机，而我加诸自身的是另一重重负，这将是伴我至死的苦痛。

我祈愿这只是我自身的苦痛。倘若他们已离人世，他们会因我的使命而骄傲；倘若他们依然流落无依，他们的磨难会因我的苦痛而减除。

我依然不会放弃这苦寻，我祈盼上苍为这至诚所感给我以惊喜，即便只是在我咽气之前匆匆一见，即便是要我来世做小人。

人生寄一世，奄忽若飙尘。我在阒寥孤寂中又走过了三十载。断想崖前，无阴树下，朦胧间我恍若又看见那幻景。我看见风雨之后的一道彩虹。我看见那母子在向我挥手作别。那彩虹之后是更为深沉的夜幕。

世事漫随流水，算来一梦浮生。岁月流转，写下这词句的李煜早已成了传说中人，在这个文风鼎盛的大宋朝，他是作为一代词王而被追捧。我远离一切舞文弄墨的交游，也逃避一切与南唐相关的风物。时移境迁，那桨声灯影的怀思早已如梦远去，连同那些云诡波谲中的花树，连同那些消失在雨雾中的死者的音容（还有那只飞出画楼的燕子，我至今不知牠衔走了怎样的纸条）。这逃避注定只是一种徒劳的挣扎，因我分明看到，有多少人事仿佛就是南唐的再现，仿佛就是一道屏风后的影戏。那个冬天的雪夜，那皇宫深处的斧声烛影，那时我正巧就躲在一道屏风后。

冠盖相属于道，仕途秩序俨然。他们趋附奔竞，于钟鼓和乐中上下交征利，于温情脉脉中率兽而食人。这大宋朝"五鬼"甚至比南唐"五鬼"出现得还要早。枢密使王钦若、参知政事丁谓、三司使林特、经度制置副使陈彭年、内侍刘承珪，早在那太平盛世的真宗年间，朝政即已为这"五鬼"所挟持。他们怙宠骄矜，恣作威福。（编者注：据宋史《寇准传》，丁谓出准门至参政，事准甚谨。尝会食中书省，羹污准须，谓起，徐拂徐溜之。准笑曰："参政国之大臣，乃为官长拂须邪？"此即"溜须"一语的出处。）

　　如今我见山是山，见水是水。我也领悟了"虚室生白"的真义。身为化外之民，我本无意为本朝的人事耗笔墨，惟因我是如此熟稔那卷流传千年的秘图，也就难免臆想其未来的灵验：汴都皇室的嫔妃们无不喜爱李煜那画像（写真传神，那也是出自周文矩大师的手笔），而皇家素有感应怀胎生龙子的异征，设或来年有某位宠妃观此画而有孕，那么，大宋朝未来的天子会是李煜托胎么？我无法摆脱这臆想，我甚至想到李煜并非是为复仇而投胎，因他已知兴亡皆是命数。果如此，后世史家便可大书特书这奇缘。同是生于深宫之中，长于妇人之手，同是雅擅诗词书画，李煜既以诗词成一代文王，那位转世天子或可以书画垂名。两镜相照，万象历然。

　　宝元元年（编者注：公元1038年）春三月，我拖着病残之躯返回汴京。真宗皇帝早已作古，他也带走了那三封天书作陪葬。玉玺和谶图仍在那秘藏处。我苦心保藏这玉玺，是为完成那重托。天道有常，不为尧存，不为桀亡。这秘图本应呈现给世人，而我经历的却是一场徒劳。我只是在梦中看见过那场烟火戏，我看见那三幅图景依次展现在夜空中。我无力将其流布四方，示与一切众生。官家牧民有术，蚁民百姓莫不望风归顺。风行草偃，众生依依。他们望宫阙而俯伏，乐皇化而鼓舞。那位紫微郎本欲焚毁这图谶，终来却是自身被投入了丹炉。那炉火自会在七七四十九日后熄灭。火灭而丹成。而于那些冠冕华服的肉食者而言，朱紫薇不啻是一味妙药灵丹。他以一己性命成就一味丹药。我不知耿炼师是否将其送给了国主。

白发悲长夜，残年入暮秋。宝元元年的那个秋日，我在京郊荒寺的斜阳衰草中枯坐，那南飞的雁阵使我遽然觉醒：来年的此时我会在哪里？那雁阵将会在明春再度归来，而我或许不再有来年。时不我待，是该了却此生最后一桩心事了。在这油尽灯枯之年，我已了无挂碍。

往事历历，交织着幻灭与遗恨。死者默默，生者哑然。俯仰岁月之间，这五浊恶世是不再有那样的人物了，他们或青山埋骨，或黄土安魂，他们的情怀只属于那邈远的往昔，而等待他们的是湮没与遗忘。日升月落，来日无多。我要写下这份伤悼和见证。这是对逝者的告慰，也是对后人的哀悯。

如梦幻泡影。如露亦如电。开宝六年的那个中秋，那样的一种偶然决定了我的命运。仿佛是因某种天意而获选，那种种偶然其实都有前因，那是命定的宿缘。那个天色愁惨的秋日，倘若我未能悟解父亲那手势，倘若我未在栖霞山偶遇耿先生，倘若我未曾逃到后宫那座蔷薇院，我这一生将会是怎样的命途？一切皆因偶然而引发，而冥冥之中又确是有大机缘。假如我未曾悟解父亲那手势，假如我未曾看到那浮雕上的遗言，假如那一刻我未能联想到那石匠，那玉玺势必至今仍封藏在栖霞山的岩洞里……

父亲确信我能找到那宝玺么？

假如我误过了这个大机缘，那将会是怎样的一个了局？

弘毅之士，杀身取义，临大节而不可夺。父亲已决意舍生，那是挺然不回的孤绝。如如不报。这是父亲最后的遗言。父亲实不期待我以那方玉玺救他脱难，亦不指望我为他复仇。假如我能找到那宝玺，他会为我堪当重任而欣慰；假如我无力找到那宝玺，那就让它永留在暗中！

——那宝玺其实是祸端！

如如不动。自生自灭。

我已几乎记不起父亲的模样了。我没有他的遗像，太宗皇帝将其留在那深宫秘阁里。我也记不起父亲对我说过的最后一句话了。开宝六年的那个秋日，父亲留给我的只是一个苍凉的姿势，一个石匠的姿势。那个落雪的黄昏，我在北方驿道上遇见一位石匠，那只是一个出门谋生的石匠，而就在那擦身而过的一瞬间，我已是泪水迷蒙。

我依然记得父亲跃马弯弓的身影，也记得他那猛虎的文身。我在暗夜的星河中看见那身影，我看见那猛虎身上斑斓的花纹，那是穿透夜幕的不死的星光。父亲杀身而成仁，那是一种决绝的意志。他要将那宝玺封藏在暗中，他深知所有人间帝王都不配承受这天命。

这天命原本就是虚妄。父亲求仁得仁，而他心中必有自己尊崇的天命。这并非是真宗皇帝那些伪造的天书，亦非这传国玉玺上的文字。受命于天，既寿永昌。我早已厌倦了这些堂皇而虚妄的说辞，也厌倦了这堂皇背后的暴虐和无常，因我深知人世间自有另一种天命，我在四季轮回的时序中看见了这天命。这也是那古老的谶图所昭示的天道，也是那智者的爻辞所写明的预言。天地不能藏其秘，神怪不能遁其形。总有一天，那些命如草芥的贱民也能领悟这预言。抱持着这样的悲愿，我将这秘图装进梅瓶，我将瓷瓶深埋于树下。我期望后来者会在一场地动山摇之后看到它。

我早已丢弃了官家恩赐的免死牌。而今我凄神寒骨，身无长物，惟有屋前一株梅，梅下一只鹤。也还有这传国玉玺，此乃历代帝王必欲据为己有的通天神器。法力无边的圣物。贻祸无穷的圣物。而我早已有这样的知见：纵使这宝石确是来自天赐，这文字却仍是人为的造作。这圣物并非天降，一如佛祖的袈裟和饭钵。

达摩传慧可。慧可传僧璨。僧璨传道信。道信传弘忍。弘忍传惠能。佛祖的衣钵究竟哪里去了？溪水边的女子，拈花微笑的女子，我循着她的诗句找到了这秘藏，这秘藏成了我一生的重负，而今我要摆脱这重负，那女尼又将予我以怎样的启示？

天雨粟。鬼夜哭。河出图，洛出书。受命于天，既寿永昌。这只是凡人写下的文字。这只是一个谎言。河洛出图书，仓颉始造字。这文字本是自水中来，我愿将其送还水里去。

业尽情空，大限将至，我已写完这最后的纸叶。星垂平野，月涌江流。我将用尽最后的气力走到江边。我要向父母魂灵所在的彼岸遥拜，尔后怀挟这玉玺沉入江水。

我的尸骨将顺流而下，最终化作鱼虾的食粮。我的梅树将在飘雪的时节兀自开花。我的白鹤将在花香里独自起舞。

NAME
OF
THE NUN

无尽藏

【卷九】（散佚）

无尽藏

明
刻
版
跋

且夫家國命數循乎一理家必自毀而後人毀之國必自伐而後人伐之三代圖識可資國運之龜鑒

亦可爲家道之寓言也無一物中無盡藏有花有月有樓臺嗟乎吾爲林氏一門惋悵以仁肇之功德

天報之宜如何昔言三不朽者足以保姓守宗世不絕祀然則著者林公子或有後乎余訪無語堂偶

獲是書堂主謂此乃建陽林氏宗譜之一帙以是揆之林公子後嗣殆爲宮人黃氏所出藏者嘗言原

本爲宋活字刷印原紋且有著藏以貽厥子孫云云然統覽全本林公子確不曾親見其後所惜者末

卷佚亡吾人無緣得窺原貌

凡滄桑變幻時物行生兵燹闇亂與衰鼎革悉有輪迴之數地軸已翻天河莫挽余不能棋而好觀棋

是書令人撫摩慨歎尤非一端故今之視昔亦猶後之視今傷心人別有懷抱是以述往存真以啓來

者

雖然後來者又安可期許吾不聞君子小人之辨久矣吾不聞義利之辨亦久矣佛言正法滅後像法

嚮盡及入末法衆生貪欲閡不喪德災厄交侵日促月短佛祖在世爲正法逝後千年爲像法再後萬

年乃末法繇此推之吾輩詎非身處末法之世耶嗚呼吾不忍作此想

弘光元年乙酉歲仲秋虞山老民牧齋識

古人嘗論君子有三不朽者太上有立德其次有立功其次有立言雖久不廢此之謂也國危季世林仁肇欲以家眷作質出征庶可比舍身飼虎之大德而其為將則驍悍多略親冒矢石勳功烜赫堪為國之干城林公子隱遁屏居泊至黃耇之年成此發憤之作俾父輩功德不泯亦為後世立言林氏一門而擅此三不朽斯可謂燭照千載之善業

玄機

一燈能除千年暗余觀林氏父子之三不朽尤為其立言而歎焉古今一時一事一草一木遇其人則傳不遇其人則湮滅無聞者多矣而世之所能傳者書也書之如也如其言之所貴者意也意之所隨者不可言傳也寫真且曲盡情思實錄復達于義命言有盡而無窮無盡當如是觀雖此寥寥數卷亦堪作宇宙間有數文字人代冥滅而清音獨遠惟立言而不署其名是必以私刻避也夫和氏璧者韓非子淮南子均有載紀傳國璽者秦漢隋唐皆有承傳然二者抑亦原非一物歟後唐李從珂焚身以降傳國璽杳然迹滅趙宋元大明諸朝皆無緣受此天命然天命者何也茲書揭櫫一大

天機

天機固不可泄漏林氏所示者不過一圖識耳三圖寫三代得非冥冥天數哉南唐之亡非人亡之亦自亡也太史公曰三主惑而終身不悟亡不亦宜乎掩卷枯坐余為之悚然噎然蓋因此圖非為南唐一季所僅見去歲有劉伯溫繪圖見宋末有陳希夷繪圖見唐末有李淳風繪圖見漢末有張子房繪圖見周末有姜子牙繪圖見設若諸種繪圖俱源自一本竊謂其足可警戒萬世焉舉一毛端建寶王刹坐微塵裏轉大法輪

南唐江宁府图